Carolin Emrich

Elfenwächter

Band 1: Weg des Ordens

Fanta

STERNENSAND
VERLAG

Weitere Informationen über die Autorin

www.carolinemrich.de

1. Auflage, Januar 2017

Umschlaggestaltung: Juliane Schneeweiss | julianeschneeweiss.de
Lektorat / Korrektorat: Martina König | Sternensand Verlag GmbH
Landkarte: Corinne Spörri | Sternensand Verlag GmbH
Satz: Sternensand Verlag GmbH
Druck und Bindung: Smilkov Print Ltd.

Dies ist eine fiktive Geschichte. Ähnlichkeiten mit lebenden oder verstorbenen Personen sind rein zufällig und nicht beabsichtigt.

ISBN-13: 978-3-906829-30-2
ISBN-10: 3-906829-30-2

Für Papa

Weil du stolz auf mich wärst und

der beste Schutzengel bist,

den man sich wünschen kann.

EYESS
N
W
O
S
ÄLVID
NEUHAFEN
KLINGENFLUSS
DREIWASSER
DREIKRONEN
KLOSTER EICHENZELL
SCHWARZMARSCHEN
RAUE SEE
KLINGENGEBIRGE
SILBERSTEIG
SONNENTAL
FUCHSBRUCH
JARO
WOLFSHAIN
OFFIZIELLER ZUGANG NACH GRAZLAR
STEILKLIPPEN
DRACHENFELS
LECH
ARENSBERG
TOA
VIILBAS
WÄCHTERLAGER
STURMSEE
VARLES
DETH ARA (KÖNIGSWALD)
MERENGE
ATHAVAR (LAND DER ELFEN)
ARRETH
HAVARIS
EELEAS TEMPEL
FALLSHAFEN
RA'LETH

Prolog

Schnaufend lief ich durch die Gänge des Klosters. Ich hatte mir ein Buch unter den Arm geklemmt und versuchte, rechtzeitig zu meinem nächsten Unterricht zu erscheinen. Neben mir rannte meine Freundin Lilly, der es nicht besser ging als mir. Wir würden zu spät kommen, und das würde Ärger geben. Herr Herb war ein strenger Lehrer und zu spät zu kommen war ausdrücklich nicht gestattet. Durch die Flure zu rennen allerdings auch nicht.

»Wir werden nachsitzen müssen«, sagte Lilly und legte noch einen Schritt zu.

Wir kamen schlitternd vor der Tür des Unterrichtsraums zum Stehen. Einige Sekunden nahmen wir uns, um zu Atem zu kommen.

Ich strich mir eine verirrte Strähne meines braunen Haares aus dem Gesicht, dann öffnete ich die Tür. Alle vierzehn Anwesenden drehten die Köpfe zu uns um.

Ich schluckte und versuchte die Worte in meinen Gedanken zu sortieren, aber ehe ich eine Entschuldigung vorbringen konnte, polterte unser Lehrer los: »Wie oft muss ich euch daran erinnern, dass ihr nicht zu spät zu meinem Unterricht erscheinen sollt? Es ist mir auch völlig gleich, welche hanebüchene Ausrede ihr vortragen wollt. Nachsitzen! Alle beide!«

Wir seufzten und begaben uns zu unseren Sitzplätzen.

Herr Herb begann eine Tabelle an die Tafel zu zeichnen. Die Kreide erzeugte bei den Querstrichen laute, quietschende Geräusche und ich verzog den Mund. Eine feine Gänsehaut zog sich über meine Arme. Neben mir stöhnte Lilly und hielt sich die Ohren zu.

In die beiden oberen Felder wurde links »Angriffs-Magie« und rechts »Verteidigungs-Magie« geschrieben. Diese unterteilten sich in der Zeile darunter jeweils in »passive Magie« und »aktive Magie«.

Ich nahm einen Zettel und einen Stift aus meiner Tasche, die seit heute Morgen an diesem Platz stand, und begann erst die Tabelle abzuzeichnen, dann die Beispiele für die jeweiligen Magie-Arten, die unser Lehrer in der Zwischenzeit angeschrieben hatte, in die letzte Zeile zu übertragen. Lange Zeit war nichts zu hören außer dem gleichmäßigen Atmen der anderen Schüler und dem Kratzen von Stiften auf Papier.

Ich hob den Kopf, um in einem kurzen Moment, in dem Herr Herb seine Erklärungen unterbrach, aus dem Fenster zu schauen. Der Frühling war in den letzten Wochen mit großer Geschwindigkeit hereingebrochen und hatte viele Bäume zum Blühen gebracht. Vicky, meine Freundin, mit der ich mir ein Zimmer teilte, hatte eine schlimme Allergie gegen Pollen und sich schon mehrmals vom Unterricht befreien lassen, da ihre Augen zugeschwollen waren und sie auch an schlimmer Atemnot litt. Ich war froh, selbst nicht davon betroffen zu sein.

Meine Gedanken kehrten in den Klassenraum zurück und ich schrieb schweigend weiter.

»Magiekunde« war nicht gerade mein bestes Fach, denn ich handelte eher intuitiv. Meine Magie sagte mir, wann es Zeit war, zu reagieren. Ich schaffte es nie, sie in Formen zu pressen und zuzuordnen. Zwar war ich eine aktive Magierin, aber die ganzen Muster und Erklärungen dazu ließen sich nie auf meine Gabe münzen und ich hatte Probleme, sie zu beschreiben.

Passive Magier waren immun gegen die Magie. Sie konnten aktiven Magiern schaden, indem sie deren Mana absorbierten und sie damit daran hinderten, einen Zauber zu wirken.

Wenn mich jemand fragen würde, was Mana war, dann würde ich es als eine Art Blut bezeichnen. Man sah es nicht, aber es fühlte sich an, als würde es ebenfalls durch den Körper fließen.

Jede Art der Magie, ob aktiv oder passiv, hatte ihre individuellen Vor- und Nachteile.

»Tristana, stell dir vor, dir steht plötzlich ein Bogenschütze gegenüber. Erklär uns doch bitte, welche Verteidigungsmöglichkeiten du hast«, richtete Herr Herb das Wort an mich.

Erschrocken sah ich auf, schluckte und versuchte eine Antwort zusammenzubekommen, aber es wollte nicht klappen. Ich gestikulierte mit den Händen, doch da hatte ich meine Gelegenheit, zu antworten, bereits vertan. Unser strengster Lehrer zog missbilligend die Augenbrauen hoch und sah mich über seine Brille hinweg an.

Ich wusste genau, was er dachte. Obwohl ich im letzten Winter meine Prüfungen bestanden hatte und nun eine vollwertige Magierin war, hielt er nicht viel von mir. Dabei hatte ich im praktischen Teil Bestnoten erhalten!

Die Prüfung war aus einem Fragebogen und einem Parcours im Freien zusammengesetzt gewesen. Letzterer hatte sehr viel Spaß gemacht, denn überall waren überraschend Strohpuppen aus dem Boden und hinter Bäumen aufgetaucht und wir hatten schnell, aber überlegt handeln müssen, um sie unschädlich zu machen. In unserer Vorstellung hatten sie echte Gegner sein sollen. Ich wusste bis heute nicht, wozu das gut gewesen war, denn wir waren doch in diesem Kloster eingesperrt. Feinde gab es hier sowieso keine. Eine Puppe hatte ich eingefroren und mit einem Geiststoß, einem magischen Luftstoß, zersplittern lassen. Das hätte eindeutig Formpunkte geben müssen.

Im Fragebogen mussten wir dann erklären, warum wir wie gehandelt hatten. Darauf hatte ich keine Bestnoten erhalten, aber es hatte knapp gereicht, um die Prüfung zu bestehen. Allerdings war an das Bestehen eine Bedingung gekoppelt: Ich musste das restliche Schuljahr am Unterricht für Magiekunde teilnehmen, um den Fragebogen nicht wiederholen zu müssen. Zum Glück war das Jahr bald vorüber und ich von der lästigen Unterrichtspflicht erlöst.

Mittlerweile hatten sich einige andere Schüler gemeldet und Herr Herb wandte sich von mir ab. Er murmelte etwas, das verdächtig wie »Das hatte ich fast erwartet« klang.

Ich zog den Kopf ein, als in der Reihe hinter mir laut gekichert wurde. Eigentlich war ich nie um eine Antwort verlegen, aber nun schwieg ich sicherheitshalber. Ich musste sowieso schon nachsitzen und hatte keine Lust auf eine weitere Extrastunde, nur weil ich diese Puten zurechtweisen musste.

»Wie ich diese eingebildeten Mädchen doch hasse«, flüsterte mir Lilly zu und ich nickte.

Neben den anderen Schülerinnen kam ich mir immer merkwürdig vor. Meine Freundin Lilly nannte es »besonders«, aber ich war mir nie sicher, ob sie es als Kompliment meinte. Sie war groß, schlank und hatte wunderschöne rote Haare. Ich war klein, etwas weniger schlank und meine Haare waren ganz einfach braun. Meine Augen waren das Einzige, was ich an mir wirklich mochte. Sie hatten keine langweilige Farbe, sondern strahlten in einem kräftigen Grün, wie ich es noch bei keinem anderen gesehen hatte.

Seufzend wandte ich mich wieder dem Unterricht und den langweiligen Erklärungen von Herrn Herb zu.

»Hallo!«, flötete ich grinsend und lehnte mich auf Annas Tisch. Sie saß in der Bibliothek und ging den Stoff des Unterrichts noch einmal durch. Sie sah auf und ihre Augen verengten sich zu Schlitzen, als sie mich erkannte.

»Vergiss es, Causlin! Du hast erneut nicht aufgepasst und willst nun meine Aufzeichnungen abschreiben? Darauf habe ich keine Lust mehr. Du kannst dir deine Gefallen dafür sonst wohin stecken«, fuhr sie mich an und klappte ihre Bücher zu, um die Unterlagen darin zu verstecken. Dann stand sie auf und verließ eilig die Bibliothek.

Seufzend ließ ich mich auf ihren nun freien Stuhl fallen. Einen Zettel hatte sie liegen gelassen und ich nahm ihn mir, um zu lesen, was darauf stand. Es war die Ankündigung eines Klosterbesuches der Wächter, die herumzogen und Rekruten suchten. Mein Herz begann sofort schneller zu schlagen, während meine Augen über das Papier flogen. Die Wächter waren ein selbstständiger Orden, der in den Städten für Recht und Ordnung sorgte. Ich hegte schon lange den Traum, zu den Wächtern zu gehören, denn nur dann durfte man seine magischen Fähigkeiten ausleben. Magier waren nicht gern in der Öffentlichkeit gesehen. Viele hielten uns für zu gefährlich, deswegen wurden wir in Klöster gesteckt, sobald unsere Begabung auffiel, und wuchsen dort isoliert auf. Die Wächter waren meine Möglichkeit, aus dem Kloster herauszukommen.

Ich steckte den Zettel ein und begab mich zu den Schlafsälen der Schülerinnen, um Lilly davon zu erzählen. Sie hatte genau wie ich immer davon geträumt, zu den Wächtern zu gehören.

Der Weg zu den Zimmern führte durch einen Gang, in dessen Wandnischen Steinstatuen standen. Abbilder unserer Götter. Es gab da Humra, den Gott des Liedes, Soleil, die Göttin der Jagd, und natürlich Eelea, die Mutter und Herrscherin. Sie hatte uns geboren und der Vater, Terebo, hatte uns ein Heim erschaffen. Ich mochte die vielen Geschichten über unsere zahlreichen Götter.

Lilly lief fast in mich hinein, als ich vor der Tür der Schlafsäle ankam. Sofort hielt ich ihr den Zettel vor die Nase. Das hier war unsere Gelegenheit. Unsere einzige Gelegenheit!

Kapitel 1

Es war ein milder Frühlingstag, an dem Lilly und ich den Auftrag erhielten, aus dem Kräutergarten einige Heil- und Gewürzpflanzen auszugraben, um sie dann zur Verarbeitung in die Küche und in das Zimmer des Heilers zu bringen.

Der Kräutergarten war in einem sonnigen Teil des Klosterhofes angelegt worden. Trotz des warmen Wetters standen einige der Christrosen in voller Blüte. Sie waren meine Lieblingsblumen. Mit ihren großen, weißen Blüten und den langen, schlanken Blättern wirkten sie zart und zerbrechlich, waren aber doch erstaunlich robust. Mit den ersten kalten Tagen fingen sie an zu wachsen und blühten den ganzen Winter hindurch.

Eine Weile genossen wir ihre Schönheit, bevor wir begannen, die Kräuter auszugraben. In die Arbeit vertieft, zuckte ich zusammen, als es an dem schweren Holztor klopfte, das gleichzeitig Freiheit und Gefangenschaft darstellte.

Lediglich die Mauern trennten mich von der Selbstständigkeit. Aber allein konnte keiner von uns außerhalb des Klosters überleben. Das wurde uns zu deutlich immer wieder erzählt.

Besuche waren ungewöhnlich. Vorwiegend klopfte es, wenn ein neuer Schüler einzog. Die Kinder waren meist zwischen vier und sechs Jahre alt, wenn die Begabung das erste Mal auftrat. Sie wurden ihren Eltern entrissen und in das nächstgelegene Kloster gebracht. Dort erhielten sie ihre Ausbildung und lernten, mit ihren Fähigkeiten richtig umzugehen. Außerdem wurden sie im Lesen und Schreiben unterrichtet, was vielen einfachen Menschen nicht vergönnt war.

Ich grub gerade vorsichtig einen Huflattich aus und setzte ihn in einem unserer mitgebrachten Tontöpfe wieder ein, als es erneut mit kräftigen, lauten Schlägen klopfte.

Schwester Agathe schlurfte hörbar zum Tor. Sie gehörte zu den wenigen nicht magisch Begabten. Sie war Kräuterfrau und hatte einen Klumpfuß. Dadurch war sie als Mädchen ausgestoßen worden. Im Kloster hatte sie mit der Kräuterkunde eine Berufung und ein Zuhause gefunden.

Als Schwester Agathe gerade die Kette am Tor löste, polterte es wieder. Diesmal schien jemand nicht mit der Hand anzuklopfen, sondern mit einem Gegenstand aus Metall, um ein lauteres Geräusch zu erzeugen. Jetzt sahen wir doch neugierig auf.

»Jaja«, brummte Schwester Agathe und öffnete das Tor weit, um die ungeduldig davor Wartenden hereinzulassen.

Sobald sie zur Seite getreten war, ritten zwei Reiter auf den Hof. Ihnen folgten vier weitere Pferde, zwei davon mit Gepäck beladen. Die Reiter trugen Rüstungen, auf deren metallenen Brustplatten das Wappen der Wächter schimmerte: ein grauer Phönix auf blauem Grund.

Mein Herz schlug mir vor Aufregung bis zum Hals und ich schluckte hastig. Ich deute Lilly an, sich zu beeilen, damit wir unsere Arbeit zügig beenden konnten. Ich wollte so schnell wie möglich mehr über die Wächter herausfinden.

Schwester Agathe kam zu uns zurück und überließ die Begrüßung dem herbeigeeilten obersten Magierrat Melrik. Hier im Kloster war er der erste Ansprechpartner. Er verwaltete alles und war für die Bewohner des Klosters zuständig.

Wir waren fertig mit dem Umtopfen der Kräuter und mussten diese nun auf die Klosterküche und das Zimmer des Heilers verteilen. Auf dem Weg durch den offenen Laubengang beobachtete ich die Wächter, die im Innenhof standen und sich mit dem Obersten unterhielten.

Sie sahen so gut aus, strahlend und edel in ihren wunderschönen Rüstungen. Einer der beiden hatte einen prächtigen Umhang um die Schultern gelegt und schien höhergestellt zu sein als der andere Mann, obwohl er von der Statur her kleiner und weniger kräftig wirkte. Ich verrenkte mir ein letztes Mal den Hals, bevor wir durch eine Tür ins Gebäude verschwanden.

Das alte Kloster hatte hohe Decken und war sehr verwinkelt. Als kleines Mädchen hatte ich mich oft verlaufen und von den

Schwestern und Lehrern nicht selten großen Ärger deswegen bekommen.

Ich überbrachte unserem Heiler einen Korb mit Arnika, Huflattich und Sauerampfer. Letzteren überdeckte er mit einem Gefäß, denn diese Pflanze musste möglichst feucht gehalten werden. Den Rest stellte er auf die Fensterbank.

Das Heilerzimmer war in einem Turm untergebracht, mit Fenstern zu allen vier Himmelsrichtungen. Auf höheren Etagen und auf dem Dach konnten Pflanzen untergestellt werden, die sehr viel Sonne brauchten. Hier gab es fast alles, was momentan auch draußen wuchs. Viele Kräuter waren getrocknet, zu Pulver verarbeitet und in Gläser gefüllt. Ganze Regale standen voll damit. Ich staunte immer wieder über die bunte Vielfalt und wäre gern bei dem Heiler in die Lehre gegangen. Allerdings hatte ich ja einen anderen Plan, den ich unbedingt in die Tat umsetzen musste. Ich wollte zu den Wächtern. Jetzt gerade standen sie mit Magierrat Melrik draußen auf dem Hof und sicher empfahl er ihnen die besten Anwärter. Ich würde ganz bestimmt nicht darunter sein. Normalerweise war ich niemand, der groß auffiel, und wenn doch, dann eher negativ.

»Tristana, geh bitte in die Bibliothek und such mir diese Bücher heraus«, bat mich der Heiler, dessen Namen ich mir nie merken konnte. Irgendetwas mit »M«. Er reichte mir einen Zettel und schickte mich dann hinaus.

Seufzend begab ich mich zur Bibliothek. Die hohen, bis zur Decke reichenden Regale brachen fast unter der Last der Bücher zusammen. Selbst auf den Lesetischen hatten sich Berge von ihnen angesammelt.

Ich schlenderte durch die Reihen, kletterte die Leitern rauf und runter auf der Suche nach den Büchern, um die mich der Heiler gebeten hatte. Es gab zwar einen Bibliothekar, aber er war nicht nur sehr alt, sondern hatte auch eine eigenwillige Art, die Bücher einzusortieren. Nicht etwa alphabetisch, sondern mehr nach dem Motto »Altes zu Altem – Neues zu Neuem«, weswegen meine Suche einige Zeit in Anspruch nahm.

Bis auf das Buch »Giftige Todeskräuter« hatte ich sie schließlich alle eingesammelt. Darunter auch dicke Wälzer, die schwer zu schleppen waren. Endlich fiel mir im letzten Regal das fehlende Werk in die Hände. Es war so alt und vergilbt, dass einige Seiten herausfielen, als ich es abstaubte. Zögerlich und mit spitzen Fingern hob ich sie auf und legte sie in das Buch zurück. Mit den anderen Exemplaren auf dem Arm war das gar nicht so einfach. Ohne einen weiteren Unfall bugsierte ich meine gesammelten Werke schließlich zu unserem Heiler. Ich musste Lilly unbedingt nach seinem Namen fragen.

Da es bereits später Nachmittag war, hatten wir keinen Unterricht mehr und ich eilte schnellen Schrittes wieder nach draußen.

Im Klosterhof war es relativ still. Nur das typische Gackern der Hühner und das Rauschen der mächtigen Eichen im Wind waren zu hören. Heute würde ich aus dem Seufzen nicht mehr herauskommen. Die Wächter waren verschwunden, dabei wollte ich sie doch kennenlernen.

Meine Schritte führten mich um den Hof. Ich passierte das große Tor, die Hühnerställe und den Unterstand, in dem die sechs Pferde der Wächter angebunden waren. Ich hatte noch nie eines aus der Nähe gesehen, geschweige denn gestreichelt. Ob diese hier brav waren?

Lilly hatte mir kurz nach ihrer Ankunft im Kloster von dem bösen Pony auf dem Hof ihrer Eltern erzählt, das immer gebissen und getreten hatte. Sie war bereits acht Jahre alt gewesen, als man ihre Gabe bemerkt hatte, und so besaß sie viele Erinnerungen an ihre Eltern und das Leben mit ihnen.

Manchmal beneidete ich sie darum, denn ich hatte keine einzige Erinnerung an eine Kindheit außerhalb des Klosters. Wenn ich allerdings Geschichten von Maria und Liz hörte, deren Eltern nicht gerade nett zu ihnen gewesen waren, verbannte ich dieses Gefühl wieder. Wir sollten keinen Neid empfinden, denn schließlich hatten wir es hier sehr gut. Viel besser als viele andere Menschen im Königreich. Es gab hier weder Orks noch Trolle. Und die Nähe zur Hauptstadt Dreikronen ließ uns auch nicht vor den Elfen und Zwergen fürchten. Gab es bei den Wächtern solche Kreaturen? In Büchern hatte ich einiges über diese seltsamen Wesen gelesen, aber ich war mir nicht mal sicher, ob sie wirklich existierten.

Zwei der Pferde hatten die Köpfe in meine Richtung gedreht und sahen mich an. Konnte ich es wagen, näher heranzugehen und sie anzufassen? Ich schickte ein Stoßgebet an die Mutter Eelea und trat dann vorsichtig auf eines der Pferde zu. Es schnaubte, als meine Fingerspitzen über die weiche Haut an der Nase glitten.

»Hey, was machst du da?«, brüllte plötzlich hinter mir eine Stimme und ich sprang erschrocken einige Sätze rückwärts.

»Ich ... ich hab nur ... ich wollte nur ...«, stammelte ich und merkte, wie mir vor Panik die Tränen in die Augen schossen. Der Mann, der jetzt auf mich zulief, sah gar nicht so böse aus, wie er geklungen hatte, und ich blinzelte schnell die Tränen weg. Die Wächter würden nie jemanden aufnehmen, der bei einem Schrecken gleich losheulte.

»Ich wollte nur die Pferde streicheln«, brachte ich schließlich einigermaßen normal heraus, als er bei mir ankam.

Er hatte kurze, braune Haare und war recht groß. Wobei im Gegensatz zu mir viele Menschen groß waren. Seine Nase war so ungewöhnlich, dass sie mir direkt auffiel: spitz und gerade wie ein Pfeil. Noch immer trug er den Brustpanzer mit dem Wappen der Wächter. Es war der größere der beiden Besucher. Er sah mich noch einen Moment durchdringend an, dann wurde sein Blick freundlicher und er gab mir nickend zu verstehen, ihm zu folgen. Er trat zwischen die Pferde und streichelte sie, dann forderte er mich auf, es ihm gleichzutun.

Ich spürte die Wärme, die von ihnen ausging. Wenn sie sich bewegten, spielten sichtbar Muskeln unter meinen Fingern. Ihr

Fell war weich und beim Darüberstreichen hatte ich die ganze Hand voller Haare.

»Das Wetter ist wärmer geworden. Sie fangen an, ihr Winterfell gegen das Sommerfell zu wechseln«, sagte der Wächter. Er musste meinen fragenden Blick auf meine Hand und die Pferde bemerkt haben.

Ich nickte verstehend, denn das Geflügel machte so etwas Ähnliches, da nannte man es Mauser. Dass auch Tiere mit Fell ihre Haare wechselten, hatte ich bisher nicht gewusst.

Hier im Kloster hatten wir nur Hühner, Tauben und Enten. Und Ratten. Viele Ratten. Ab und zu sah man eine Katze, aber anfassen konnte man sie nie.

Wir standen eine Weile zwischen den Pferden und strichen ihnen über das Fell. An den Stellen, wo der Sattel gelegen hatte, konnte man noch einen feinen Rest Schweiß sehen und fühlen.

»Ich bin Troy Paver, die rechte Hand des Captains. Wir sind hier, um zwei Rekruten mitzunehmen«, durchbrach der Wächter irgendwann die Stille. Er sah mich nicht an, aber ich merkte, wie stolz er war, dass er dabei sein durfte, um die Rekruten auszuwählen.

»Ich heiße Tris. Ich habe letzten Winter meine Prüfungen bestanden.« Mehr traute ich mich nicht zu sagen. Das schreckhafte Mädchen wollte zu den Wächtern. Wie lachhaft.

Troy Paver wandte mir den Kopf zu und sah mich an. Aus der Nähe bemerkte ich, dass er für den Posten der rechten Hand sehr jung aussah. Musste man dafür nicht einige Jahre Erfahrung haben?

Als die Glocke sechs Uhr schlug, verabschiedete ich mich und ging zum Speisesaal.

Lilly hatte mir einen Platz neben sich freigehalten und wartete schon auf mich.

»Wo warst du?«, wollte sie flüsternd wissen.

Ich antwortete ihr ebenso leise. Die anderen mussten ja nicht unbedingt etwas davon mitbekommen. »Ich war draußen auf dem Hof und habe dort einen der Wächter getroffen. Er heißt Troy Paver, über mehr haben wir nicht gesprochen. Ich habe mich irgendwie nicht getraut, mein Anliegen vorzubringen«, gestand ich meiner besten Freundin und diese verzog traurig das Gesicht.

»Ich fände es sehr schade, wenn du fortgehen würdest, Tris. Das Leben hier wäre nicht das Gleiche ohne dich.«

Ihre Worte waren wie ein Schlag in den Magen. Ich hatte erwartet, dass wir zusammen gehen würden.

»Willst du denn gar nicht mehr zu den Wächtern?«, fragte ich leicht irritiert und Lilly seufzte.

»Treffen wir uns nachher in der Bibliothek?«, wollte sie flüsternd wissen und ich nickte. Es würde also ein längeres Gespräch werden.

Wir aßen schweigend auf und ich ging in mein Zimmer, um bis zu unserem Treffen noch etwas zu lesen.

Da ich nun eine Magierin war und keine Schülerin mehr, hatte man mir ein Doppelzimmer zugeteilt. Lilly schlief noch im Schlafsaal der Schülerinnen. Der Vorteil eines fast eigenen Zimmers war, dass ich einen kleinen Bereich mein Eigen nennen durfte, den ich nach meinem Geschmack einrichten konnte.

Wir hatten nichts, was uns an unser Elternhaus erinnerte, denn die Wachen ließen nicht zu, dass die Kinder, die sie ins Kloster holten, etwas anderes als die Kleidung mitnahmen, die sie am Leib trugen.

Seit dem letzten Winter durfte ich allerdings auf dem Markt einkaufen. Es war uns sogar gestattet, einige private, eigene Gegenstände zu erwerben. Ich hatte mir einmal ein kleines Schmuckkästchen gekauft. Es sah nicht sehr edel aus, war aus Holz und mit einfachen Muscheln beklebt. Aber es war meins. Außerdem durfte ich außerhalb der Schulzeiten eigene Roben tragen. Das Geld bekam ich durch Verkäufe von Obst oder Kräutern, die ich nun auf dem Markt für das Kloster anbot. Freundliche Kunden gaben mir gelegentlich mehr Geld für meine Waren, als erforderlich war. Dieses durfte ich dann behalten.

In meinem Zimmer angekommen, nahm ich mir das Buch »Der Deichgraf« aus dem Regal, das ich mir vor einigen Tagen ausgeliehen hatte, und schlug die zuletzt gelesene Seite auf. Es war ein ziemlich dicker Wälzer. Sehr interessant, aber schwierig zu lesen, weil in dem Text viele alte, unbekannte Wörter vorkamen, deren Übersetzungen hinten im Buch zu finden waren. Ich verbrachte also mehr Zeit mit dem Blättern als dem Lesen.

Nachdem ich für eine Weile in meinen Roman vertieft gewesen war, wurde die Tür abrupt aufgerissen und meine Zimmergenossin Vicky stürmte herein. Sie regte sich furchtbar über einen Jungen auf, aber ich konnte ihren dramatischen Auftritt nicht nachvollziehen. Warum ließ sie sich überhaupt mit ihnen ein? Wir durften weder heiraten noch Kinder bekommen, da die Verbreitung der Magie genauso wenig erlaubt war wie die Ausübung der Fähigkeiten in der Öffentlichkeit. Nicht, dass ich das alles in irgendeiner Weise gewollt hätte. Ich hatte reichlich Geschichten gelesen, in denen Frauen bei der Geburt starben. Darauf hatte ich keine Lust.

Als die Turmuhr elf Mal schlug und Vicky schon längst schlief, schlich ich mich aus dem Zimmer zur Bibliothek.

Unsere geheimen Treffen hielten Lilly und ich schon seit einigen Jahren ab. Man fand in diesem Kloster einfach keine Ecke, in der man ungestört reden konnte. Überall waren Lehrer oder Angestellte, die uns überwachten. Seit vor über zehn Jahren ein Magier der schwarzen Magie verfallen und zu einem Untoten geworden war, waren sie alle noch wachsamer.

Meine weichen Schuhe, die wir drinnen tragen mussten, machten fast keine Geräusche auf den steinernen Fußböden, deren düstere Eintönigkeit durch Mosaiken aus buntem Marmor aufgelockert wurde. Die Tür zur Bibliothek knarrte leise, als ich sie einen Spalt aufdrückte. Wir trafen uns wie immer an der hinteren Rückwand. Von hier hatten wir die Tür durch das Mondlicht der großen Fenster gut im Blick, aber man sah uns auch nicht gleich.

Durch die Regalreihen konnten wir dann unbemerkt rausschleichen, wenn jemandem auffallen sollte, dass die Bibliothek nicht so einsam dalag wie erwartet.

In all den Jahren war das aber noch nie vorgefallen.

An zwei Seitenwänden brannten vereinzelt Fackeln. Irgendwer hatte wohl vergessen, sie zu löschen, und das konnte in einer Bibliothek gefährlich werden. Ich nahm mir vor, sie auszumachen, wenn wir später gingen.

»Da bist du ja«, begrüßte mich Lilly, als ich bei ihr ankam. Sie sah nervös aus und knabberte an ihrem Daumennagel.

»Was ist denn los?«, wollte ich wissen und spielte damit auf unser Gespräch beim Abendessen an.

Meine Freundin fuhr sich durch ihre schulterlangen roten Haare und seufzte dann. »Ich kann das nicht. Ich wollte das eigentlich nie«, sagte sie und ich sah sie fragend an.

Was wollte sie nie?

»Ich wollte nie zu den Wächtern. Es war ein schöner Traum, aber ich würde doch nicht wirklich gehen. Mein Platz ist hier im Kloster. Ich ...«

»Du hast dich doch nicht etwa verliebt?«, fragte ich spitz.

»Was? Nein! Ich hatte nur nie das Verlangen zu gehen. Ja, wir haben davon geträumt, aber das waren eben nur Träume, Tris! Jetzt, wo es wirklich ernst wird, will ich nicht weg!«

Ich sah sie eine Weile stumm an. Hatte sie mich die ganze Zeit angelogen oder hatte sie nur plötzlich der Mut verlassen, jetzt, wo unsere Träume endlich Wirklichkeit werden könnten?

Hinter uns klapperte etwas und dann waren Schritte zu hören. Bevor wir reagieren konnten, trat jemand aus einer der beleuchteten Ecken auf uns zu. Wie hatten wir nicht merken können, dass wir nicht allein waren?

»Ihr wollt also zu den Wächtern?«, fragte die Gestalt und kam näher.

Es war Troy.

Lilly taumelte vor Schreck einen Schritt zurück, schüttelte heftig den Kopf und deutete mit dem Arm auf mich.

Mist! So hatte ich meine Bewerbung bei den Wächtern nicht geplant. Eigentlich hatte ich sie morgen von meinen Leistungen überzeugen wollen. Es war uns beim Abendessen zu Ohren gekommen, dass es morgen eine Vorführung unseres Könnens geben soll.

Betreten schaute ich an Troy vorbei und schluckte, unsicher, was ich sagen sollte.

»Sich an fremde Pferde heranzuschleichen und erwischt zu werden, ist aber keine gute Voraussetzung, um bei uns aufgenommen zu werden.«

Ich musste wirklich sehr erschrocken ausgesehen haben, denn Troy warf den Kopf in den Nacken und lachte.

»Pscht!«, zischten Lilly und ich gleichzeitig.

Würden unsere heimlichen Treffen nun auffliegen, konnte ich mir alle Hoffnungen die Wächter betreffend sparen und Lilly würde hier auch nicht mehr froh werden.

Dennoch erleichtert darüber, dass Troy lachte, nickte ich und sagte: »Ja, ich möchte gern bei den Wächtern aufgenommen werden.«

»Warum?«, fragte er nach.

Irritiert verzog ich mein Gesicht und begann über seine Frage nachzudenken. Dabei legte ich eine Hand an mein Kinn und lehnte mich an die Wand.

»Ich bin eine Magierin und muss deshalb in diesem Kloster leben. Die weiteste Entfernung, die ich zurücklegen darf, ist der Weg zum Markt. Es ist mir nicht gestattet, mit anderen Menschen zu reden, es sei denn, sie sind Klosterbewohner oder es handelt sich um Verkaufsgespräche. Ständig schleichen die Schwestern um uns herum und bewachen uns auf Schritt und Tritt. Kein Gespräch kann man führen, ohne dass man überwacht wird. Es mag sein, dass viele hier damit zufrieden sind, weil sie selbst Angst vor ihrer Gabe haben. Aber ich will hier raus. Ich möchte mein Leben leben und meine Gabe nutzen können, nicht nur theoretisch lernen, damit umzugehen und sie gegen Strohpuppen einzusetzen. Ich will auch mal eine Entscheidung allein treffen. Vielleicht ist die im Nachhinein falsch, aber es sind Erfahrungen fürs Leben.«

Troy musterte mich neugierig, während ich redete, nickte beifällig und meinte: »Das hört sich doch schon mal nicht schlecht an. Zeig uns morgen, dass du auch mit der Magie umgehen kannst, und dann sprechen wir noch mal darüber. Frauen sind bei den Wächtern nicht üblich, aber es hat schon einige sehr gute weibliche Wächter gegeben.« Er wandte sich zum Gehen. »Ich habe euch hier natürlich nicht gesehen«, fügte er noch hinzu und zwinkerte verschwörerisch.

Kapitel 2

Am nächsten Tag lehnte ich wartend am Zaun des Übungsplatzes. Die ersten Vorführkämpfe hatten gerade begonnen und erinnerten mich stark an meine Prüfung im Winter.

Mir hatte man nach der Prüfung gesagt, ich würde zu aggressiv mit meiner Magie umgehen und sollte mehr auf meine Kontrolle achten. Ich war mir sicher, dass bei den Wächtern direktes und effektives Handeln gefragter war als eine schöne Show.

Sophie ließ gerade eine Flamme gefrieren, als Theo ihr mit einem Schlag das Mana entzog. Sie presste angestrengt die Lippen aufeinander, denn Manaentzug war nicht angenehm und tat weh. Der Eiszauber konnte dadurch nicht beendet werden und das kleine Lagerfeuer brannte munter weiter.

Ich schmunzelte und zuckte vielsagend mit den Augenbrauen in Lillys Richtung.

Das wäre sicher nicht meine Strategie gewesen. Lilly und ich hatten uns gestern abgesprochen und wir beteten zu allen fünfundvierzig Göttern, dass man uns gegeneinander kämpfen lassen würde.

Mein Blick glitt über die anderen anwesenden Magier und es war wirklich der eine oder andere sehr talentierte dabei. Die beiden Wächter hatten ebenfalls ihren Platz am Zaun bezogen und sorgten damit nicht gerade dafür, dass ich mich selbstsicherer fühlte. Der Captain war ein ganzes Stück kleiner als Troy, stand leicht gebückt, als wäre seine Rüstung schwerer, als gut für ihn war. Durch sein schütteres Haar wirkte er alt und doch strahlte er eine Autorität aus, die ich sogar hier, auf der anderen Seite des Platzes, wahrnehmen konnte. Er beobachtete jeden einzelnen von uns ganz genau. Nicht nur während des Kampfes, sondern auch davor und danach. Wie viele Anwärter würden sie mitnehmen? Wahrscheinlich gab es genug »normale« Menschen, die sich bei den Wächtern verpflichteten. Brauchten sie dann unbedingt noch Magier? Die vielen Fragen, die mir durch den Kopf schossen, machten mich fast verrückt. Ich sollte sie nachher Troy stellen, auch wenn ich nicht zu den Ausgewählten gehörte.

Der Gedanke, hierbleiben zu müssen, machte mir Angst. Meine einzige Gelegenheit, den Klostermauern zu entkommen, war zum Greifen nah. Wenn ich sie jetzt nicht nutzte …

»Tristana Causlin und Josh Deghard!«

Durch den Aufruf wurde ich aus meinen Gedanken gerissen und sah erschrocken zu Lilly. Wir hatten uns doch eine Strategie überlegt! Ich überflog mit einem Blick die Menschen rundherum und bemerkte den jungen Mann, der gerade über den Zaun kletterte. Ich kannte ihn nur vom Sehen. Wahrscheinlich wäre mir sein Name nicht einmal eingefallen, wenn ich ihm auf den Fluren begegnet wäre. Dunkles Haar, eine schlichte blaue Robe, die ihn als vollwertigen Magier auswies, was bedeutete, dass er seine Prüfungen ebenfalls hinter sich hatte. Ich schätzte ihn spontan auf ein wenig älter als mich, da ich ihn nicht aus dem Unterricht kannte.

Als ich Josh auf den Übungsplatz gehen sah, wurde mir klar, dass wir das System nicht bedacht hatten. Es traten immer ein aktiver und ein passiver Magier gegeneinander an und Lilly war wie ich eine aktive Magierin.

Ich seufzte laut und begab mich zum Übungsplatz. Während ich mich gegenüber von Josh aufstellte, der sich siegessicher durch die schwarzen Haare fuhr, erblickte ich Lilly, die mir ihre gedrückten Daumen zeigte. Es war schön, dass sie an mich glaubte. Von einer anderen Seite des Rings warf mir Troy ein aufmunterndes Nicken zu.

Jetzt galt es, mich zu beweisen. Ohne vorher eine Ahnung zu haben, wo mich Josh packen wollte, beschwor ich einen Schutzzauber. Mein Gegner sah mich an und reagierte nicht. Die leicht blaue Aura um mich herum verstärkte sich von Sekunde zu

Sekunde, aber Josh griff nicht an. Er versuchte weder, mir mein Mana zu entziehen, noch, mich zu kontrollieren. Ich brach meinen Schutzzauber ab und schüttelte fragend den Kopf.

Was soll das? Will er mich veralbern?

Ich versuchte meine Magie loszuschicken, um nach Josh zu fühlen, aber das war bei passiven Magiern eine echte Herausforderung. Außerdem waren hier einfach viel zu viele Magier um mich herum. Ich spürte viele magische Fähigkeiten, aber nicht die gewünschte.

Welche Zauber wirkten gegen einen passiven Magier?

Eilig durchkramte ich meinen Fundus und beschwor schließlich eine Öllache um Josh herum. Dann zündete ich diese an.

Zwar wirkte das Feuer nicht gegen ihn, aber vielleicht machte es ihn nervös.

Josh stand weiterhin ganz lässig da und wirkte überhaupt nicht verunsichert. Sogleich setzte ich noch einen Schneesturm nach, um zu zeigen, was ich konnte.

Meine Magie stand mir bereitwillig zur Seite und ich musste sie nicht lange bitten, zu tun, was ich wollte. Sie erahnte meine Gedanken im Voraus und reagierte mit mir zusammen. Die Magie war wie ein scheues Reh. Man musste sich ihr langsam nähern und herausfinden, wie man sie für sich gewinnen konnte.

Allmählich wurde ich ungeduldig, da ich nicht viel tun konnte, um Josh zu schaden. Irgendwie musste ich ihn verunsichern, aber er wusste, dass ihm ein aktiver Magier nicht direkt etwas anhaben konnte. Eine echte entzündete Öllache hätte den jungen Mann schon längst in Flammen aufgehen lassen.

»Fängst du heute auch noch mal an?«, rief ich ihm erbost zu. Er richtete sich auf und ich spannte mich an. Ging es jetzt los?

Bevor ich meinen Schutzzauber richtig greifen konnte, spürte ich ein Reißen ganz tief in mir. Ich spürte auch, wie meine Magie etwas zu sagen versuchte. Sie schrie um Hilfe. Keuchend bemühte ich mich, den Schutzzauber endlich richtig aufzurichten. Verzweifelt griff ich nach einer Handvoll Erde und warf sie in Joshs Richtung. Anscheinend hatte ich getroffen, denn die Intensität, mit der er versuchte, mir mein Mana zu entziehen, verringerte sich und ich konnte meinen Schutzzauber voll errichten. Tatsächlich hatte ich nur kurz Zeit, um durchzuatmen, ehe Josh mich erneut angriff.

Während ich um meinen Schutzwall kämpfte, beschwor ich Steine herauf, die ich nach Josh warf. Dadurch war er abgelenkt und hatte mich nicht mehr die ganze Zeit im Blick. So konnte ich mich bücken, um echte Steine unter die Illusionen zu mischen.

Bevor ich aber wirklich werfen konnte, trat der Magierrat Melrik in den Ring und beendete mit einer Handbewegung den Kampf.

»Dies hier ist nur eine Zurschaustellung. Keiner soll hier verletzt werden«, sagte er ruhig, aber unglaublich bestimmt.

Ich stützte mich auf den Knien ab und schnappte nach Luft. Meine Kondition war definitiv nicht die beste, allerdings war ich furchtbar stolz, wenigstens etwas Richtiges gezeigt und nicht nur eine Show abgeliefert zu haben.

»Ich möchte keine weiteren Kämpfe sehen«, sagte in diesem Moment der Captain.

Meinem Gesicht musste sämtliche Farbe entglitten sein und ich sah, wie Lilly erschrocken zu dem Wächter blickte.

»Das Einzige, was ich hier heute gesehen habe, war eine Show. Sorgsam einstudierte Choreographien. Das ist nichts, was ein Wächter gebrauchen kann. Ein Wächter muss schnell sein und seine Strategie ändern können. Wenn die Magie also keinen Erfolg hat, nutzt man etwas anderes. Steine zum Beispiel.« Er sah jetzt direkt mich an und nickte.

Seine Aussage war eine bodenlose Frechheit dem Magierrat gegenüber.

»Ich nehme Tristana Causlin und Josh Deghard mit. Packt eure Sachen, wir reisen zum zwölften Glockenschlag ab.«

Lilly jubelte, sprang über den Zaun und schlang ihre Arme um mich. In meinem Kopf wirbelten die Gedanken durcheinander: Ich durfte gehen. Ich durfte gehen! Oh, bei Eelea, ich durfte gehen! Auch wenn das bedeutete, meine Freundin und die Sicherheit des Klosters hinter mir zu lassen.

Lilly begleitete mich zu meinem Zimmer und redete dabei ununterbrochen auf mich ein. Wie sehr sie mich vermissen würde, wie sehr sie sich wünschte, dass ich regelmäßig schrieb, und dass ich auf mich aufpassen solle.

Wir gingen den langen Weg zu meinem Zimmer, über den Hof, durch den offenen Laubengang und die großen Flure mit den Götterstatuen. Zwei von ihnen waren mit einem schwarzen Tuch verhangen. Es waren die Zwergin Lay, die Göttin des Mitgefühls, und die Elfe Elani, die Göttin der Mütter und Neugeborenen. Ich wusste nicht, warum sie unter schwarzen Tüchern verborgen waren, aber ich nahm mir vor, Troy danach zu fragen. Bestimmt konnte er mir erklären, weshalb das Abbild dieser Götter nicht mehr öffentlich gezeigt werden durfte.

Vor dem Kampf hatte ich mir im Kopf eine Liste aller Fragen gemacht, die ich dem Wächter stellen wollte, aber nun bekam ich keine einzige von ihnen zu fassen. Wahrscheinlich war das der ganzen Aufregung geschuldet und ich würde mich erinnern, wenn wir unterwegs waren.

Man hatte mir im Hof einen Rucksack ausgehändigt, in den ich nun meine Sachen packte. Ich besaß weder viel Kleidung noch bedeutende Erinnerungsstücke.

Ich stopfte meine beiden Roben in die große Tasche und steckte mein Schmuckkästchen in eine kleinere Seitentasche. Vielleicht würde ich es eines Tages füllen können.

»Bitte schreib mir regelmäßig«, forderte Lilly nun zum wiederholten Mal.

Ich konnte sie gut verstehen, auch ich würde sie schrecklich vermissen. Beruhigend nickte ich und kontrollierte ein weiteres Mal meinen Rucksack. *Meinen* Rucksack. Mein ganz eigener

Rucksack, in den ich Dinge tun konnte, die niemanden etwas angingen. Noch nie hatte ich etwas besessen, das wirklich mein Eigentum war.

Als wir wieder aus dem Zimmer gehen wollten, stand Vicky in der Tür. Sie sah mich kurz an und umarmte mich dann.

»Ich wünsche dir alles, alles Gute, Tris. Ich hoffe, dass sich deine Erwartungen erfüllen und du glücklich wirst«, sagte sie an meinem Ohr und ließ mich wieder los.

Jetzt stiegen mir Tränen in die Augen, dabei hatte ich doch nicht weinen wollen.

»Schau mal, Vicky, was du angerichtet hast«, lachte ich mit feuchten Augen und deutete auf mein Gesicht.

Sie lachte ebenfalls, aber sah auch gequält dabei aus. Sie umarmte mich noch einmal.

»Wirklich alles Gute, Tris. Jetzt raus hier, sonst fange ich auch noch an zu weinen!«

Wir traten aus dem Zimmer und gingen nach draußen in den Hof, wo noch immer viele Magier und Schüler standen. Eine Gruppe junger Frauen sah mit verbissenen Gesichtern zu uns herüber. Ihr Tuscheln verstummte, als wir vorbeigingen.

Lilly murmelte etwas von »Puten« und »die stehen bestimmt auf Troy und ärgern sich über dich.«

Ich würde Lillys spöttische Bemerkungen so sehr vermissen.

Troy kam uns mit zwei Pferden entgegen und drückte mir die Zügel des grauweißen Tieres in die Hand. Ich musste ziemlich verloren ausgesehen haben, wie ich diesem regungslos gegenüberstand, denn Troy fing an zu lachen und stellte sich neben mich.

»Du befestigst deinen Rucksack hier.« Er nahm ihn mir ab und schnallte ihn hinter dem Sattel an einen Ring. »Dann legst du die Zügel über den Kopf. Pass aber auf, dass sie unten nicht verdreht sind.«

Ich griff unter dem Hals des Pferdes die Zügel zusammen, wie Troy es eben gemacht hatte.

»Nimm sie dort oben am Rücken, vor dem Sattel. Stell dich links neben das Pferd und winkle dein linkes Bein an. Bei ›drei‹ hebe ich dich an und du musst das rechte Bein über das Pferd schwingen.«

Ich schluckte. Jetzt brachen wir wirklich auf. Schnell gab ich Troy die Zügel zurück, fiel Lilly um den Hals und bat sie leise, mich bei Heiler Maravit zu entschuldigen. Er war immer nett und verständnisvoll gewesen, wenn ich eine Frage zur Wirkung einer Heilpflanze oder ihrer Erntezeit gehabt hatte, und nun blieb mir keine Zeit, mich von ihm zu verabschieden.

Sie sah mich mit zusammengekniffenen Augenbrauen an, dann begann sie zu grinsen. »Du meinst wohl Heiler Arvid, dessen Namen du dir nie merken konntest?«

Wir mussten beide lachen, während Troy sich vernehmlich räusperte und mich damit zur Eile drängte.

Hastig umarmte ich Lilly ein letztes Mal.

»Tris, bitte, wir werden uns schreiben und wir werden uns sehen, hast du verstanden?«, flüsterte sie mir ins Ohr. Ich nickte und ließ mir von Troy aufs Pferd helfen.

Da saß ich nun hoch oben auf dem Pferderücken und hielt mich krampfhaft am Sattel fest.

Lilly blieb neben uns stehen und hörte interessiert zu, als Troy mir erklärte, wie ich das Pferd lenken sollte und wie ich es anhielt.

»Und das funktioniert auch sicher? Es rennt jetzt nicht einfach los?«, wollte ich beunruhigt wissen und ließ mir zum dritten Mal die richtige Haltung der Hände zeigen.

»Nein. Pferde sind Herdentiere und wenn sie nicht gerade in Panik geraten, bleiben sie immer zusammen. Keine Sorge, dieses hier ist ganz zahm. Anfänger bekommen die älteren Pferde. Es ist eine Stute, sie ist zwölf Jahre alt und heißt Alpe. Sie wird ab jetzt dein Pferd sein.«

Ich klappte den Mund auf und machte ihn unverrichteter Dinge wieder zu. »Was? Wieso?«, wollte ich sicherheitshalber wissen, schließlich hatte ich doch gar keine Ahnung von Pferden.

»Jeder Wächter, der in einem Lager stationiert ist, bekommt ein Pferd. Solltest du irgendwann in eine Stadt gehen wollen oder gehen müssen, wird es an einen anderen Wächter weitergegeben. Allerdings brauchen wir dringend Wächter in den Lagern.« Nachdem Troy seine Erklärung beendet hatte, führte er ein zweites Pferd über den Hof zu Josh, der nun ebenfalls eine Lektion in Pferdekunde erhielt.

Lilly stand noch immer neben mir und wir betrachteten zusammen Alpes glänzendes Fell. Es war nicht vollkommen weiß, sondern durchsetzt mit einzelnen zarten, schwarzen Haaren, wodurch das Fell silbern schimmerte. Bis jetzt war Alpe brav stehen geblieben, aber nachdem auch Josh auf dem Pferd saß und eine genauso schlechte Figur wie ich abgab, setzte sich die Stute plötzlich in Bewegung.

Ich gab einen erschrockenen Laut von mir und wollte an den Zügeln ziehen, wie Troy es mir gezeigt hatte, aber sie waren viel zu lang. Ich griff mit der vollen Hand nach den hängenden Riemen und zog kräftig daran. Zu kräftig, denn Alpe warf den Kopf, blieb aber stehen. Unbemerkt hatte ich die Luft angehalten und atmete nun erstmal tief durch. Ich griff die Zügel weiter vorn, sodass sie straffer hingen, und hielt mich zusätzlich am Sattel fest. Seltsamerweise lachte keiner der umstehenden Magier und Schüler, die sonst ihre Schadenfreude nicht zurückhalten konnten. Ich versuchte, einigermaßen aufrecht zu sitzen und mich nicht wieder zu erschrecken, wenn die Stute gleich loslaufen würde.

Pünktlich zum Zwölf-Uhr-Geläut setzten sich alle Pferde in Bewegung. Kurz bevor wir durch das Tor ritten, drehte ich mich noch mal nach Lilly um, aber ich traute mich nicht, den Sattel loszulassen, um zu winken.

Der Weg führte uns in das Dorf Eichenzell. Wir kamen am Marktplatz vorbei, wo ich oft Waren verkauft hatte, und bogen einige Gassen weiter in die Hauptstraße ein, die aus dem Dorf führte. Außerhalb der Stadtmauern fegte mir eine kalte Windböe um die Ohren und bescherte mir eine Gänsehaut. Als ich ein letztes Mal zurücksah, musste ich doch eine Träne verdrücken.

Kapitel 3

Wir waren noch keine Stunde geritten, doch mein Hintern tat bereits furchtbar weh. Die Schmerzen erinnerten mich an den Sommer vor drei Jahren, als ich die Treppe in den ersten Stock hinuntergefallen war und wochenlang nicht gewusst hatte, wie ich sitzen oder liegen sollte. Ich hätte nie gedacht, dass sitzen so schmerzhaft sein konnte.

Alpe schaukelte gemütlich dahin und ich hatte mich an ihren Gang gewöhnt, konnte sie ein bisschen lenken und notfalls auch anhalten. Wobei ich vermutete, dass sie nur stehen blieb, weil die anderen Pferde es auch taten.

Es war mir noch immer unbegreiflich, dass ich es wirklich geschafft hatte. Ich hatte das Kloster zurückgelassen und durfte mir meinen Traum erfüllen.

Wir passierten gerade ein kleines Wäldchen. Es war sehr friedlich um uns herum, jetzt im März, wo die Vögel endlich wieder zwitscherten. Immer mehr Schwärme kamen nun zurück, um den Sommer hier zu verbringen.

Troy ließ sich auf einem etwas breiteren Weg zurückfallen und reihte sich neben mir ein.

Grinsend schaute ich zu ihm, denn auch wenn wir uns erst seit gestern kannten, war er mir unglaublich sympathisch.

»Kommst du mit Alpe zurecht?«, wollte er wissen und nickte zu meiner grauweißen Stute.

»Ein bisschen, aber ich werde noch viel Übung brauchen«, gab ich zu.

»Du wirst im Lager Reitstunden bekommen und lernen, wie man ein Pferd versorgt und kontrolliert, ob es gesund ist. Sie sind unsere wichtigsten Partner, wir müssen uns auf sie verlassen. Alle Pferde werden selbst gezüchtet und von den älteren Wächtern und eingestellten Bereitern zugeritten, wenn sie alt genug sind.«

»Wann ist ein Pferd alt genug, um zugeritten zu werden?« Ich merkte, wie wenig Ahnung ich doch hatte.

Troy erzählte mir ein wenig über Pferdehaltung und deren Pflege. Ich würde mir bestimmt nicht alles merken können, aber es lenkte von den Schmerzen in meinem Hinterteil ab. Wahrscheinlich würde ich morgen nicht mehr aufs Pferd steigen können, wenn das so weiterging.

Alpe schnaubte und schnappte sich ein Büschel Gras vom Wegrand, während ich abgelenkt war.

»Hast du Hunger?«, fragte ich sie kichernd.

»Nimm die Zügel kürzer oder reite weiter in der Wegesmitte. Wenn sie in Ruhe fressen, sind sie in der Lage, ihr Futter zu sortieren. Hier aber kann es sein, dass sie eine Pflanze abreißt, die giftig für sie ist«, belehrte Troy mich.

Das hatte ich nicht gewusst und beherzigte seinen Rat. Ich wollte Alpe ja nicht vergiften.

Als die Sonne langsam hinter den Bäumen verschwand, machten wir endlich eine Pause. Wir würden aber noch einmal aufsitzen und so lange reiten, bis das Tageslicht nur noch zum Aufbau des Zeltes und Entzünden eines Feuers reichte. Mir wurde gezeigt, wie ich den Sattel richtig abnahm und die Stellen bürstete, wo er gelegen hatte. Als ich Alpe am Hals striegelte, reckte sie plötzlich ihren Kopf nach oben und wackelte mit der Oberlippe.

»Da hast du ihre Lieblingsstelle gefunden. Kraule sie regelmäßig dort und sie wird dich schnell und ohne Ende lieben«, lachte Troy und zeigte mir, dass seine Stute genauso reagierte, wenn er ihr die Ohren kraulte.

Wir sammelten Feuerholz und Josh überraschte uns mit seinen Kenntnissen über Gewürze und Rezepte. Er schüttelte wegen unseres Lobes nur den Kopf und sagte, dass man sich im Kloster eben irgendwie beschäftigen müsse, wenn man nicht mehr unterrichtet wurde.

»Wie ist es bei den Wächtern so? Stimmt es, dass ihr auch Elfen, Trolle und Zwerge aufnehmt?«, wollte ich wissen.

»Wo hast du das denn her?«, fragte Troy verdutzt und sah zu mir herüber. Er füllte sich gerade seinen Becher mit dünner Suppe an dem großen Topf über dem Feuer.

Ich hatte in einem Buch darüber gelesen und es gleich aufgeregt Lilly gezeigt. Darin waren Bilder von den jeweiligen Rassen abgebildet und wir hatten über deren Erscheinung gestaunt.

Troy wartete nicht weiter auf eine Antwort von mir und fuhr einfach fort: »Nein, bei den Wächtern gibt es keine Elfen, Zwerge und schon gar keine Trolle. Vor den Elfen musst du dich besonders in Acht nehmen. Du wirst sie noch kennenlernen.« Er schwenkte seinen Becher Suppe, um die Kräuter aufzuwühlen, die sich am Grund abgesetzt hatten, und nahm dann einen vorsichtigen Schluck. Fluchend zuckte er zurück, als er sich Zunge und Gaumen verbrühte.

Ich hatte meinen Becher neben mir abgestellt und wartete, bis die Suppe etwas abgekühlt war. Obwohl man das Gebräu fast nicht als Suppe bezeichnen konnte. Es war eher ein Sud aus getrockneten und teilweise frischen Kräutern, die man um diese Zeit schon fand. Josh hatte wirklich ein Händchen dafür, aus solch einfachen Zutaten etwas ansatzweise Schmackhaftes zu machen.

»Habt ihr Ärger mit den Elfen?«, wollte ich wissen. Es hatte sich eben so angehört.

»Sie müssen die Ausgeburt des großen Ogers sein«, regte sich der Captain auf. »Greifen Dörfer an, weigern sich, ihrem König das Knie zu beugen, und sabotieren Handelsruten.«

»Ihrem König?«, wunderte ich mich.

»König Zereve, der große Eroberer«, sagte Troy, als wäre es selbstverständlich, dass man wusste, wer er war.

Den Namen hatte ich schon mal gehört, aber was er erobert hatte oder warum, war mir nicht geläufig. Vorsichtig pustete ich in meine Suppe und wartete darauf, dass mir jemand eine Erklärung gab. Zum Glück dauerte das nicht lange.

Troy nahm einen kleinen Stock zur Hand und malte damit einen Umriss in die Erde zu unseren Füßen, den ich als unseren Kontinent Eyess erkannte. Er teilte die Zeichnung mit einigen Linien auf und das Bild ergab eine grobe Landkarte. Dann deutete er auf einen Bereich im Norden. »Das hier war das Königreich Alvid unter König Zereve dem Fünften. Darunter lag das Königreich Jaro, regiert von Zereves Vetter, König Bolder.« Er deutete mit dem Stock auf die Landspitze im Süden. »Hier lag Merenge, regiert von König Riba. Das letzte Stück hier im Osten war das Königreich Viilbas, in dem ein Teil von den Elfen besetzt wird. König Perr hatte einen Handelspakt mit ihnen geschlossen, doch die Völker lebten unabhängig voneinander.« Jetzt begann Troy die Linien wegzuwischen, zuerst die zwischen Alvid und Jaro.

»Im Jahr 155 Eeleas – also vor zehn Jahren – bestieg König Zereves Sohn, Zereve der Sechste, den Thron und geriet sogleich in einen Zwist mit dem Königreich Jaro. Wegen einigen Silberitminen, die sich genau auf der Grenze befanden. Während der Regentschaft Zereves des Fünften hatten sich beide Königreiche die Gewinne geteilt. Anscheinend warfen die Minen für seinen Sohn nicht genug Profit ab. König Bolder reagierte sehr aggressiv auf dessen Forderungen nach höheren Auszahlungen und drohte mit Krieg, welcher keine fünf Monate später mit der Kapitulation König Bolders endete. Das Königreich wurde vergrößert, Jaro und Alvid wurden eins und trugen ab sofort den Namen Alvid. König Zereve der Sechste ist um einiges genauer und korrekter, als sein Vorgänger es war. Es wurde eine strenge Kastengesellschaft eingeführt, in der alles geregelt ist. Von der Wahl der Kleidung bis hin zum auszuübenden Beruf. Wenn es einem Dorf an einem Schmied mangelt, wird ein junger, kräftiger Mann ausgewählt, der das Handwerk erlernen muss.«

»Davon habe ich gar nichts mitbekommen«, murmelte ich und sah nachdenklich auf die Landkarte, auf der jetzt weitere Grenzen verschwanden, bis nur noch zwei Länder übrig waren. Auch wenn ich regelmäßig auf dem Markt gestanden hatte, musste das alles an mir vorbeigegangen sein.

»König Zereve fand Gefallen an seinem Eroberungszug und nach und nach fielen auch die Königreiche Viilbas und Merenge. Jetzt gibt es lediglich noch Alvid und das Gebiet der Elfen. Und natürlich die unterirdischen Städte der Zwerge, in denen ebenfalls die Kastengesellschaft eingeführt wurde. Außerdem veranlasste der König, dass die Zugänge stark begrenzt wurden.«

»Was für Zugänge?« Er sollte dringend langsamer reden und nicht so viel Neues erzählen.

»Es sind nur bestimmte große Städte der Zwerge erreichbar. Die Eingänge sind stark dezimiert worden. Um den Handel zu kontrollieren, wie ich vermute. Die Zwerge fertigen den besten Stahl, den man kaufen kann.«

»Aufsitzen, wir reiten weiter! Ich will auch noch mal ankommen«, verkündete der Captain plötzlich und wir standen auf.

»Lass uns unterwegs weiterreden«, sagte Troy und trank seinen letzten Rest Suppe aus. Er schüttelte den Becher, damit auch die letzten Tropfen herausgeschleudert wurden und seinen Rucksack nicht verschmutzten.

Ich hatte viele Informationen auf einmal bekommen und hoffte, sie mir merken zu können. Troy hatte über meine Unwissenheit nicht gelacht. Entweder hatten wir die Politik unseres Landes wirklich nicht im Unterricht besprochen oder ich hatte schlichtweg nicht aufgepasst.

Troy erklärte mir, dass die Truppen des Königs massive Probleme damit hatten, in das Waldgebiet der Elfen einzudringen. Und wenn es ihnen doch gelang, verschwanden sie spurlos. Auch der Seeweg war nicht sicher.

»Es sind einige Schiffe ausgesandt worden, um einen anderen Weg als den über die Berge oder durch den Wald zu finden, aber wir haben nie eine Nachricht erhalten. Es sind auch keine Wrackteile am Strand angespült worden. Entweder ist die Strömung eine andere oder die Schiffe sind nie gesunken.«

»Lassen die Elfen denn gar nicht mit sich reden?« Mir erschien es nicht richtig, ihr Land mit Gewalt zu nehmen, wenn es vorher einen Vertrag, einen Handelspakt, gegeben hatte.

Troy schüttelte den Kopf.

»König Zereve will keine Verhandlungen mehr führen. Er will das Land, das ihm zusteht. Das Land der Elfen gehörte zum Königreich Viilbas und nun rücken es die Klingenohren nicht raus.« Er klang bitter.

»Wie lange versucht der König schon, an das Land zu kommen?« Ich konnte mir das Ausmaß des Konfliktes gar nicht richtig vorstellen.

»Seit fünf Jahren sind Truppen an den Grenzen stationiert. Vor drei Jahren sind dann die Wächter hinzugekommen, da immer mal wieder Angriffe auf nahe gelegene Dörfer erfolgt sind. Mittlerweile gibt es immer mehr Unruhen und viele fordern vom König schnelleres Handeln. Da aber alle Spähversuche erfolglos blieben, wird sich das Heer wohl noch in diesem Jahr sammeln und einen Angriff beginnen. Das Volk wird unruhig, wenn der König nicht reagiert.«

»Wie will er denn vorgehen?«

Troy zog irritiert grinsend die Augenbrauen zusammen. »Er hat seinen Plan nicht mit mir besprochen …«

Hitze stieg mir die Wangen hinauf.

»… aber Gerüchte besagen, dass sie in das Waldgebiet einmarschieren werden. Eine große Armee sollte einen Wald voller Elfen bezwingen können.«

Ich nickte, obwohl ich keine Ahnung von Strategie und Politik oder dem Geschehen in unserem Land hatte. Es nagte an mir, dass ich so wenig wusste, und ich nahm mir vor, mich mehr mit diesen Themen zu beschäftigen.

Wir ritten durch Wälder und Dörfer. Zwischendurch wurde das Tempo angezogen und wir lernten, wie man den äußerst wackeligen Trab sitzen konnte. Bei Troy sah das so leicht aus. Ich brauchte eine ganze Zeit, bis ich mich sicher genug fühlte, um den Sattel und die Mähne loszulassen. Jedes Mal, wenn Alpe den Hals reckte und schnaubte, erschreckte ich mich. Ein Mal wäre ich fast hinuntergefallen und Troy hatte mich dann doch ausgelacht.

»Lach du nur. Kleine Sünden bestraft die Mutter Eelea. Irgendwann kann ich auch über dich lachen«, sagte ich gespielt beleidigt.

Mein einziger Trost war, dass Josh auch nicht gut ritt und genauso lange brauchte, bis er sich sicher fühlte. Er schien aber insgesamt etwas mehr Respekt vor Pferden zu haben.

»Wie funktioniert das Kastensystem eigentlich?«, wollte ich wissen, als wir schließlich fast im Dunkeln unsere Zelte aufbauten. Ich hatte vorhin vergessen, danach zu fragen, aber beim Ritt durch die Dörfer war es mir wieder eingefallen und es interessierte mich nun. Ich hatte ja fast nur im Kloster gelebt, isoliert von der Stadt und dem Geschehen dort.

Troy steckte gerade zwei hohle, leichte und biegsame Stangen ineinander. Darüber würde später die Plane kommen.

Es überraschte mich, wie schnell und geschickt er sein Zelt aufbaute. Sicher hatte er das schon sehr oft getan. Für mich war es heute das erste Mal. Auch das Schlafen in einem Zelt war neu für mich. Ich hatte immer über die mit Stroh gefüllten Matratzen geflucht, aber nun vermisste ich sie. Zum Schlafen würde ich heute nur eine Matte und ein Fell bekommen.

»Das Kastensystem ist eigentlich ganz einfach. An oberster Stelle steht der jeweilige Bürgermeister oder Stadthalter, darunter die Adeligen. Dann kommen Kaufleute und Händler. Dann einfache Arbeiter und Bauern. Ganz unten sind die ohne Zugehörigkeit. Kranke und Alte, die keinen haben, der sie pflegt, Gesetzlose und Verbrecher. Durch eine Heirat in eine höhere Kaste kann eine Frau diese als ihre gewinnen. Aber genauso sinkt das Ansehen des Mannes, wenn er eine Frau einer niederen Kaste heiratet, deswegen vermeidet man das auch unter normalen Umständen. Die Zugehörigkeit seiner Kaste verliert er dadurch aber nicht. Die Kinder sind der höheren Kaste zugeordnet.«

Die Erklärung klang recht durchdacht.

»Was passiert mit den Menschen ohne Zugehörigkeit?«, fragte ich.

»Sie dürfen nicht arbeiten und verdienen daher kein Geld. Viele Frauen leben in Bordellen. Das ist gestattet. Allerdings wird man nicht ohne einen sehr guten Grund aus der Kaste ausgeschlossen. Kastenlose sind immer Verbrecher, die einmal eine Strafe abgesessen haben.« Troy hatte sein Gestänge fertig aufgebaut und sicherte es nun mit Metallstiften, die er durch Ösen fädelte und in den Boden steckte. Dann warf er eine Plane über dieses Konstrukt.

»Was machen die Männer?«

»Nun, es gibt durchaus so etwas wie Bordelle, in denen Männer leben. Die sind allerdings nicht häufig. Viele versuchen zu stehlen oder einem Adligen einen Dienst zu erweisen, um so einen besseren Stand verliehen zu bekommen. Eine Alternative ist es, jemanden zu töten und dessen Identität zu übernehmen.«

Das war ein gruseliger Gedanke. Ich schüttelte den Kopf und machte mich daran, mein Zelt aufzubauen. Ich sollte weniger nachdenken.

»Wie ist denn das Leben im Kloster? Ihr scheint ja wenig von den Geschehnissen mitzubekommen, die außerhalb passieren«, wandte sich Troy nun an Josh, der zu uns getreten war, und mich.

»Es ist furchtbar langweilig. Man darf fast nichts. Ein bisschen Gemüse auf dem Markt verkaufen, das war es. Ansonsten verbringen wir unsere Zeit ausschließlich im Kloster. Das mag als Kind ja noch schön sein, aber wenn man Magier ist und irgendwann nicht mehr unterrichtet wird, sondern nur noch trainiert, um sein Wissen zu erhalten, ist es schrecklich. Ich weiß nicht, wie die anderen es dort ihr Leben lang aushalten, ohne durchzudrehen«, sagte Josh. Er musterte mich für einen Moment. Seine Augen waren ebenfalls blau wie die von Troy, erkannte ich jetzt.

Josh war einige Jahre älter als ich und demnach schon länger mit seiner Prüfung fertig. Im Kloster hatte ich nie wirklich mit ihm zu tun gehabt.

»Obwohl wir im selben Kloster gelebt haben, weiß ich gar nichts über dich. Weißt du, wo du herkommst, Josh?«, erkundigte ich mich bei ihm.

Er grinste und strich sich über seinen schwarzen Kinnbart, der ein kantiges Gesicht verbarg, dann nickte er.

»Ich komme aus den Bergen nahe dem Grenzfluss zwischen den ehemaligen Königreichen Alvid und Jaro. Ich bin in einem kleinen Dorf aufgewachsen. Meine Eltern waren etwas sonderbar und deswegen haben mich die Jungs in der Schule immer geärgert. Eines Tages habe ich dann aus Versehen einen von ihnen kontrolliert. Er schlug erst sich selbst, dann seine Freunde. Kaum einen Tag später standen Wachen des Königs vor unserer Tür und nahmen mich mit. Er dauerte lange, bis ich verstand, was ich angerichtet hatte, und in der Lage war, meine Gabe sinnvoll zu nutzen.« Josh sah nun interessiert zu mir, aber ich hob abwehrend die Hände und schüttelte nur mit dem Kopf.

»Ich habe keinerlei Erinnerungen an meine Eltern oder die Zeit vor dem Kloster. Wahrscheinlich war meine Abholung zu tragisch oder ich war einfach zu jung.« Ich hatte den Blick gesenkt und versuchte weiterhin, die Stangen ineinanderzustecken, aber das war schwerer, als es bei Troy ausgesehen hatte. Sie waren wirklich sehr leicht und dünn und ich hatte Angst, sie zu zerbrechen. Als ich zum dritten Mal abrutschte, nahm mir Troy die Stangen ab.

»Du musst sie ein kleines bisschen drehen, wenn du sie zusammenstecken willst. Schau, so geht es.« Er machte es vor und ich war sicher, dass er es nur gut meinte, aber trotzdem glühten meine Wangen vor Scham.

Ich schaffte es nicht, mich zu bedanken, sondern begann einfach erneut damit, mein Zelt zusammenzubauen. Diesmal klappte es besser und schon kurze Zeit später stand es neben den anderen.

Josh bot wieder an zu kochen und der Captain ließ ihn gewähren. Es schien, als wolle er nur in Ruhe irgendwo sitzen und seine Pfeife rauchen, die einen schweren, starken Tabakgeruch verströmte.

Als es Zeit war zu schlafen, fing ich an zu hinterfragen, ob ich dieses Leben bei den Wächtern führen konnte. Mir war es unangenehm, nach einer Pause zu fragen, wenn ich mal ins Gebüsch musste, und ich war nicht mal in der Lage, ohne Hilfe ein Zelt aufzubauen. Mit Sicherheit würde ich mich allein nicht einmal richtig ernähren können. Ständig war ich auf die Unterstützung der anderen Wächter angewiesen und das passte mir überhaupt nicht.

Es dauerte lange, bis ich eingeschlafen war, und ich träumte von Männern auf Pferden, die mit Zeltstangen versuchten, meine Identität zu stehlen.

Kapitel 4

Als einige Tage später am Horizont das Lager der Wächter auftauchte, in dem ich untergebracht sein würde, hätte ich fast angefangen zu weinen.

Ich hatte nicht angenommen, dass ich noch mehr Muskelkater haben könnte als am zweiten Tag, aber damit hatte ich falschgelegen.

Wir hatten angefangen, kleine Strecken im Galopp zurückzulegen, und ich war anfangs so verkrampft gewesen, dass ich nicht nur Muskelkater in den Beinen, sondern im ganzen Körper bekommen hatte. An einem Tag wäre ich wirklich beinahe nicht mehr aufs Pferd gekommen und Troy hatte mich auch nicht wirklich beruhigt, als er gesagt hatte, dass man sich daran schon gewöhne und es ihm zu Beginn auch so ergangen wäre.

Wir überquerten eine Brücke über einer Schlucht und ritten dann in das Lager der Wächter ein. Es schmiegte sich nördlich an eine Felswand und im Süden befand sich der Wald, über den Troy schon gesprochen hatte. Dort begann das Land der Elfen. Die Bäume sahen hier viel größer aus als jene, die wir zuvor in den Wäldern passiert hatten, aber das musste eine optische Täuschung sein. Oder waren die Bäume hier wirklich merklich größer als die, die wir kannten?

Auf den ersten Blick sah ich im Lager keine einzige Frau. Sofort vermisste ich Lilly und nahm mir vor, ihr in den nächsten Tagen zu schreiben und ihr zu berichten, was ich bis jetzt schon erlebt hatte.

»Ich hoffe, das hier ist nicht nur eine Versammlung von kleinen Leuten«, murmelte Josh neben mir und sah nicht sehr begeistert aus.

Ich ließ meinen Blick weiter schweifen und betrachtete die Berge, an deren Fuß das Lager errichtet worden war. Sie begrenzten den Stützpunkt auf natürliche Weise und ich war schon jetzt neugierig, was sich dahinter befand. Ob wir wohl Bergsteigen lernen würden?

Bei näherer Betrachtung fiel mir auf, dass es hier fast nur Zeltstädte gab. Diese Unterkünfte sahen zwar weit stabiler und dickwandiger aus als unsere Zelte, die wir unterwegs errichtet hatten, aber ich ahnte, dass das Schlafen nicht unbedingt bequemer sein würde.

Mein Rücken bereitete mir noch immer furchtbare Schmerzen, ich war mir allerdings nicht sicher, ob sie vom Muskelkater durch das Reiten oder von dem harten Untergrund beim Schlafen kamen.

Wir stiegen an der Westseite des Lagers von den Pferden, denn dort waren die Stallungen untergebracht. Die Reittiere standen in kleinen Gruppen auf eingezäunten Flächen mit Holzunterständen. Man zeigte mir die Herde, in der Alpe stehen würde, und ließ uns die Pferde erst versorgen, bevor wir uns am großen Feuer, dem Versammlungsplatz, treffen würden.

»Das Gebiss«, Troy deutete auf das metallene Mundstück an der Trense, »muss immer ausgewaschen werden, denn es kann rosten, wenn es dreckig bleibt. Passt aber auf, dass ihr das Leder nicht nass macht. Ein Mal im Monat solltet ihr es an der Trense und am Sattel mit Fett abreiben, damit es nicht hart wird«, erklärte er uns.

Den Sattel legten wir direkt über den mit dem Namen unseres Pferdes beschrifteten Holzbock und die Unterlage, die zwischen Sattel und Pferderücken platziert wurde, obenauf, sodass sie trocknen konnte. Dann bürstete ich Alpe den Rücken und kraulte sie am Hals.

»Das Heu lagert oben über der Kammer mit der Ausrüstung. Seid immer zu zweit, wenn ihr es herunterholt. Ihr könnt es einfach durch die Luke werfen und dann draußen unter das Dach legen. Ich zeige euch noch schnell, wie viel Heu ein Pferd bekommt, und dann habt ihr ein bisschen Zeit, euch im Lager umzusehen, bevor wir uns am großen Feuer treffen, um eure Aufnahme zu besprechen. Und noch etwas: Ein Mal pro Woche werden die Wiesenstücke von den Hinterlassenschaften bereinigt.«

Das sollte ich mir merken können. Zusammen fütterten wir die Pferde, mit denen wir heute ins Lager gekommen waren, und dann entließ uns Troy für einen Moment.

Zuerst erkundete ich nur den Bereich um die Stallungen, denn es war mir ein bisschen unangenehm, einfach so im Lager herumzulaufen. Ich hatte nicht das Gefühl, schon wirklich dazuzugehören, und es fühlte sich an, als würde ich etwas Verbotenes tun.

Als ich an einer Gruppe Männer vorbeiging, grüßten sie mich freundlich, aber ich war zu perplex, um zurückzugrüßen. Sie trugen Hemden mit dem Emblem der Wächter, waren unbewaffnet und schienen einfach für ein Gespräch zusammenzustehen.

Ich umrundete die Wiesen der Pferde und überlegte, ob ich es wagen konnte, zu Alpe zu gehen. Immerhin stand sie mit einigen anderen Pferden zusammen und vielleicht waren diese nicht so freundlich wie meine Stute. Ich beschloss, es zu riskieren, und bückte mich unter dem einfachen Holzzaun hindurch.

»Alpe«, rief ich nach der Stute, aber sie reagierte nicht, sondern hatte das Maul weiterhin in ihrem Heu vergraben. Einige der anderen Pferde hoben interessiert den Kopf, um zu sehen, wer sie in ihrer Nachmittagsruhe störte.

Ich wusste nicht, wie sie reagieren würde, wenn ich sie beim Fressen störte, also ging ich wieder.

Die Berge interessierten mich, aber die lagen auf der anderen Seite des Lagers und ich traute mich einfach nicht, mich ungezwungen zu bewegen.

Troy hatte gesagt, dass wir uns bei dem großen Feuer treffen würden. Der hell leuchtende Schein war wirklich nicht zu übersehen. Da ich nicht genau wusste, was ich jetzt tun sollte, machte ich mich auf den Weg dorthin.

»Schaut gut hin! Das ist ein Troll!«, erklang die Stimme eines Mannes in meiner Nähe.

Ohne es zu wollen, drehte ich den Kopf in seine Richtung. Auf der einen Seite wollte ich den Troll nicht sehen, aber auf der anderen Seite war ich verdammt neugierig.

Ich kannte diese Wesen nur aus Büchern und die Abbildungen hatten mir immer mal wieder Albträume beschert.

Von meinem Standpunkt aus konnte ich den Troll nicht sehen, der wohl auf dem Boden liegen musste und hoffentlich tot war, um keine Gefahr für mich darzustellen. Kurz haderte ich mit mir und trat dann einige Schritte näher heran, um besser sehen zu können. Das Ding dort auf dem Boden, war sogar noch hässlicher, als es in den Büchern beschrieben war.

Das Gesicht war deformiert, aber ob diese Verletzungen die Todesursache waren, konnte ich nicht einschätzen. Ich erkannte, dass das Wesen drei Augen gehabt haben musste. Im Unterschied dazu waren auf den Abbildungen, die ich gesehen hatte, lediglich zwei dargestellt gewesen.

Am Kopf trug der Troll zwei große, lange Hörner, die aus seiner Stirn wuchsen. Außerdem hatte er Hauer wie ein Wildschwein.

»Nehmt euch vor ihnen in Acht! Ihre Haut ist giftig und verursacht blutigen Ausschlag. Ihr Lebensraum sind die unterirdischen Gänge der Zwerge, aber ab und zu verirren sich einige an die Oberfläche. Sie sind blind, aber sie hören und riechen ausgezeichnet. Trolle treten nie einzeln auf, auch wenn sie sich verirren. Es gibt immer einige, die dem Verirrten folgen«, erklärte der Mann weiter. Er war augenscheinlich der ranghöchste unter den Wächtern und erteilte im Augenblick eine Übungsstunde.

»Was sollen wir tun, wenn wir auf einen oder mehrere Trolle stoßen, Sir?«, wollte einer der Männer wissen, die um das tote Wesen herumstanden.

»Ihr dürft euch nicht beißen lassen! Ganz gleich, was ihr tut, lasst euch nicht beißen! Nutzt seine Schwäche aus. Er sieht euch nicht. Bleibt stehen, wartet, bis er näher kommt, um ihn zu töten. Haltet am besten die Luft an.«

»Aber Sir, mit Verlaub, ich dachte, sie hören sehr gut. Wüssten nicht die anderen Trolle, dass jemand in der Nähe ist, wenn einer von ihnen stirbt? Wenn wir sogar die Luft anhalten sollen, hören sie doch auch, wenn einer der ihren zu Boden geht.«

»Deswegen werdet ihr mindestens zu zweit in den Wäldern unterwegs sein, niemals allein. Merkt euch: Die Trolle sind in ihrem Denken und ihren Bewegungen recht langsam, und das macht sie angreifbar!«

Ich wollte heute nichts mehr davon hören und ging weiter. Wahrscheinlich würde ich bald mehr über Trolle erfahren, als mir lieb war.

Mittlerweile war ich am Versammlungsplatz angekommen, lehnte mich an den Stützbalken eines kleinen Podestes und harrte der Dinge, die kommen würden. Josh wärmte sich am Feuer die Hände.

Es hatte angefangen zu dämmern und um uns herum verschwammen die Umrisse der Zelte. Wenn ich den Kopf in den Nacken legte, sah ich die ersten Sterne am Himmel aufleuchten und musste unweigerlich ans Kloster denken. Lilly und ich hatten oft am Fenster in der Bibliothek gestanden und einfach hinausgesehen.

Wir mussten eine Weile auf den Captain und Troy warten, aber als sie kamen, feuerte der Captain gleich los: »Ihr gehört jetzt zu den Wächtern. Ihr seid vorerst in diesem Lager stationiert und deswegen ist es eure oberste Aufgabe, die Bewohner der umliegenden Dörfer vor den Elfen zu beschützen. Morgen bekommt ihr eine Einweisung in das Verhalten hier im Lager und erfahrt Genaueres über unsere Situation.« Er schritt vor uns auf und ab und wirkte ziemlich erbost. »Troy, zeig den beiden

Neuen ihre Schlafplätze und komm dann zur Besprechung!« Damit war der Captain auch schon wieder verschwunden und ließ uns stehen.

Troy tat wie befohlen und wies uns unsere Plätze zu, an denen wir unsere neuen, stabileren Zelte aufbauen konnten.

Pünktlich zum Sonnenaufgang wurden wir geweckt. Was die Bequemlichkeit der Nachtruhe anbelangte, hatte ich recht behalten. Ich hatte nicht nur schlecht geschlafen, nein, ich hatte sogar sehr schlecht geschlafen.

Nachdem ich meine Knochen vorsichtig gereckt und gestreckt hatte, stand ich auf und musste erstmal die feine Eisschicht in der Waschschüssel zerschlagen, bevor ich mich waschen konnte. Hier war es deutlich kälter als im Kloster und ich zitterte wie Espenlaub, aber nachdem ich mir das kalte Wasser ins Gesicht gespritzt hatte, war ich hellwach.

Während andere Wächter Übungen absolvierten und der Unterricht begann, sollten Josh und ich uns mit Troy am Versammlungsplatz treffen. Dort würden wir unsere restliche Ausrüstung bekommen und eine Einweisung in die Regeln im Lager und den Verhaltenskodex erhalten.

Auf halbem Weg schloss Josh zu mir auf und wünschte mir einen guten Morgen.

»Die Matratzen im Kloster waren der reinste Luxus im Vergleich zu den Matten, die wir jetzt haben. Hast du auch solche

Rückenschmerzen wie ich?«, wollte er wissen und knetete sich mit einer Hand den Nacken.

Ich nickte und beobachtete das Treiben um mich herum.

»Was hältst du von dem Elfenproblem?«

Fragte er jetzt wirklich nach meiner politischen Meinung? Da ich nicht das Gefühl hatte, dass mein Wissen fundiert genug war, um mir ein Urteil zu bilden, zuckte ich einfach mit den Schultern und Josh fragte nicht weiter nach.

Außerdem hatte ich jetzt keine Lust zu reden. Mir war kalt und ich hoffte, dass wir mit unserer Ausrüstung einen dicken Überwurf bekamen.

Ich stellte mich so nah wie möglich ans Feuer, als wir am Versammlungsplatz ankamen.

»Guten Morgen«, begrüßte uns Troy. Er hatte uns schon erwartet und sah dafür, dass es so früh am Morgen war, erstaunlich wach aus. »Das hier ist ein kleines Regelwerk.« Er hielt einen Zettel hoch. »Ich denke, es reicht, wenn ich ihn ein Mal vorlese. Wenn ihr Fragen habt, sagt es einfach.« Er räusperte sich und begann: »Erstens: Die Wächter unterstehen dem Captain und haben seinen Befehlen Folge zu leisten. Verweigerungen ziehen Konsequenzen nach sich. Zweitens: Es ist nicht gestattet, allein und ohne Anweisung das Lager zu verlassen. Dies gilt insbesondere für das Gebiet südlich des Lagers. Auf Desertion steht die Todesstrafe. Ich wollte es nur erwähnt haben, nicht dass es am Ende heißt, ihr hättet es nicht gewusst.« Troy sah uns eindringlich an und ich nickte. Ich hatte wirklich keine Lust, allein auf eine Gruppe Trolle zu treffen. Das Bild des toten Wesens ging mir nicht aus dem Kopf. Zum Glück hatte ich nicht von ihm geträumt. Meine Nacht war aber auch ohne Albträume schlecht gewesen, denn ich hatte immer noch Probleme, allein in einem Zelt zu schlafen.

Im Kloster hatte jeder immer Gesellschaft und war eigentlich nie allein. Ich hatte dort Lilly an meiner Seite gehabt. Ich seufzte und bekam plötzlich Heimweh. Bevor ich aber in meinen Gedanken versinken konnte, sprach Troy weiter: »Drittens: Es ist nicht gestattet, mit einem Anwärter, einem Betreuer oder gar dem Captain selbst eine intime körperliche Beziehung zu führen.«

Ein zweiter Wächter trat in dem Moment hinzu, lachte und klopfte Troy auf den Rücken. Er war blond und trug eine ähnliche Jacke wie Troy, allerdings fehlten zwei aufgenähte Abzeichen auf der Brust. »Glaubst du wirklich, irgendjemand hätte Interesse am Captain? Der ist doch viel zu alt für so einen Kram.« Er grinste vielsagend und Troy schüttelte augenrollend den Kopf.

Er wollte weiter vorlesen, als ich ihn mit einer Handbewegung unterbrach. »Was sind Betreuer?«

»Das erkläre ich gleich, lass mich bitte zu Ende lesen!« Er sah uns beide noch einmal an, ehe er sich wieder seinem Text widmete. »Viertens: Selbstverständlich ist es verboten, Essensreste mitzunehmen und sie irgendwo liegen zu lassen oder die streunenden Hunde damit zu füttern. Sollte eine längere Patrouille geplant werden, sorgt der Betreuer für Verpflegung. Fünftens: Vor allem ist es verboten, sich ohne Berechtigungsschein Ausrüstungsgegenstände zu nehmen. Wenn ihr etwas braucht, geht ihr zu eurem Betreuer. Dieser stellt euch den entsprechenden Schein aus, den ihr dann im Lager gegen Ware eintauschen könnt.« Troy sah mich direkt an und fuhr fort: »Kommen wir zu den Betreuern. Sie haben, wie ihr Name schon sagt, die Aufgabe, euch in eurem ersten Jahr hier zu betreuen. Sie werden euch helfen, unterstützen und eure Fähigkeiten verbessern. Wenn es gut läuft, sollen sie eure Vertrauten werden. Freunde, wenn man so will. Das hier ist übrigens Ben.« Troy klopfte dem anderen Wächter so stark auf den Rücken, dass ihm seine blonden halblangen Haare ins Gesicht fielen. »Ben wird für dich zuständig sein, Josh.«

Die beiden Männer begrüßten sich mit Handschlag und mir wurde freundlich zugenickt.

»Wir haben nicht oft Frauen bei den Wächtern, deswegen hat mich der Captain darum gebeten, dass ich mich persönlich um dich kümmere, Tris. Eigentlich bin ich kein Betreuer mehr, denn ich habe genug andere Aufgaben zu erledigen, aber in diesem Jahr werde ich wohl eine Ausnahme machen müssen.« Mit diesen Worten drehte Troy sich um und deutete uns mit einer Handbewegung an, ihm zu folgen. »Ich führe euch jetzt durch das Lager, dann kennt ihr euch hier aus und dass ihr euch verlaufen habt, zählt nicht mehr als Ausrede, wenn ihr zu spät kommt.« Er grinste und ich musste kichern.

Ich würde mich dennoch verlaufen.

Wir fingen nordöstlich bei den Bergen an. Die Steilklippen gehörten zu einem Teil zu Alvid und zum anderen zum Land der Elfen. Das Lager war quasi direkt auf der Grenzen zwischen den Ländern errichtet worden, auf einer großen Lichtung zwischen Bergen und Wald. Troy erzählte uns noch einmal alles über die aktuelle Situation.

Vor fünf Jahren war das Königreich Viilbas gefallen und gehörte seitdem zum Land König Zereves des Sechsten. Dadurch war der Handels- und Friedensvertrag, den das Königreich Viilbas mit den Elfen geschlossen hatte, hinfällig geworden. Trotzdem weigerten sich die Klingenohren, ihr Land aufzugeben und sich unterzuordnen. In den unterirdischen Zwergenstädten war dies schon lange geschehen. Über die Lebensweise der Elfen war allerdings nicht viel bekannt. Man sah sie kaum und wenn man einen von ihnen zu fassen bekam, hielt er den Mund. Da half auch Folter nicht.

Mir lief es eiskalt den Rücken hinunter, als ich das Wort Folter vernahm. Mir war bewusst, was das war, aber nicht, in welch vielfältiger Weise sie angewandt werden konnte. Wollte ich es wirklich wissen? Ich schüttelte den Kopf und entschied mich, lieber nicht zu fragen.

»Gibt es ein Problem?«, sprach mich Troy an und ich sah auf.

»Ich habe lediglich nachgedacht. Es ist nichts«, erwiderte ich.

Er nickte und fuhr damit fort, dass in den letzten Jahren schon viel probiert worden war, um an Informationen zu kommen, aber nichts so recht funktioniert hatte. Der Wald wehrte sich gegen unliebsame Eindringlinge und immer mehr Magier wurden hinzugezogen, um Unterstützung zu leisten. Wir sollten den Wald studieren und nach Lösungen forschen, diesen zu durchqueren. Das war nicht ganz die Aufgabe, die ich mir erhofft hatte, aber sie konnte bestimmt interessant werden.

Vor dem Mittagessen hatte ich noch eine Reitstunde erhalten und spürte erneut meinen furchtbaren Muskelkater. Im Moment schien mir durch jede Aktivität etwas wehzutun: mein Rücken vom Schlafen, die Muskeln vom Reiten und der Kopf von den ganzen Informationen in so kurzer Zeit.

Alpe stand wieder auf ihrer Wiese und ich war auf dem Weg zum Mittagessen. Frühstück gab es hier nach dem morgendlichen Training und dann ging es mit dem Unterricht weiter. Entweder mussten wir Patrouillen in den Wald begleiten oder wurden in Waffenkunde, Kampftechniken, Pflanzen- oder Wesenskunde unterrichtet. Der Troll fiel in die Wesenskunde und ich konnte das Fach jetzt schon nicht leiden.

Der einzige Lichtblick war, dass ich mit meiner Ausrüstung auch gefütterte Kleidung bekommen hatte und mir nun warm war.

Von meinen Roben würde ich mich verabschieden müssen, denn ich hatte gemerkt, wie viel leichter es war, in Hosen zu reiten. Es war nicht nur einfacher, sondern auch bequemer.

Ich stellte mich an der langen Schlange am Essenszelt an und nahm mir vor, mich morgen mehr zu beeilen. Seufzend wackelte ich mit meinen Zehen in den Stiefeln. Sie waren neu und fühlten sich ungewohnt an.

Ich sollte ganz dringend Lilly schreiben und musste mich später bei Troy erkundigen, wie ich an Zettel und Stift kam.

Kapitel 5

Die erste Woche im Lager verging wie im Flug und meine Schmerzen und der Muskelkater wurden weniger.

Ich gewöhnte mich an das Schlafen auf dem harten Boden und fror auch nicht mehr bei der Katzenwäsche. Um uns richtig zu waschen, blieb uns nichts anderes übrig, als einen Topf Wasser ans Feuer zu stellen, um es zu erwärmen. Trotzdem war das Ausziehen und Waschen bei der Kälte, die im Zelt herrschte, kein Vergnügen. Wie vermisste ich die heißen Bäder im Kloster. Und noch viel heftiger vermisste ich Lilly.

Während der ganzen Woche hatte ich es nicht geschafft, ihr zu schreiben, da ich jeden Abend todmüde auf meine Matte fiel. Ich bekam zweimal täglich eine Reitstunde und dazu hatten wir mit leichter Waffenkunde begonnen. Auch wenn ich eine Magierin war, sollte ich mich mit Messern verteidigen können.

Vor den Waffen hatte ich einen Heidenrespekt und – was viel schwerwiegender war – ich traute mich gar nicht, einen Gegner richtig zu attackieren.

»Du musst schneller werden, Tris«, sagte Troy angespannt und sah mir dabei zu, wie ich mit zwei Messern versuchte, eine Strohpuppe anzugreifen. Ich hatte jedoch genug damit zu tun, die zwei Messer zu koordinieren, ohne dass eins davon in meinem Arm stecken blieb. Troy konnte das viel schneller und hatte viel mehr Geschick im Umgang mit Waffen.

»Das versuche ich ja!«, blaffte ich zurück.

Ich hatte miese Laune, da ich absolut nicht mit den Waffen klarkam, und alles, was Troy dazu zu sagen hatte, war, dass ich an Geschwindigkeit zulegen sollte.

»Du musst die Handführung zuerst ohne Waffen üben. Wie willst du sie mit ihnen beherrschen, wenn es schon ohne sie nicht funktioniert?« Er kam über den staubigen Platz auf mich zu und ehe ich michs versah, hatte er mir die Messer aus den Händen gewunden und zur Seite geworfen.

Wütend starrte ich Troy an, der ebenso wütend zurückstarrte. Seine Gesichtszüge wirkten noch härter, als sie es eh schon waren.

»Los! Jetzt ohne Waffen!«, brüllte er mich an, obwohl ich doch direkt vor ihm stand.

Völlig überrascht hatte ich mich noch nicht einmal gewehrt, als er nach mir gegriffen hatte. Ich funkelte ihn auch weiterhin wütend an, ohne mich zu rühren.

Troy warf stöhnend die Arme hoch und drehte sich dabei einmal um sich selbst. Dann fuhr er sich mit der Hand durch seine Haare.

»Wie willst du dich verteidigen können, wenn dir ein Magier dein Mana nimmt? Willst du zuschauen und abwarten, bis er die Kontrolle hat und du dich selbst in Stücke reißt?« Ich musste aschfahl geworden sein, denn er beruhigte sich wieder und seufzte vernehmlich. »Tris, du musst dich verteidigen können. Das ist wirklich wichtig!«, sagte er eindringlich.

Ich nickte nun und versuchte noch mal die Handbewegungen, die er mir vor einigen Tagen gezeigt hatte. Es klappte ein bisschen besser, die Messer bekam ich in dieser Stunde aber nicht mehr in die Hand.

Heute stand unser erster Ausflug in den Wald an. Troy hatte mir heute Morgen nach dem Essen einen Zettel mit einem Rezept in die Hand gedrückt. Es war für ein starkes halluzinogenes Gift mit dem Namen Düsterwein. Meine Aufgabe war es nun, die notwendigen Zutaten dafür zu sammeln, und ich hoffte, dass es nicht hergestellt und verwendet werden würde. In kleinen Mengen half es bei starken Schmerzen und Fieber mit Krämpfen, aber schon einige Tropfen zu viel waren tödlich. Düsterwein war gefährlich.

»Woher bekomme ich denn um diese Jahreszeit Fliegenpilze?«, wollte ich von Troy wissen, als wir uns später am Stall trafen.

Troy bürstete gerade Illy, seine braune Stute, und hatte mir Alpe netterweise von der Wiese mitgebracht. Er unterbrach seine Arbeit, sah mich an und antwortete mir in einem aufgesetzten und total übertrieben netten Tonfall. »Du bist doch schlau, Tris. Du wirst die Aufgabe schon bewältigen. Denken sollt ihr hier nicht verlernen.« Seine kryptischen Antworten brachten mich regelmäßig um den Verstand.

Ich seufzte und wir machten schweigend die Pferde fertig, um in den Wald zu reiten. Ich biss mir auf die Zunge, um keinen weiteren Streit zu provozieren. Mir hatte die Kostprobe seines Temperaments beim Training mit den Messern gereicht.

»Bevor wir jetzt den Wald betreten«, begann Troy, als wir über die weite Ebene trabten, die das Lager von der ersten Baumreihe trennte, »solltest du alles vergessen, was du über Wälder gelernt hast. Du wirst sicher schon bemerkt haben, dass die Bäume hier größer sind als anderswo. Berühre sie nicht, denn sie können um sich schlagen.«

Ungläubig riss ich die Augen auf, blickte zum Wald und dann wieder zu Troy. Schlagende Bäume? Konnte es noch kurioser werden?

»Außerdem müssen wir immer den Waldrand im Blick haben, denn hast du ihn einmal aus den Augen verloren, findest du nur sehr schwer wieder heraus. Es ist, als würden sich die Bäume immer wieder neu anordnen, um dich zu verwirren.«

Auch das noch. Dabei war Orientierung nicht gerade meine Stärke.

»Das klingt, als wären auch Magier unter den Elfen, oder?«

Troy nickte und wir tauchten in den dunklen Schatten des Waldes ein.

Die Temperatur schien sich nicht merklich zu verändern, aber ich spürte, wie meine Magie reagierte. Euphorie erfüllte mich und doch wusste ich, dass es nicht meine eigene war. Hier ging etwas vor sich. Die Luft knisterte und fühlte sich geladen an, wie bei einem großen Flächenzauber.

»Spürst du das auch, Troy?«, wollte ich von ihm wissen, um sicherzugehen, dass mich mein Gefühl nicht täuschte.

Er sah mich irritiert an und zügelte sein Pferd. »Was soll ich spüren?«

Jetzt war ich an der Reihe, verwirrt zu gucken. Hier war so starke Magie im Spiel und er bemerkte sie nicht? Auch als Nicht-Magier hatte man doch ein gewisses Gespür für so etwas, oder nicht? »Hier wirkt Magie. Sobald man den Wald betritt, spürt man es. Diese Unruhe in der Luft, dieses Flackern überall.« Ich stockte, als ich merkte, dass Troy mir nicht folgen konnte. Nahm er das alles wirklich nicht wahr?

Ich war nun beunruhigt und deutlich wachsamer.

Immer wieder schickte ich meine Magie los, um nach einer anderen magischen Quelle zu suchen, allerdings erfolglos. Dieser Zauber musste schon sehr lange bestehen oder einen Ursprung haben, der weit weg und damit sehr mächtig war.

Immer wieder tastete ich die Umgebung ab, aber es war weiterhin vergeblich. Ich sollte mich stattdessen auf meine Aufgabe konzentrieren und die Gegend kennenlernen. Zum Studieren und genauen Erforschen des Waldes würde ich später noch Zeit bekommen, da war ich sicher.

Ich ging die Liste mit den Kräutern noch einmal durch und entschied mich, zunächst nach einem Alpenveilchen Ausschau zu halten.

Am Waldrand, im Halbschatten, müssten normalerweise welche zu finden sein. Schließlich sollte mein ewiges Graben im Kräutergarten nicht umsonst gewesen sein.

»Darf man hier vom Pferd steigen oder ist die Gefahr zu groß, dass wir angegriffen werden?« Meine Frage mochte vielleicht nicht die klügste sein, aber ich erkundigte mich lieber ein Mal zu viel.

»Normalerweise kannst du absteigen, aber bleib nicht zu lange weg«, erwiderte Troy.

Ich nickte, stieg ab, gab ihm die Zügel von Alpe und schlich am Waldrand entlang, auf der Suche nach der kleinen Blume. Da bei den aktuellen Temperaturen noch nicht viele Pflanzen blühten, wurde ich schnell fündig. Das Alpenveilchen hatte rosa, rote, lila oder weiße Blüten sowie dunkelgrüne herzförmige Blätter mit heller Maserung. Ich entfernte einige der Blüten, Stängel und Blätter, den Rest ließ ich unversehrt, und verstaute sie in einem kleinen Lederbeutel, der an meinem Rucksack hing.

Dann stieg ich wieder auf mein Pferd und wir ritten weiter. Ich wusste gar nicht genau, wo ich im Frühling nach einem Fliegenpilz suchen sollte. Eine Weile sah ich mich ratlos um, ehe ich eine Idee hatte.

»Verkauft nicht ein Händler Fliegenpilzpulver? Findet man auf dem Markt so etwas?«

Troy zuckte vielsagend mit den Augenbrauen und ich wusste, dass ich auf der richtigen Spur war.

Die letzte Zutat, die auf dem Zettel stand, waren Dratalis, Drachenwurzeln, und von denen hatte ich erst ein Mal in Büchern gelesen. Es hatte zwar eine abgegriffene Abbildung dabei gelegen, aber ich konnte mich nicht mehr genau an sie erinnern. Fieberhaft überlegte ich, ob in dem Buch etwas zur Herkunft oder Blütezeit der Pflanze gestanden hatte.

Aus Reflex schickte ich meine Magie noch einmal los und dieses Mal bekam ich eine Antwort. Es überraschte mich so sehr, dass ich im Sattel hochfuhr und mich erschrocken umsah. Sowohl meine Magie als auch die meines unbekannten Gegenübers zogen sich blitzschnell wieder zurück. Ich schüttelte den Kopf und versuchte es erneut. Ich hatte meine Gabe nicht verängstigen wollen und die meines Gegenübers erst recht nicht. Man konnte so viel über jemanden aufgrund seiner Magie herausfinden und ich war neugierig. Wen hatte ich hier vor mir? Vorsichtig tastete ich mich wieder voran und bekam sofort eine Reaktion, als hätte derjenige nur auf einen erneuten Vorstoß von mir gewartet. Jetzt begann ein Tanz, der für mich eine Ewigkeit dauerte, sich aber eigentlich innerhalb von einigen wenigen

Sekunden ereignete. Wie zwei fremde Hunde umkreisten sich unsere magischen Fähigkeiten, beschnupperten sich und entschieden dann, dass sie sich leiden konnten und keine Feinde sein würden. Die fremde Magie war so rein, so unschuldig und unglaublich offenherzig. Ein unbeschreibliches Gefühl überwältigte mich, sodass ich eine Gänsehaut bekam und sich mein Herzschlag beschleunigte.

Ich griff hinterher, als mein Gegenüber sich zurückzog. Es war keine Angst in seiner Magie zu spüren und auch keine Aggression, als sie nun auf mich zuschnellte und nach mir haschte. Es ähnelte einem Spiel zwischen Kindern, die versuchten sich zu fangen. Diese Magie war anders als alles, was ich bis jetzt kennenlernen durfte, und auch wenn sich langsam meine Instinkte einschalteten und mir sagten, dass ich die Finger davon lassen sollte, wisperte meine Magie plötzlich »Zeig dich!« Die Worte hallten so laut in meinem Kopf wider, dass ich glaubte, sie selbst ausgesprochen zu haben.

Zwar hörte ich, wie Troy etwas zu mir sagte, doch seine Worte oder deren Bedeutung drangen nicht zu mir durch. Ich war viel zu sehr gespannt, was nun passieren würde.

Aus dem Augenwinkel nahm ich eine Bewegung wahr und dann sagte mir auch meine Magie, dass er derjenige war, den ich gespürt hatte.

Ein Mann. Ein Elf. Er stand dort im Schatten eines Baumes und sah mich an. Nicht einen Augenblick lang beachtete er Troy, er sah nur mich an. Seine Ohren liefen wirklich spitz zu und mir wurde bewusst, warum man sie Klingenohren nannte. Seine schulterlangen blonden Haare hatte er im Nacken zusammengebunden und die Arme vor der Brust verschränkt. Er trug keine Rüstung, nur Hemd, Hose und einfache Stiefel. Spontan hätte ich ihn nicht älter als Troy eingeschätzt, aber so genau erkannte ich es aus der Ferne nicht. Dafür hätte ich näher an ihn herangemusst.

Für einige Sekunden starrten wir uns an und die Zeit schien stehen zu bleiben. Nichts existierte mehr. Keine Bäume, kein Zauber und kein Rauschen des Windes in meinen losen Haarsträhnen. Irritierenderweise empfand ich keinerlei Angst. Alles, was ich wollte, war, dieser Magie auf den Grund zu gehen.

Als ich Alpe gerade ein Zeichen geben wollte, näher an den Elfen heranzutreten, griff Troy in meine Zügel und ich kehrte wieder ins Hier und Jetzt zurück.

»Bist du eigentlich irre?«, schrie er mich an und ehe ich reagieren konnte, klatschte er Alpe die flache Hand auf die Kruppe und galoppierte Richtung Waldrand. Meine Stute folgte ihm.

Ich drehte mich noch einmal um, aber der Elf war verschwunden.

»Was hast du dir dabei gedacht?«, fuhr mich Troy an, sobald wir den Wald verlassen hatten. Er parierte sein Pferd zum Schritt durch und drehte sich zu mir um. »Nein, warte! Ich wette, du hast dir dabei gar nichts gedacht! Wie oft habe ich dir in der letzten Woche und auch davor gesagt, dass sie gefährlich sind? Was auch immer du gemacht hast, du wirst das ab sofort unterlassen! Bei keiner Patrouille ist je ein Elf so nah an uns herangekommen und du machst einfach ...« Troy unterbrach sich selbst. »Was genau hast du gemacht?« Er klang neugierig und sein Ärger schien fast verraucht.

Was hatte ich getan?

Ich hatte eigentlich nur nach einer magischen Quelle gesucht, die diesen Flächenzauber beschworen hatte, und plötzlich eine andere gefunden. Was danach passiert war, konnte ich mir allerdings nicht erklären.

Wenn man in unseren Büchern über Magie las, dann wurde sie immer als Kraft beschrieben, die man einfach abrufen und nutzen konnte. Das schien mir überhaupt nicht passend, denn ich empfand meine Gabe nicht so rational und schematisch. Auch sie konnte schlechte Tage haben und war dann nicht so stark und einsatzfähig wie sonst. Man musste sie pflegen und nett zu ihr sein, dann tat sie alles, was man verlangte. In meinen Träumen konnte ich sie spüren und ich hatte das Gefühl, dass sie mir manchmal etwas mitteilen wollte. Heute hatte sie allerdings eine klare Stimme erhalten und ich war neugierig, ob es tatsächlich mit dem blonden Elfen in Zusammenhang gestanden hatte.

Bei dem Gedanken an die Geschichten, die Troy in den letzten Tagen über die Elfen erzählt hatte, wusste ich allerdings nicht, ob ich auf eine weitere Begegnung mit ihnen Wert legte. Der Vorfall vorhin im Wald war so plötzlich geschehen und ich hatte ihn gar nicht richtig beeinflussen können.

»Bekomme ich heute auch noch mal eine Antwort?«, wollte Troy wissen und ließ Illy einen kleinen Kreis gehen, damit er nun neben mir ritt. Er riss mich damit völlig unvermittelt aus meinen Gedanken.

»Ich bin mir nicht ganz sicher, was passiert ist«, murmelte ich und sah hinunter auf Alpes Hals. Ihr Fell am Mähnenansatz war leicht feucht. Sie hatte bei dem Sprint aus dem Wald geschwitzt.

»Aber du musst doch wissen, was du gemacht hast!«, beharrte mein Betreuer und hielt sein Pferd an. »Du hast ihn angesehen, als würdest du ihn kennen, Tris!«

Wir würden gleich ins Lager zurückkehren und dort wollte er die Diskussion augenscheinlich nicht führen.

»Dir ist klar, dass ich den Vorfall melden muss, oder?«, wechselte er unvermittelt das Thema und ich erstarrte.

»Was genau musst du melden?«

»Ich muss melden, Tris, dass wir einen Elfen gesehen haben, der sich zwar friedlich verhalten hat, bei dem wir aber nicht sicher sein können, was er wirklich geplant hat.«

Ich musterte wieder den Hals meines Pferdes. Es war mir einfach zu unangenehm, Troy anzusehen.

»Das ist schlecht, oder?« Es störte mich, wie unsicher sich meine Stimme anhörte, aber so wie Troy den Vorfall darstellte, hatte ich wohl wirklich richtig großen Mist gebaut.

Er seufzte und rang kurz mit sich. »Pass auf: Ich lasse deine Beteiligung unter den Tisch fallen, wenn du mir erklärst, was passiert ist. Ich habe auch keine Lust auf Ärger. Und den wird es zwangsläufig geben. Selbst wenn ich nur erwähne, dass uns ein Elf zu nahe gekommen ist, werden für die Patrouillen strengere Auflagen erteilt.«

Da fiel mir plötzlich etwas ein. »Troy, ich habe gar keine Dratalis gesammelt!« Noch bevor ich die Zügel aufgenommen hatte, um Alpe zu wenden, unterbrach er mich.

»Wir werden heute garantiert nicht mehr in den Wald reiten. Ich informiere gleich den Captain und nach dem Abendessen reden wir in Ruhe. In Ordnung?«

Ich sackte ein wenig auf dem Pferd zusammen. Mutlos ließ ich meinen Kopf und die Schultern hängen. Ich wusste wirklich nicht, wie ich ihm den Vorfall erklären sollte, aber wenn ich dadurch keinen Ärger kriegen würde, wollte ich es versuchen.

Während Troy direkt zum Zelt des Captains ritt, lenkte ich Alpe zu den Stallungen. Schon auf halbem Weg reckte sie den Kopf und wieherte lauthals.

»Na, wen rufst du denn?«, fragte ich sie und ihr antwortete ein dreistimmiger Kanon.

Während ich abstieg, die Ausrüstung wegräumte und Alpe putzte, schlichen meine Gedanken wieder zu dem Elfen im Wald. Ich konnte nicht leugnen, dass ich ihn merkwürdigerweise gut aussehend fand. Verwundert über meinen eigenen

Gedanken, spürte ich mich rot anlaufen. Seit wann dachte ich denn so was?

Ich fuhr mir mit der Hand über mein Gesicht und merkte zu spät, dass ich nun ganz viele Haare in Nase und Mund verteilte. Ich prustete und schnaubte wie ein Pferd, während ich mir mit spitzen Fingern die Haare von der Zunge zupfte. Na lecker!

Alpe drehte den Kopf in meine Richtung, als wolle sie prüfen, warum ich so ein Theater veranstaltete.

»Das sind deine Haare, siehst du?« Ich hielt ihr meine Finger hin und sie leckte darüber. Kichernd kraulte ich ihr den Hals.

Wieder musste ich an den Elfen denken, wie er so lässig an den Baum gelehnt dagestanden hatte. Was war nur mit mir los? War es die plötzliche Verbindung zu ihm gewesen? Seine Magie war meiner so ähnlich gewesen. Sie hatten sich verstanden.

Wie erklärte ich das Troy am besten, ohne dass es merkwürdig klang? Ich fand mein Verhalten ja selbst nicht vertrauenerweckend, wie konnte ich es dann einem anderen erklären?

Allerdings war es eine sehr interessante Erfahrung gewesen, die ich gern in Ruhe noch einmal wiederholen würde. Von meinen Mitschülern hatte ich nie eine solche Reaktion ihrer Magie empfangen. Ich hatte sie zwar spüren können, aber sie war nie so lebendig und wach wie die des Elfen gewesen. Mir war schon oft gesagt worden, dass es sich merkwürdig anfühlen würde, nach meiner Magie zu tasten, da sie dies nicht richtig zuließ. Wenn ich dann erwiderte, dass man ihr gegenüber eben vorsichtig sein musste, erntete ich meist nur verständnislose Blicke. Ich war mir sicher, dass der Elf mich verstehen würde.

Über diesen Gedanken erschrak ich so sehr, dass ich die Bürste fallen ließ. Mit einem Seufzen hob ich sie auf und räumte sie weg. Es reichte für heute. Meine Konzentration war nicht besonders ausdauernd und immer wieder musste ich daran denken, was im Wald passiert war. Für einen kurzen Moment hatte ich wirklich das Gefühl gehabt, dass der Elf und ich uns kennen würden. Aber das war Irrsinn. Allerdings hatte er mich so wissend angesehen, als wäre ihm klar, was in mir vorging und dass mich das alles verwirrte.

Kapitel 6

Zwei Wochen waren seit unserem Ausflug in den Wald vergangen und es hatten nur ausgewählte Einheiten das Lager verlassen dürfen. Ich hatte mich hauptsächlich mit einem missgelaunten Troy herumschlagen müssen, der das Training mit den Messern verschärft und die Reiteinheiten verlängert hatte. Mein Muskelkater war wieder ein ständiger Begleiter.

»Hast du schon den Aushang gesehen?«, wollte Josh beim Frühstück wissen. Er hatte sich heute zum ersten Mal zu mir gesellt, weil er es offensichtlich traurig fand, dass ich noch keinen Anschluss im Lager gefunden hatte.

Ich fand sein zur Schau gestelltes Mitleid nicht gerade nett, aber ich hatte geschwiegen und er sich gesetzt. Mein Löffel verharrte einige Sekunden vor meinem offenen Mund, ehe ich beschloss, doch erst zu essen und ihm dann zu antworten.

»Nun«, nuschelte ich und schluckte den letzten Rest des Haferbreis hinunter, »ich habe schon davon gehört, aber noch nicht nachgeschaut, was darauf verkündet wird.«

Josh seufzte und stützte seinen Kopf in seiner Handfläche ab. »Das wird eine nette Abwechslung sein. Jetzt, da wir nicht auf Patrouille gehen können.«

Ich zuckte bei seinen Worten leicht zusammen und hoffte, dass er es nicht bemerkt hatte. Obwohl Troy wie versprochen meinen Namen aus allen Angelegenheiten herausgehalten hatte, war mir natürlich bewusst, dass dies allein meine Schuld war. Hätte ich die fremde Magie abgewehrt, anstatt auf sie zuzugehen, würden die Patrouillen wie gewohnt weitergehen.

Seit unserer Rückkehr hatte ich die Zeit im Lager gelegentlich dazu genutzt, nach anderen Magiern zu suchen, aber nie hatte ich eine solche Reaktion erhalten wie von dem Elfen im Wald. Es wirkte tatsächlich so, als würde meine Magie nicht zu den anderen passen. Warum war sie der des Elfen ähnlicher als der meiner Mitschüler und Magier der Wächter? Dieser Sache wollte ich einerseits gern auf den Grund gehen, aber dazu würde ich mich andererseits wieder in Schwierigkeiten bringen müssen. Und das wollte ich dann doch nicht.

»Es soll ein Übungsturnier veranstaltet werden«, riss mich Josh aus meinen Gedanken.

Ich nickte nur und nahm mir vor, gleich am Versammlungsplatz anzuhalten, um mir den Aushang selbst anzusehen.

»Findest du das Training auch so hart?«

Überrascht von dem abrupten Themenwechsel und Joshs Ehrlichkeit, zog ich die Augenbrauen hoch, stimmte ihm dann aber zu. »Ja, gerade von den Reitstunden habe ich immer wieder Muskelkater in den Oberschenkeln. Jedes Mal, wenn ich denke, dass die Schmerzen weg sind oder ich mich daran gewöhnt habe, geht es wieder los«, antwortete ich.

Josh verzog das Gesicht und mir fiel wieder seine Reaktion auf die Pferde ein.

»Hast du Angst vor Pferden?«, wollte ich wissen.

Es herrschte eine geschlagene Minute lang Schweigen zwischen uns, in der mir meine Frage immer unangenehmer wurde. Ich hatte ihn nicht in Verlegenheit bringen wollen, aber es hatte mich einfach interessiert.

Natürlich hatte ein erwachsener Mann keine Angst vor Tieren. Sollte es doch der Fall sein, würde er es garantiert nicht zugeben. Es war geradezu lächerlich, dass ich Josh nach seinen Ängsten fragte. Insgeheim schalt ich mich eine Närrin und erhob mich. »Ich werde jetzt mal auf diesen Aushang gucken und hoffe, dass das Turnier ein bisschen spannender wird als unser Vorführkampf bei der Auswahl im Kloster.«

»Vielleicht stehen wir uns ja wieder gegenüber. Das wäre wirklich eine willkommene Abwechslung.« Josh lachte und ich hob noch einmal die Hand zum Gruß, ehe ich aus dem großen Zelt schlüpfte.

Draußen wehte ein beißender Wind, der nichts vom Frühling spüren ließ, der sich schon vor Wochen im Kloster angekündigt hatte. Troy hatte gesagt, dass es diesen Wind brauchte, damit er die Kälte vertrieb und Platz für warme Luft schaffte.

Ich konnte ihm nicht so recht glauben und schlug fröstelnd den Kragen meiner Jacke hoch. Der Wind pfiff unangenehm und riss an meinen hochgebundenen Haaren. Störrisch wehte mir immer wieder eine Strähne ins Gesicht, bis ich schließlich anhielt, um meinen Zopf neu zu binden. Kaum hatte ich das Lederband gelöst, packte eine Böe meine Haare und ich hatte reichlich Mühe, sie zu bändigen.

Während ich langsam weiterging, schlang ich sie zu einem unordentlichen Knoten zusammen. Im Grunde genommen waren meine langen Haare schon immer unpraktisch gewesen, aber ich konnte mich einfach nicht überwinden, sie abzuschneiden.

»Das Turnier wird sicher so aufregend! Mit welcher Waffe willst du antreten? Soll ich das Schwert oder doch die Messer nehmen?«

Vorsichtig drückte ich mich an den beiden jungen Männern vorbei, die in eine Diskussion über die Wahl ihrer Waffen vertieft waren. Der eine roch sehr unangenehm nach Schweiß und etwas, das ich nicht genau identifizieren mochte. Ich lehnte mich ein bisschen von ihnen weg, aber sowohl der Wind als auch die beiden Männer standen ungünstig. Durch den Mund atmend, las ich mir, die Worte leise vor mich hin murmelnd, den Aushang durch. Ich war noch nicht ganz fertig, da wurde ich von links angesprochen.

»Weißt du schon, gegen wen du antreten wirst?« Es war Troy.

Ich schüttelte den Kopf, las erst einmal den Text komplett durch und drehte mich dann zu ihm um.

»Ich bin mir aber sicher, dass du es weißt und es mir gleich verraten wirst«, scherzte ich.

Er grinste und deutete mir an, ihm zu folgen. Es war das erste Mal seit Tagen, dass er gute Laune zu haben schien.

Wir schlängelten uns durch die Zelte und Holzbauten, bis wir am Trainingsplatz ankamen, wo Troy in einer kleinen Hütte lebte. Der Winter schien sie stark mitgenommen zu haben, denn er brauchte zwei kräftige Versuche, um die Tür aufzustoßen.

»So kann sich nachts niemand unbemerkt reinschleichen«, witzelte er und ich musste über den Gedanken lachen. »Ja, ich hatte schon überlegt, mir einen Wachhund anzuschaffen. Als rechte Hand des Captains besitzt man ja doch die ein oder anderen vertraulichen Unterlagen. Aber ich denke, mit dieser Tür bin ich genauso gut bedient.« Er trat wieder nach draußen und reichte mir einen Zettel. Es war tatsächlich ein Plan mit den Kontrahenten der ersten Runden.

Ich öffnete den Mund, um etwas zu sagen, schloss ihn aber wieder. Sollte ich entsetzt sein? Definitiv! Das hier war handfester Betrug. Außerdem war meine Magie ja wohl stark genug, um sich spontan auf einen fremden Gegner einzustellen. Immerhin hatten wir in den letzten Wochen intensiv trainiert.

»Glaubst du etwa, dass ich verliere, wenn ich keine derartige Vorbereitung habe?«, wollte ich wissen und meine Stimme klang in meinen Ohren vorwurfsvoller, als ich es beabsichtigt hatte.

Troy lachte darüber nur und deutete mit der Hand auf den Zettel. »Es gibt einen kleinen Wettbewerb unter den Betreuern. Wir wetten auf unsere Schützlinge und ich habe keine Lust zu verlieren.«

Es war ja keine Seltenheit, mich sprachlos zu erleben, aber das hier schlug dem Fass den Boden aus.

»Du hast was?«, fuhr ich ihn an und schämte mich sogleich für meinen harschen Ton. Ich war mir sicher, dass sich ein freches Mundwerk seinem Betreuer gegenüber nicht gehörte, allerdings hatte Troy einfach eine Wette abgeschlossen, die mich betraf.

»Wir dachten, dass es ganz lustig sein könnte«, erklärte Troy ungerührt.

»Auf uns zu wetten, ohne uns vorher zu fragen? Glaubst du, ich mache da mit? Auf dem Aushang klang es so, als solle es lediglich um Spaß gehen«, antwortete ich angefressen und ließ meinen Blick über den Übungsplatz schweifen. Die Strohpuppen hatten ihre besten Tage schon lange hinter sich und mussten erneuert werden. Ich spürte die Wut hinter meiner Stirn pulsieren. Wie hatte er das einfach so entscheiden können, ohne mich zu fragen? Wussten die anderen Neulinge davon? Wo blieb der Spaß, wenn man unter Druck stand, für seinen Betreuer eine Wette zu gewinnen?

Mit einem knisternden Geräusch ging eine Strohpuppe in Flammen auf. »Scheiße!«, fluchte ich und löschte sie sofort wieder, indem ich Eis heraufbeschwor, das zischend verdampfte, bis es das Feuer gelöscht hatte. Aber man sah der Puppe trotzdem deutlich an, dass sie ein Flammenbad genommen hatte.

Troy starrte mich für einen Moment fassungslos an, bevor er in schallendes Gelächter ausbrach. Zwischen seinen Lachsalven gluckste er immer wieder »Das gibt es doch nicht!« und »Da hat sie wirklich die Strohpuppe abgefackelt!«.

Ich fand es weniger lustig, dass mir meine Magie ausgerutscht war, aber ich musste zugeben, dass es die Stimmung etwas auflockerte. Es musste Jahre her sein, dass mir das zuletzt passiert war.

»Du hast also auf mich gewettet?«, fragte ich noch einmal nach, als er sich beruhigt hatte, und Troy nickte.

»Wie ich schon sagte: Wir dachten, dass es ganz unterhaltsam sein würde. Aber wenn ich meine Wette nicht gewinne, ist das auch nicht schlimm.«

»Das will ich hoffen«, grummelte ich und ließ mir von Troy meinen Gegner der ersten Runde und meine potenziellen Gegner in der zweiten Runde zeigen.

Der Gewinner würde mit zusätzlicher Ausrüstung belohnt werden. Eine zweite Jacke klang himmlisch und ich nahm mir vor, mein Bestes zu geben. Nicht, dass ich etwas anderes vorgehabt hätte.

Bei den Nicht-Magiern gab es noch vor dem Mittagessen zwei Knochenbrüche, eine Kopfwunde und diverse Schnittverletzungen.

Mir war klar gewesen, dass sich unsere Übungen hier grundlegend von denen im Kloster unterschieden, aber dass in Kauf genommen wurde, dass man sich verletzte, hätte ich nicht erwartet. Wurden wir nicht alle gebraucht, wenn es einen Überfall geben sollte?

Auch wenn ich wusste, wer mir gegenüberstehen würde, war ich aufgeregt und bekam schwitzige Hände, als ich aufgerufen wurde. Ich hatte mich auf Troys kleines Spielchen eingelassen und mir erklären lassen, gegen wen ich antreten würde.

Mich erwartete Tamino, ein junger Mann aus dem ehemaligen Viilbas. Er war ein Magier, der sich überwiegend auf Feuerzauber eingeschossen hatte. Ich hatte meine Spezialisierung noch nicht gefunden, aber ich beherrschte einige Eiszauber, die sehr wirkungsvoll sein dürften.

Auf ein Startsignal hin begann unser Zweikampf und ich beschwor zuallererst einen Schutzzauber um mich herum.

Tamino, der offensichtlich eine andere Taktik fuhr, griff mich sogleich mit Feuerbällen an. Sie trafen mich nicht direkt, aber sie schossen so nah an mir vorbei, dass ich ihre Wärme spüren konnte. Ohne meinen Schutzschild hätte ich der Hitze ausweichen müssen. Ich ließ die Feuersalve über mich ergehen und wartete ab.

Ich war noch nie der Typ dafür gewesen, direkt loszulegen. Wie erwartet folgte gleich die nächste Salve. Diesmal war mein Gegner nicht mehr so zurückhaltend. Er verstärkte seinen Einsatz und ein Feuerball streifte mich, sodass meine Weste ein Brandloch bekam. Ich hatte ihn unterschätzt. Seine Zauber waren stärker als erwartet.

Wütend kniff ich die Augenbrauen zusammen. Meine Geduld war genau jetzt am Ende. Den nächsten Feuerball wehrte ich mit einem Schild aus Eis ab. Zischend breitete sich Dampf um mich herum aus und ich zog eine ganze Wand aus Eis auf. Weil ich nicht mehr sehen konnte, woher die weiteren Feuerbälle meines Gegners kamen, schickte ich blind einen leichten Froststoß los.

Taminos Angriffe stoppten abrupt und nach zwei Sekunden kompletter Stille ließ ich meine Schilde fallen, in der Angst, ihn eingefroren zu haben.

Nichts dergleichen war passiert.

Tamino stand ungerührt auf der anderen Seite des Platzes und nutzte meinen Moment der Schwäche sofort aus. Nur mit einem beherzten Satz zur Seite konnte ich dem Feuerball ausweichen. Konnte er denn nichts anderes?

Ich strauchelte und schlug mir bei der missglückten Landung das Knie auf. Zeit, nachzuschauen, was passiert war, hatte ich nicht, denn der nächste Angriff folgte auf dem Fuß. Er verfehlte mich nur um Haaresbreite und ich spürte Angst in mir aufflammen. Aber es war nicht meine eigene.

Wenn ich uns, mich und meine Magie, jetzt nicht beruhigte, wäre ich gleich nicht mehr in der Lage, einen Zauber zu wirken. Fahrig wischte ich mir den Schweiß von der Stirn.

Einatmen und ausatmen.

»Ruhig, ganz ruhig«, flüsterte ich mir selbst zu und versuchte noch gleichmäßiger zu atmen. Dann beschwor ich einen Schutzschild, der auch sofort mit einem blauen Leuchten in Erscheinung trat. Jetzt brauchte ich schnell einen neuen Plan, denn Tamino einzufrieren war definitiv unmöglich. Ich konnte und wollte ihn schließlich nicht umbringen. So konzentrierte ich mich auf meine Magie und meinen Schutzzauber und verstärkte ihn noch einmal.

Für den nächsten Zauber brauchte ich ein bisschen Zeit, denn er musste aufgebaut werden. Ich fixierte die Bäume und dachte an Wind. Meine Arme begannen sich zu bewegen, als ob sie Luft fächerten.

Tamino schien zu merken, dass ich für den Moment unfähig war, zu reagieren, und verstärkte seine Angriffe. Er achtete nicht mehr darauf, ob mich das Feuer treffen könnte, und das ließ meinen Atem schneller gehen.

Es war nicht einfach, sich auf den Wind zu konzentrieren und dabei den Schutzschild aufrechtzuerhalten. Aufgrund der Anstrengung und der Hitze lief mir der Schweiß über die Stirn und meine Magie kämpfte ebenfalls unter der doppelten Belastung.

Dann begannen die Bäume zu rauschen und sich zu biegen. Blätter, die vom Herbst noch auf dem Platz lagen, wehten auf und ein Eimer polterte durch die Gegend.

Tamino war nicht auf die Wucht gefasst, mit der ich den Sturm entfesselte. Er stolperte, versuchte sich zu fangen, aber landete dann doch hart auf dem Boden. Nach wie vor wehten Blätter und Staub über den Platz, aber der kurze Sturm legte sich schon wieder. Tamino stöhnte und rieb sich im Liegen mit der Hand durch das Gesicht.

Dann fixierte er mich und versuchte aufzustehen. Dabei wurde mir und allen Umstehenden bewusst, dass er doch etwas abbekommen haben musste, denn er presste die Zähne zusammen und holte zischend Luft. Sein Ärmel am rechten Arm war aufgerissen und der Stoff rot verfärbt.

Ich beobachtete ihn, jederzeit bereit, meiner Magie eine Anweisung zu geben, sollte mein Gegner noch einen Vorstoß wagen. Aber er hob die Hand und signalisierte damit, dass ich gewonnen hatte.

Ich konnte mir ein Grinsen nicht verkneifen, während ich zu ihm ging, um ihm beim Aufstehen zu helfen und ihm die Hand zu schütteln. Tamino war nicht viel älter als ich und irgendwie tat er mir leid.

Beim Laufen fiel mir mein aufgeschlagenes Knie wieder ein. Nachdem ich den Platz verlassen hatte, stellte ich als Erstes meinen rechten Fuß auf die mittlere Zaunlatte und krempelte meine Hose hoch. Beim Anblick des angetrockneten Blutes begann die Wunde richtig wehzutun. Vorsichtig zupfte ich einen kleinen Hautfetzen ab und versuchte die Kiesel aus der Wunde zu wischen. Es brannte wie Feuer.

»Das hast du wirklich gut gemacht«, lobte mich Troy und lehnte sich neben mir an den Zaun.

»Nicht wirklich«, murmelte ich und versuchte den Stoff wieder möglichst schmerzfrei über das Bein zu ziehen. Dabei verzog ich das Gesicht.

»Kannst du laufen?«

Ich nickte und machte es ihm vor. Es tat weh, aber ich biss die Zähne zusammen.

»Du hast das wirklich gut gemacht«, wiederholte sich Troy, aber ich ging gar nicht darauf ein.

Mein Sieg schmeckte nicht nach einem Sieg, sondern eher nach Verrat, denn ich hatte Taminos Schwachpunkt von Troy erfahren. Und auch wenn es ein anspruchsvolles Match gewesen war, fühlte ich mich schlecht.

Ich hatte das Turnier als Fünfte abgeschlossen und als Troy mir am nächsten Morgen als Preis für meine Platzierung eine zweite dicke Jacke in der Ausrüstungskammer suchte, kam der Captain im Stechschritt auf uns zu.

»Troy! Aufsatteln! Treres südlich von unserem Lager ist heute Nacht überfallen worden. Wir müssen uns das ansehen. Nimm dir einige Wächter mit, die das auch sehen sollten! Wir treffen uns gleich an der Brücke!«, rief er im Vorbeigehen und war schon wieder hinter dem nächsten Zelt verschwunden.

Troy seufzte, warf mir die Jacke zu und deutete mir an, ihm zu folgen.

Ich traute mich fast nicht, zu fragen, aber meine Neugierde siegte. »Haben die Elfen das Dorf überfallen?«

»Sicher. Sag mir, wer es stattdessen gewesen sein soll. Wir wissen noch nicht mal, wie schlimm es ist. Sei einfach auf alles vorbereitet. Es kann von einem einfachen Raub bis zu Vergewaltigung, Mord und Entführung alles sein.«

Alpe stand still wie eine Statue, als ich sie sattelte. Dafür zitterten meine Hände wie Espenlaub und ich brauchte drei Anläufe, um die Schnalle am Sattelgurt zu schließen. Mein Pferd drehte den Kopf in meine Richtung und schnaubte an meine Schulter. Ein bisschen wirkte es, als wolle sie mich beruhigen. Leider brachte es nichts, denn mein Herz schlug mir immer noch bis zum Hals, als wir über die Brücke unser Lager verließen.

Mit mir kamen noch vier weitere Wächter mit, die ich nicht kannte. Zwei von ihnen trugen die Abzeichen eines vollwertigen Wächters.

Ich wollte eigentlich gar nicht wissen, was uns erwartete. Ausnahmsweise hielt sich meine Neugierde diesmal in Grenzen.

Laut hallten die Klänge, mit denen die eisenbeschlagenen Hufe auf den dicken Stein trafen, durch die Schlucht. Nicht nur ich zuckte furchtbar zusammen, als Alpe plötzlich wieherte.

Vor mir drehte sich ein Wächter um und lächelte mich kurz aufmunternd an. Ich war zu angespannt, um zurückzulächeln oder etwas zu sagen.

Nachdem wir die Brücke verlassen hatten, verfielen wir in einen langsamen Galopp und ließen das Lager schnell hinter uns.

Kapitel 7

Schon von Weitem sah man den dicken Rauch, der über dem Dorf als Säule gen Himmel zog.

Ich musste mich zusammenreißen, um Alpe nicht zu zügeln oder gar zu wenden. Wir hatten noch zwei Hügel vor uns und ich wollte gar nicht sehen, was sich dahinter verbarg. Auf dem Weg durch das kleine Tal, welches noch vor den Hügeln lag, drehte ich mich immer wieder um und schätzte ab, wie groß der Ärgern sein würde, den ich bekam, wenn ich jetzt einfach umkehrte.

Der Wind wehte uns nicht entgegen und so konnte man den Rauch noch nicht riechen. Trotzdem reckte ich immer wieder die Nase in die Luft und schnupperte. Mit jedem Schritt, den mein Pferd tat, wurde ich unruhiger.

Hinter der nächsten Biegung stand ein Mann in zerbeulter Rüstung. Sein Schwert hatte auch schon bessere Tage gesehen. Er schien eine Wache oder ein Soldat zu sein. Als er uns sah, kam er auf uns zu.

»Seid ihr hier, um uns zu helfen? Wir sind überfallen worden. Sie kamen in der Nacht. Völlig unerwartet. Sie schändeten unsere Frauen und brannten die Kirche nieder«, rief er uns entgegen und jetzt konnte man den Rauch überdeutlich riechen. Er legte sich schwer auf meine Lungen und ich musste husten.

Es hatte ein Mal im Kloster gebrannt, daher war ich mir sicher, zu wissen, wie abgebranntes Holz roch. Hier mischten sich noch andere Gerüche darunter, die ich allerdings nicht identifizieren konnte. Vielleicht war ein Lebensmittelladen in Brand geraten?

»Hört ihr nicht?«, rief der Mann abermals. »Sie schändeten die Frauen! Sie brannten die Kirche nieder! Keiner kam, um zu löschen. Das halbe Dorf ist abgebrannt.« Er war lauter geworden und wollte dem Captain in die Zügel greifen. Dieser stieß ihn grob mit dem Fuß zur Seite und der fremde Mann stolperte. Er landete auf den Knien und begann zu schluchzen.

»Er redet wirr. Kommt, wir sehen uns das selbst an.« Der Captain trieb sein Pferd zur Eile an.

Ließ er den Mann einfach im Dreck liegen? Ich rang mit mir, mein Pferd zu zügeln und ihn anzusprechen, tat es aber dann doch nicht. Ich biss mir auf die Lippe und versuchte, nicht zurückzusehen, während meine Hände schon wieder zitterten. Es konnte doch nicht richtig sein, einen verzweifelten, Hilfe suchenden Mann liegen zu lassen. Das war nicht das, was ich im Kloster gelernt hatte, und doch unternahm ich nichts. Ich ritt einfach weiter auf das Dorf zu. Hinter mir wurde das Schluchzen mit jedem Schritt von Alpe leiser.

Und dann tauchte es vor uns auf. Schwarze Säulen hoben sich träge wie eine dicke Katze dem Himmel entgegen. Zwei Gebäude standen noch in Flammen, aber nur wenige Dorfbewohner machten sich die Mühe, sie zu löschen. Eines von ihnen war eine Scheune und ich vernahm deutlich das laute Gebrüll von Vieh. Es musste in den Flammen eingeschlossen sein.

Mitten auf dem Marktplatz stand ein Händler mit seinem vollgeladenen Wagen und bot seine Waren feil.

»Lebensmittel, Rüstungen, Zelte!«, dröhnte seine kräftige Stimme über die anderen hinweg und ein Wächter neben mir verzog angewidert das Gesicht.

»Eine Sauerei ist das. Die Menschen hier haben alles verloren und er nimmt ihnen noch ihr letztes Geld. Verschenken sollte er seine Sachen.«

»Sag das ihm und nicht uns«, murmelte ich und ließ meinen Blick durch das Dorf oder eher das, was noch davon übrig war, wandern. Die Scheune brannte immer noch, aber das Vieh war verstummt. Ich machte mir keine Hoffnung, dass es das Gebäude lebend verlassen hatte. Der Geruch hatte sich erneut verändert und nun wusste ich, was neben schwelendem Holz noch in der Luft lag: verbranntes Fleisch.

»He, Halsabschneider!«

Ich fuhr herum. Das tat er doch jetzt nicht wirklich?

Der Händler wurde auf uns aufmerksam und der Wächter, der sich eben über ihn geärgert hatte, ritt auf ihn zu.

»Wollt ihr etwas kaufen?« Die Stimme des Mannes am Wagen war schneidend und verriet definitiv keine guten Absichten. »Ich habe einige sehr gute Rüstungen im Angebot. Neun Silberstücke für einen Helm aus echtem Zwergenstahl.«

»Wahrscheinlich sind es dieselben Sachen, die du den Dorfbewohnern letzte Nacht erst abgenommen hast«, schnauzte ihn jetzt der Captain an und eine Schwester der Kirche kam herbeigeeilt. Ihre Roben wehten hinter ihr her und sie wirkte abgekämpft und müde.

»Was ist hier los? Schwester Rita hat bereits ein Mal gesagt, dass du mit deinen geklauten und viel zu teuren Waren abhauen sollst!«, fauchte sie den Händler an. »Wir sind in Not! Schenke es uns oder geh!«

»Was ist Zwergenstahl?«, wollte ich leise von Troy wissen.

»Stahl aus den Schmieden von Grazlar. Grazlar ist die größte Stadt in den Gängen der Zwerge und deren Hauptstadt.«

»Ist es besonderer Stahl?«, fragte ich etwas lauter weiter, um das Gekeife des Händlers zu übertönen.

»Das kann doch nicht euer Ernst sein!«, zeterte er neben uns.

Ich sah wieder zu dem Tumult am Wagen und es sah so aus, als müsse der Händler seinen Platz räumen, die Waren billiger abgeben oder gar verschenken.

»Hörst du mir wohl zu, wenn ich dir eine Frage beantworte!«, empörte sich Troy gespielt beleidigt.

Wie konnte er angesichts dieses Elends hier Witze machen?

»Zwergenstahl ist selten geworden, seit die Zugänge zu den Städten der Zwerge begrenzt wurden. Er ist mehrmals gefaltet und hat einen hohen Veridium- und Silberitanteil«, beantwortete er mir meine Frage noch einmal und ich nickte dankbar.

»Sag, Kirchenschwester, wo ist der Bürgermeister?«, erkundigte sich der Captain bei der in dunkelrote Roben gekleideten Frau.

Der Händler packte währenddessen seine Waren zusammen.

Sie drehte sich einmal um sich selbst, als suche sie so nach der Antwort, und deutete schließlich auf ein kleines, steinernes Gebäude am Rand des Dorfes. Ihr war es nicht gestattet, den Grund eines in der Kaste Höhergestellten zu betreten.

Ich war während der letzten Wochen im Lager nicht untätig gewesen, aber es fiel mir immer noch schwer, die freie Zeit richtig zu nutzen. Im Kloster war der Tagesablauf streng geregelt gewesen und ich war es einfach nicht gewöhnt, eigene Entscheidungen zu treffen. Aber war es nicht genau das gewesen, was ich zu Troy in der Bibliothek gesagt hatte? Dass ich frei sein und eigene Entscheidungen treffen wollte? Die Umsetzung dessen fiel mir aber unglaublich schwer und so hatte ich das getan, was das Einfachste war und was ich am besten konnte: Lesen.

Es gab im Lager ein Zelt, in dem alle Informationen zu den Elfen, Zwergen und Trollen gesammelt, niedergeschrieben und archiviert wurden. Der Zutritt zu diesem war nur den Gelehrten gestattet, die für diese Aufgaben zuständig waren, und selbstverständlich durften diese Schriften auch nur an befugte Personen abgegeben werden. Also nicht an mich. Da ich mich aber besonders für das Kastenwesen interessiert hatte, war einer der weisen Männer so freundlich gewesen und hatte mir eine Abhandlung über die Gesetzesänderungen nach dem Krieg gegeben.

Es musste eine trockene und langweilige Lektüre für jemanden sein, der in diesem System aufgewachsen war, für mich aber öffnete sich damit eine neue Welt.

Die Wächter waren dem System der Kasten nicht unterworfen, dafür gab es den Orden schon viel zu lange. Darüber hinaus unterschieden sie die Menschen und deren Hilfsbedürftigkeit nicht, indem sie sie in Klassen einteilten.

Der Captain deutete uns mit einem Handzeichen, dass wir ihm folgen sollten. Wir ließen die Pferde vor dem Haus des Bürgermeisters stehen und der Captain klopfte an die Tür.

Das Haus sah recht neu erbaut aus. Es war nicht mit billigem Stroh gedeckt, sondern mit Schieferziegeln. Die Außenwände waren weiß gestrichen und noch nicht einmal mit Efeu bewachsen oder verfärbt.

Die Tür öffnete sich schwungvoll, ohne ein Knarren oder ein anderes Geräusch. Kein Zweifel, dieses Haus war noch nicht sehr alt.

Ein runder Mann erschien hinter der sich öffnenden Tür und sah uns über seine Brille hinweg kritisch an. Er hatte einen dichten braunen Vollbart, welcher mit grauen Strähnen durchzogen war.

»Captain«, sagte er und dieser stapfte, ohne eine Einladung abzuwarten, einfach in das Haus.

Wir anderen wurden weder hineingebeten noch in irgendeiner Weise beachtet. Der Bürgermeister warf nur noch einen Blick in die Ferne und in Richtung Dorf, dann knallte er die Tür wieder zu.

Troy grummelte verärgert vor sich hin und war drauf und dran, gegen den Blumentopf zu treten, welcher unbepflanzt und einsam vor dem Haus stand. Er holte mit dem Fuß aus, besann sich dann aber eines Besseren.

»Los, wir gehen mal nachsehen, ob jemand unsere Hilfe braucht!«, sagte er. »Deswegen sind wir ja hier.«

Und so stapften wir den Weg zur Dorfmitte wieder zurück. Die Pferde ließen wir vorerst stehen.

Der schmale Pfad war staubig und ausgetreten. Gedankenverloren ließ ich meine Hand durch die Rispen der Gräser gleiten, die am Wegesrand standen, und wirbelte damit Pollen auf. Die Luft war immer noch schwer und verhangen vom Rauch, aber man gewöhnte sich sehr schnell daran.

»Denkst du nun anders über die Begegnung mit dem Elfen im Wald, Tris?«, fragte Troy mich leise, als wir zum Marktplatz liefen.

Ich versuchte den Kloß in meinem Hals hinunterzuschlucken, aber es gelang mir nicht und so nickte ich lediglich.

»Ich habe nicht nachgedacht.«

»Das hast du wirklich nicht. Halte dich in Zukunft von den Elfen fern. Sie sind gefährlich. Ich wollte, dass du das hier siehst, damit es für dich einfacher wird, zu verstehen.«

Ich nickte noch einmal. Trotzdem war es mir nicht möglich, den Elf, dem ich im Wald begegnet war, mit so einer Gräueltat in Verbindung zu bringen. Es passte nicht zu der Reinheit seiner Magie, aber anscheinend hatte ich keine Ahnung.

Troy wollte gerade ansetzen, noch etwas zu sagen, als eine Frau auf ihn zustürzte. Sie war rußverschmiert und panisch.

»Helft mir! Bitte! Mein Sohn … er ist zurück ins Haus gelaufen, um nach dem Hund zu suchen.« Sie deutete vage in Richtung der brennenden Scheune und dem daneben stehenden Haus.

Das Feuer hatte bereits auf dessen Dachstuhl übergegriffen und es war zu spät, noch zu versuchen, es zu löschen. Die Flammen hatten sich schon zu sehr ausgebreitet.

Die meisten Dorfbewohner hatten sich auf dem Marktplatz versammelt oder versuchten verzweifelt, möglichst viel Hab und Gut aus ihren noch unversehrten Häusern zu retten. Einige andere hatten Eimer organisiert und befeuchteten die Dächer ihrer Häuser, um ein Überspringen der Flammen zu verhindern.

Die Wächter hatten darüber vorhin schon den Kopf geschüttelt. Sie hielten es für ein hoffnungsloses Unterfangen.

»Du läufst außen um das Haus herum. Geh nicht rein!«, instruierte mich Troy und lief mit den anderen Wächtern los.

Endlich bekam ich eine Aufgabe, wie ich sie mir vorgestellt hatte. Im Laufschritt näherte ich mich dem Haus und steuerte die linke Seite an, nachdem mir Troy noch einmal per Handzeichen zu verstehen gegeben hatte, dass ich unbedingt draußen bleiben sollte.

Diese Seite des Hauses war noch intakt und ich spähte zu den Fenstern hinein. Allerdings war das Gebäude völlig verraucht und ich konnte beim besten Willen nichts erkennen. Keine Bewegung war auszumachen und kein Schrei drang nach draußen.

An der rückseitigen Hauswand gab es einen Balkon, dessen Tür offen stand. Der Rauch im Obergeschoss quoll in dicken Wolken heraus.

Ich näherte mich dem Bereich unter dem Anbau, doch was ich dort sah, ließ mir das Blut in den Adern gefrieren.

Kapitel 8

Der Wald sah noch genauso friedlich aus wie beim letzten Mal, als wir hier gewesen waren. Die großen Bäume rauschten im Wind und die Luft flackerte von der Magie, die hier förmlich greifbar war.

Die Patrouillen waren wieder aufgenommen worden, damit die Wächteranwärter nun so schnell wie möglich vorbereitet waren, sollte ein Angriff erfolgen.

Da ich einen ausgiebigen Eindruck davon bekommen hatte, wie die Elfen das Dorf zugerichtet hatten, war ich dementsprechend nervös. Wer wusste schon, auf wen wir hier trafen?

Alpe schien meine Nervosität zu spüren, denn sie warf immer wieder den Kopf hin und her und schnaubte.

Wir hatten heute nicht die Aufgabe, irgendetwas zu sammeln, sondern sollten einfach nur den Waldrand abreiten und nach Auffälligkeiten Ausschau halten.

Immer wieder schickte ich meine Magie los, um auf eventuelle Gefahren rechtzeitig reagieren zu können. Bei jedem Versuch klopfte mein Herz heftig in der Brust. Einerseits aus Neugierde und andererseits aus Furcht. Ich konnte die Bilder der niedergebrannten Häuser nicht mehr aus meinem Kopf verbannen.

Jede Nacht hatte ich wieder und wieder den gleichen Albtraum. Wenn ich daran dachte, konnte ich das schwelende Holz und den abgestandenen Rauch riechen. Ich sah das Gesicht dieser Frau und hörte ihr Geschrei, als sie nach mir die völlig rußverschmierte Gestalt ihres Sohnes unter dem Balkon gefunden hatte und erkennen musste, dass er beim Versuch, seinen Hund aus den Flammen zu retten, umgekommen war. Wie eine eiserne Hand legten sich diese Erinnerungen um meine Brust und nahmen mir immer wieder die Luft zum Atmen.

Troy und die anderen Männer schienen diese grausamen Szenen sehr gut wegzustecken, nur ich hatte daran zu knabbern. War ich der einzige Neuling in der Truppe gewesen? Hatten sie alle etwas ähnlich Erschreckendes vorher schon einmal erlebt? Ich mochte mir gar nicht ausmalen, wie viele Dörfer schon unter dieser Art Angriff gelitten und wie viele Mütter ihre Kinder dadurch verloren hatten. Es fiel mir sehr schwer, mich auf etwas anderes zu konzentrieren.

Alpe blieb abrupt stehen und riss unvermittelt den Kopf hoch, sodass ich fast vom Pferd gefallen wäre. Vor mir ging Illy mehrere Schritte rückwärts und schnaubte aufgeregt. Beinahe hätte sie Alpe angestoßen.

»Was haben die Pferde?«, rief ich zu Troy vor, der alle Hände voll damit zu tun hatte, zu verhindern, dass seine Stute stieg. Mehrmals sprang sie auf den Vorderbeinen hoch und warf mit geweiteten Augen den Kopf.

»Ich habe keine Ahnung«, erwiderte Troy, ließ den Blick aber weiterhin nach vorn gerichtet.

Meine Magie konnte mir keinen Hinweis auf einen magischen Feind geben und so waren wir weiterhin ahnungslos. Für einige Sekunden stand Illy still und Troy nutzte diese Zeit, um abzusteigen.

Alpe ließ sich langsam, aber sicher von der Aufregung anstecken und begann hin und her zu treten. Sie war bei Weitem nicht so panisch wie die andere Stute, aber auch ich entschied, dass es wohl besser wäre, ebenfalls abzusteigen. Sollten wir hier vom Pferd fallen und uns verletzen, wäre dies schlimmer als ein entlaufenes Pferd.

Ich hatte gerade die Füße aus den Steigbügeln genommen, als ein gellender Schrei durch den Wald hallte. Im selben Moment nahm meine Magie einen Hilferuf wahr und so naiv, wie ich manchmal war, stieß ich meinem Pferd die Hacken in die Seiten.

Alpe stürmte mit mir in die Richtung davon, aus welcher der Schrei gekommen war. Die fremde Magie führte mich.

Aus dem Augenwinkel sah ich noch, wie Illy stieg und sich losriss. Troy landete auf den Knien, während ich ihn fluchen hörte.

Mit kräftigen Galoppsprüngen preschten wir durch den Wald. Meine Stute manövrierte uns sicher über Wurzeln und durch Gestrüpp. Ich wusste beim besten Willen nicht, was ich hier tat, aber nun war es zu spät, mir darüber Gedanken zu machen.

Ich drückte mich möglichst flach an Alpes Hals und hoffte einfach, keinen Ast ins Gesicht zu bekommen. Die Steigbügel schlackerten vergessen am Pferd. Hinter der nächsten Wegbiegung bremste die Stute so abrupt, dass ich beinahe aus dem Sattel geflogen wäre. Nur knapp gelang es mir, vom Pferd zu rutschen und auf den Füßen zu landen, ohne zu straucheln. Alpe ignorierend, starrte ich wie gebannt auf das Schauspiel, das sich mir bot.

Vor mir stand ein großer Braunbär auf den Hinterbeinen und schlug mit der Pranke nach etwas auf dem Boden, das nun erneut um Hilfe schrie.

Das war also der Grund für die Nervosität der Pferde gewesen und trotzdem war Alpe in die Richtung des Bären gelaufen, als ich sie dazu aufgefordert hatte. Was war sie doch für ein mutiges Tier.

Ich fackelte nicht lange. Die Erinnerung an all die Toten war noch viel zu frisch, um diese Frau hier vor mir sterben zu lassen.

Die Kombination der beiden Zauber Eisiger Fang und Geiststoß hatte ich oft geübt und sie gingen mir leicht von der Hand. Mit ausgestreckten Armen gab ich meiner Magie einen Befehl, den nur sie und ich hören konnten, und im selben Moment blieb der Bär wie versteinert stehen. Sein Fell glitzerte unter der Eisschicht, dann barst er in abertausende Stücke. Da nicht alles gefroren war, verteilten sich die Innereien mit einem ekelhaften schmatzenden Geräusch über mir und der anderen Frau. Der metallene Geruch und das warme Gefühl noch lebenden Fleisches ließen mich würgen, aber nun war nicht die Zeit, sich zu übergeben.

Ich wollte mich gerade zu der Frau beugen, als ich links von mir eine Bewegung im Wald bemerkte. Drei Männer sprangen zwischen den Bäumen hervor. Sie waren mit Bögen bewaffnet und richteten diese sofort auf mich. Es mussten Jäger sein.

Einer der Männer rief der Frau etwas in einer fremden Sprache zu und diese antwortete zwar unter Tränen, aber dennoch mit schnellen Worten. Ihre Zunge musste fliegen. Die Buchstaben schienen sich ohne Unterbrechung aneinanderzureihen.

Sie alle hatten spitze Ohren und waren im Gesicht tätowiert. Elfen. Na super! Bunte Schnörkel und Zeichen zierten ihre Stirn, Wangen und Hals. Alle waren sie mit grüner Farbe bemalt, aber die Muster waren immer unterschiedlich.

»Ka ema ir, Gadesh?«, fragte mich einer der Männer erbost, spannte seinen Bogen nach und kam langsam auf mich zu.

Ich hob die Arme, die leeren Handflächen nach vorn gezeigt. Ich bekam es nun richtig mit der Angst zu tun. Sie schnürte mir die Kehle zu und ich begann zu zittern. »Ich habe nichts getan«, stammelte ich und wich einige Schritte zurück.

»Wer bist du, Mensch?«, fuhr mich der Elf jetzt in meiner Sprache an und kam mit seiner Waffe bedrohlich nahe.

»Ich wollte nur helfen, wirklich.« Ich war der festen Überzeugung, dass ich hier und jetzt sterben würde. Tränen liefen mir über die Wangen und ich wusste gar nicht, wohin mit mir, vor lauter Angst.

Wahrscheinlich wäre ich auch gestorben, wenn sich nicht plötzlich die Elfe eingemischt hätte, die ich gerettet hatte. Sie redete wieder furchtbar schnell. Unterbrochen von Hustenanfällen, deutete sie immer wieder auf mich. Sie lag dabei am Boden und war nicht in der Lage aufzustehen. Allgemein wirkten ihre Bewegungen sehr fahrig und unkoordiniert.

Irgendwann, es kam mir wie eine Ewigkeit vor, begannen die Männer ihre Bögen zu senken, ließen die Pfeile aber gespannt. Einer von ihnen hängte sich die Waffe wieder über den Rücken und steckte das Geschoss zurück in den Köcher. An seinem linken Knöchel hatte er ein Seil befestigt, welches er nun aufknotete. Damit kam er auf mich zu.

Bevor ich zurückweichen konnte, setzte der Elf an zu sprechen. Er redete mit starkem Akzent und ich musste genau zuhören, um ihn zu verstehen. Seine rechte Gesichtshälfte zierte die Zeichnung eines Baumes. Er reichte vom Hals die Schläfe hinauf bis unter die Haare.

»Gadesh, wir müssen dich mitnehmen. Du hast einem der unseren das Leben gerettet. Jemand steht in deiner Schuld. Wir werden dich später zum Waldrand zurückbringen.«

Mir wurde schlagartig klar, dass ich keine Wahl zu haben schien. Sterben oder mit ihnen gehen? Da entschied ich mich definitiv für Letzteres.

Der Bogenschütze mit dem Akzent band meine Hände mit dem Seil aneinander und nahm das lose Ende locker in die Hand. Er schien nicht einmal zu vermuten, dass ich versuchen könnte, abzuhauen. Da der Versuch wohl mit einem Pfeil in meiner Brust oder im Rücken enden würde, beschloss ich, es auf gar keinen Fall darauf ankommen zu lassen.

»Gadesh, dein Pferd?«, wollte der kräftigste der Elfen von mir wissen und führte Alpe am Zügel.

Ich nickte aufgeregt. Wo hatte er die Stute gefunden?

»Nehmen wir mit. Brauchst du später.« Er betrachtete mein Pferd irritiert und schüttelte dann den Kopf. »Hat komische Farbe.«

Komische Farbe? Was fiel ihm ein, Alpes Farbe als albern zu bezeichnen?! Sie war wunderschön! Ich schüttelte den Kopf und sah mir den Wald an, durch den wir nun liefen, um mich abzulenken. Die Bäume standen hier dicht an dicht und schienen sich vor uns etwas zu lichten. Sobald wir sie hinter uns ließen, verschlossen sie sich wieder.

Troy hatte recht. Allein würde man sich hier heillos verlaufen. Troy! Wahrscheinlich hatte er schon das ganze Lager mobilisiert, um mich zu suchen. Das würde natürlich bedeuten, dass ich nun richtig tief im Morast stand. Sobald ich zurück war, was voraussetzte, dass die Elfen ihr Wort hielten, woran ich noch nicht glaubte, würde ich meine Sachen packen müssen und man würde mich sofort ins Kloster zurückschicken.

Wir liefen bereits eine geraume Weile, bis sich die Abstände zwischen den Bäumen merklich vergrößerten und eine weitläufige Lichtung vor uns auftauchte. Schon von Weitem konnte man Stimmen hören, die durcheinanderredeten. Ein Hammerschlag mischte sich gelegentlich darunter. Jemand musste ein Stück Metall bearbeiten.

Im Kloster gab es eine kleine Schmiede, um einfache Reparaturen selbst zu erledigen, und das klirrende Geräusch eines Werkstoffes während der Bearbeitung hatte mir immer sehr gefallen.

Kurz vor dem Lager stoppten uns zwei Elfen, die mit langen Speeren den Zugang zum Rastplatz bewachten. Sogleich war ich wieder furchtbar angespannt und mein Herz raste. Die Jäger überkreuzten die Arme vor der Brust und deuteten eine leichte Verbeugung an. Dabei sprachen sie sich wohl mit Namen an. Danach taten die Wachen das Gleiche.

Einer der Jäger deutete auf mich und schien zu erklären, warum ich hier war.

Plötzlich kam Bewegung in die Wachen, als der letzte Jäger mit der verletzten Elfe auf dem Arm zu uns aufschloss. Jemand rief etwas und schon kamen mehrere Elfen aus verschiedenen Ecken angelaufen.

Erst dachte ich, dass sie wegen mir kamen, aber sie widmeten sich der verletzten Frau und ignorierten mich.

Zwei nahmen dem Jäger die Elfe ab. Einer der beiden hielt die Hände dicht über ihrem Brustkorb und wirkte grün flackernde Heilmagie. Schließlich wurde sie weggetragen und die Gruppe verschwand hinter einer Reihe von überdachten, meist fensterlosen Holzwagen.

Weiterhin beachtete mich niemand und ich hatte genug Zeit, um mich in dem Lager umzusehen. Es gab einen Schmied, den ich auf dem Weg hierher schon gehört hatte, und einen Zimmermann, der mit einem Hobel ein Brett bearbeitete. An einer Leine hingen Fische zum Trocknen und an einer anderen Kleidungsstücke. Die Magie wirkte hier im Lager der Elfen noch stärker als am Waldrand und ich musste mich zusammenreißen, um nicht einfach einen Zauber zu wirken. Meine Magie reagierte auf ihre Umgebung. Wie ein kleines Kind wollte sie herumspringen und sich austoben.

Mit der Zeit hatte sich meine Angst ein wenig gelegt. Würden die Elfen mich umbringen wollen, hätten sie es schon längst tun können, oder? Keiner hatte mir etwas getan oder ein böses Wort gegen mich gerichtet.

Zwischen den gespannten Leinen sprangen drei Kinder herum und spielten mit Stöcken. Im Kloster hatten wir das nie gedurft. Die Gefahr, dass wir uns ein Auge ausstachen, war viel zu groß. Hier wirkte alles so völlig normal. Fast friedlich. Es war schwer vorstellbar, dass diese Wesen hier heimtückische Mörder waren, und doch …

Meine Aufmerksamkeit wurde auf einen Mann gelenkt, der mit raschen Schritten hinter einem der Holzwagen auftauchte und auf mich zusteuerte. Schließlich erkannte ich ihn. Es war der Elf aus dem Wald, dessen Magie ich schon hatte kennenlernen dürfen.

Ein leichtes Grinsen umspielte seine Mundwinkel, als er mit den Jägern sprach und dabei immer wieder zu mir sah. Auch er erkannte mich.

»Gadesh, wie heißt du?«, fragte er, nachdem er die Jäger mit einem Kopfnicken entlassen hatte. Einer von ihnen hielt immer noch mein Pferd an den Zügeln und nahm es einfach mit sich.

Jetzt konnte ich mir den Magier aus der Nähe ansehen und er sah definitiv nicht so gefährlich aus wie von Troy beschrieben. Bis auf seine Tätowierung, es waren weiße Schnörkel, die von seinen Schläfen über die Wangen bis zum Mund liefen, und die spitzen Ohren sah er fast wie ein Mensch aus. Seine blonden Haare waren wie beim letzten Mal zu einem kurzen Pferdeschwanz gebunden. Seine Augen, mit denen er mich neugierig musterte, hatten einen intensiven Grünton. Die Farbe kam mir bekannt vor und ich wusste, dass ich sie schon oft gesehen hatte: im Spiegel. Allerdings nur dort. Ein wenig irritierte es mich auch, dass ausgerechnet er eine ähnliche Augenfarbe wie ich hatte, die mir immer als so selten vorgekommen war.

In diesem Moment konnte ich mir einfach nicht vorstellen, dass diese Elfen einen Angriff auf die Dörfer verübt haben sollten. Sie waren weitestgehend nett zu mir, gingen höflich mit mir um. Ja, ich war noch immer gefesselt, aber ansonsten war nichts passiert. Doch wer sollte es sonst getan haben? Es musste noch andere Gruppen von Elfen geben.

»Mein Name ist Tris«, sagte ich möglichst selbstsicher. Hatte der Jäger nicht vorhin gesagt, dass die Elfen in meiner Schuld standen? Der Gedanke gab mir Sicherheit. Ich straffte die Schultern und atmete tief durch. Es war Zeit, sich zu beruhigen.

»Avathandal«, antwortete er und sprach direkt weiter. »Du hast meiner Schwester das Leben gerettet. Sie hat von einem Bären erzählt, der sie plötzlich überfallen hat. Sie wird es überleben, aber sie braucht nun Ruhe. Erzähl mir, was passiert ist!«

»Wir …«, setzte ich an, dann stockte ich, denn ich wusste gar nicht, was ich ihm erzählen durfte. »Ich bin eine angehende Wächterin«, sagte ich stattdessen und er nickte.

»Das sieht man an deiner Kleidung. Erzähl nun, was passiert ist.« Jetzt klang er fordernder und ich kam seinem Willen einfach nach.

Troy hatte die Foltern erwähnt, mit denen die Wächter versuchten, die Elfen zum Sprechen zu bringen. Wer sagte mir, dass sie nicht Gleiches mit Gleichem vergolten?

Ich erzählte von unserer Patrouille durch den Wald, den nervösen Pferden und dem Schrei. Das abgebrannte Dorf ließ ich aus. Vielleicht waren dies hier nicht die einzigen Elfen in dem Wald, die dazu fähig waren.

Während ich meine Geschichte erzählte, band mich Avathandal los und schlang sich das Seil in einer Schlaufe über die Schulter. Ich war zusammengezuckt, als seine Finger beim Aufknoten meine Hand berührt hatten, und jetzt musterte er mich nachdenklich.

»Gadesh Tris, du musst keine Angst haben. Wie ich bereits sagte, hast du meiner Schwester das Leben gerettet. Ich werde an ihrer statt die Blutschuld zahlen müssen. Lanaya ist zu schwach dazu. Es wird noch einige Wochen dauern, bis sie wieder die Alte ist.«

»Avathandal, richtig?« Der Name ging mir nicht leicht über die Lippen, denn ich hatte die Befürchtung, eines der vielen »a« zu vergessen.

»Gadesh Tris, für dich heißt es *Nachfolger und Beschützer* Avathandal, aber ja, der Name ist korrekt.«

»Was bedeutet Gaesch?« Das war eigentlich nicht meine Frage gewesen, aber ich war jetzt doch neugierig. Schon im Wald hatte man mich damit angesprochen.

Der Elf lachte leise. Er klang wirklich amüsiert. »Es heißt Gadesh und bedeutet schlicht Mensch. Das ist hier dein Titel. Ein netter, wohlgemerkt, da gibt es schlimmere.«

»Wann bringt ihr mich zurück? Ich glaube, ich stecke in großen Schwierigkeiten.« Und das war noch milde ausgedrückt.

»Warte hier einen Augenblick. Ich hole dir dein Pferd und dann bringe ich dich wieder zum Waldrand.«

Es dauerte eine Weile und als ich schon glaubte, die Elfen hätten Alpe über dem Feuer gebraten, kehrte Avathandal zurück. Er saß auf einem großen, schwarzen Pferd. Größer, als ich je eines im Lager gesehen hatte. Es hatte eine lange, wallende Mähne und der Schweif berührte fast den Boden. Alpe sah klein neben ihm aus.

»Was bedeutet diese Blutschuld?« Das war meine eigentliche Frage gewesen und ich hatte fast vergessen, sie zu stellen.

»Wenn einem von uns das Leben gerettet wird, muss er dies zurückzahlen. Meistens geschieht das, indem der Gefallen zurückgegeben wird. In deinem Fall beinhaltet es, dass ich dein Leben retten muss. Eine andere Möglichkeit steht bei einem Menschen sowieso nicht zur Debatte.« Seine letzten Worte klangen abwertend und ich zog die Stirn kraus.

»Was sind diese anderen Möglichkeiten?«, fragte ich, während ich mich in Alpes Sattel schwang.

»Ich sagte, dass diese nicht zur Debatte stehen«, erwiderte Avathandal nachdrücklich.

Ich verdrehte die Augen. Meine Befürchtung war, dass der Umgang mit Avathandal noch anstrengender sein würde als der mit Troy.

»Wie stellst du dir vor, mein Leben zu retten? Ich sagte bereits, dass ich eine angehende Wächterin bin. Wir dürften dieses Gespräch nicht einmal führen. Ich werde sofort des Lagers verwiesen, wenn irgendjemand davon erfährt.« Ein bisschen klang ich wie mein Betreuer, aber seine ständigen Belehrungen gingen einem einfach irgendwann ins Blut über.

Vor diesem Elfen hier hatte ich keine Angst und ich wusste auch, warum. Meine Magie hatte ihm gegenüber von Anfang an keine Angst verspürt und ich hatte gelernt, ihr zu vertrauen. Bei den Jägern war es anders gewesen. Sie hatten mir einen furchtbaren Schrecken eingejagt und ich bekam schon wieder feuchte Hände, wenn ich nur an die Begegnung mit ihnen dachte.

»Mir ist durchaus bewusst, dass es eine etwas ungünstige Situation ist. Das heißt aber nicht, dass ich mich vor meiner Pflicht drücken kann.«

Wir ritten nebeneinander aus dem Lager und wieder machten uns die Bäume Platz.

»Das ist faszinierend. Wie macht ihr das?«, fragte ich, als ich einen Baum dabei beobachtete, wie er seine Äste auf die Seite nahm, damit wir uns nicht bücken mussten.

»Magie.«

»Ich bin selbst Magierin, aber so etwas ist mir nicht möglich. Ich kann einen Sturm beschwören, aber keine toten Bäume in lebende verwandeln.«

Avathandal schnaubte belustigt, sah mehrmals ungläubig zu mir und versuchte etwas zu sagen, ehe er ungläubig den Kopf schüttelte. »Du glaubst also wirklich, dass dieser Wald hier tot ist?«

»Nicht richtig tot«, unterbrach ich ihn, »immerhin tragen die Bäume Blätter. Aber ich meine, sie reagieren ja normalerweise nicht so lebendig auf die Magie. Ich hatte das Gefühl, dass ein Baum sich gerade leicht verbeugt hat.«

»Er hat sich tatsächlich verbeugt.« Der Elf sagte das mit so einer Selbstverständlichkeit, als ob es das Normalste auf der Welt wäre. »Des Weiteren ist es sehr ungern gesehen, wenn man jemanden beim Reden unterbricht! Ich weiß, dass das bei euch anders ist.«

»Tut mir leid«, sagte ich leise und zog es nun vor zu schweigen. Die Bäume um uns herum faszinierten mich noch immer. Die Magie hatte so viele Facetten, dass ich darüber eigentlich nicht überrascht sein sollte, aber ich war es dennoch.

Was soll ich Troy nachher nur erzählen?, grübelte ich. Schließlich hatte ich ihm doch versprochen, mich von den Elfen fernzuhalten, und jetzt hatte ich mir einen »Beschützer« angelacht. Gedanklich packte ich schon meine Sachen und freundete mich mit einer Heilerlehre im Kloster an.

»Gadesh Tris«, richtete Avathandal das Wort wieder an mich, nachdem wir eine Weile schweigend durch den Wald geritten waren.

Als er nicht weitersprach, drehte ich den Kopf und sah, dass er mich beobachtete, die Stirn in Falten gelegt.

»Was ist denn?«, wollte ich wissen und er seufzte.

»Nun, auch wenn der Clan hier nah an der Grenze lagert, vergesse ich oft, dass ihr andere Umgangsformen habt. Ich habe eine Anrede erwartet. Es schickt sich nicht, nicht zu reagieren, wenn man angesprochen wird. Woher weiß ich, dass du mir zuhörst und nicht einfach vor dich hin träumst?«

Das klang logisch und ich nahm mir vor, das für die Zukunft zu berücksichtigen. Wie oft hatte ein Lehrer geschimpft, wenn ich nicht aufgepasst hatte?

»Was ich ursprünglich sagen wollte, war, dass ich mich immer in deiner Nähe aufhalten werde, sobald du den Wald betrittst. Für uns beide wäre es von Vorteil, wenn du mich gar nicht wahrnimmst. Glaub mir, ich hätte auch Besseres zu tun, aber eine Pflicht ist nun mal eine Pflicht.«

»Ich mache diese Patrouillen nicht allein«, entgegnete ich unsicher.

»Ja, das weiß ich, und doch habe ich eine Schuld zu begleichen.« Er sagte das, als wäre es etwas Selbstverständliches. »Wir sind übrigens da.« Er deutete vor sich den Weg entlang.

Und wir wurden schon erwartet.

Troy war ohne Begleitung, zumindest sah es auf den ersten Blick so aus. Er saß auf seiner Stute, die Hände auf dem Hals abgelegt, den Blick in unsere Richtung gewandt.

»Ich habe ein riesiges Problem«, sagte ich mehr zu mir selbst, aber Avathandal hatte mich gehört.

»Ich bin da. Denk daran, Gadesh Tris, ich muss dir das Leben retten. Vielleicht haben wir das gleich schon erledigt.« Über seinen eigenen Witz musste er herzhaft lachen.

Wie konnte er nur so ruhig einem Wächter gegenübertreten und wieso hatte er von der ersten Sekunde an keinerlei Abneigung gegen mich gehegt? Er musste doch von dem Zwist zwischen den Menschen und seinesgleichen wissen. Ich schielte zu ihm, während wir uns meinem Betreuer näherten, aber der Elf schien wirklich die Ruhe selbst zu sein.

Avathandal hielt einige Schritte von Troy entfernt an, während ich Alpe neben dem Wächter zum Stehen brachte.

»Alles in Ordnung, Tris?« Troys Stimme war ohne jegliche Emotionen und ich wusste, dass er stocksauer war.

Mehr als ein unterwürfiges Nicken brachte ich nicht zustande. Meine Augen brannten und ich wusste, dass ich gleich anfangen würde zu heulen, wenn ich mich nicht schnell ablenkte. Doch so richtig wollte es nicht funktionieren.

Es war eine furchtbar verzwickte Situation. Augenscheinlich ließ sich Avathandal nicht davon abbringen, seinen Auftrag zu erfüllen. Seine Pflicht, wie er es nannte. Es wäre einfacher gewesen, wenn ich nicht die Lebensretterin gespielt hätte. Seit wann war ich so mutig und so dumm?

»Verschwinde endlich, Elf!«, machte Troy nach einiger Zeit seinem Unmut Luft.

Avathandal bewegte sich keinen Fußbreit.

»Da gibt es ein kleines Problem, Wächter.«

»Was du nicht sagst.« Troys Stimme triefte nur so vor Sarkasmus und er sah von dem Elfen zu mir.

Ich traute mich nicht, den Blick zu heben und ihn direkt anzusehen, denn ich wusste, dass dann auf jeden Fall alle Dämme brechen würden. Ich hatte furchtbare Angst vor dem weiteren Verlauf des heutigen Tages und wusste nicht, ob ich das Zittern in meinen Händen wieder loswerden würde.

»Gadesh Tris hat meiner Schwester das Leben gerettet. Bei uns ist es Sitte, diese Schuld nun zurückzuzahlen, was bedeutet, dass ich ihr Leben retten muss. Deswegen werde ich mich immer in eurer Nähe aufhalten, sobald ihr den Wald betretet. Unsichtbar für euch, wenn es euch recht ist. Wenn ich deinen Blick richtig deute, können wir das mit dem Retten von Gadesh Tris' Leben aber auch sofort erledigen.«

Fand Avathandal seinen Witz wirklich so gut, dass er ihn noch einmal erzählen musste?

Troy starrte den Elfen feindselig an und schien zu überlegen, was er von der Situation halten sollte. Schließlich setzte er sich im Sattel auf und knurrte unwirsch: »Hör zu, Elf, ich sage das ein Mal, wirklich nur ein Mal …«

»Ich habe Ohren und höre darüber hinaus wesentlich besser als du. Du musst also nicht laut werden.«

»Sieht uns irgendjemand zusammen, ein anderer Wächter, ein Anwärter oder ein einfacher Bürger, bist du tot. Verbreitest du Aussagen über die Wächter, die nicht der absoluten Wahrheit entsprechen, bist du tot. Nutzt du ein einziges Mal deine Magie gegen uns, bist du ebenfalls sofort tot. Haben wir uns da verstanden?«

»Ja, ich habe dich verstanden, allerdings habe ich das Gefühl, dass du mich nicht verstanden hast, denn ich habe ganz deutlich gesagt, weswegen ich hier bin. Es ist meine Pflicht, Gadesh Tris das Leben zu retten. Nicht mehr, aber auch nicht weniger. Danach bin ich wieder verschwunden.« Avathandal war nicht größer als Troy und eher schlank und grazil, aber trotzdem sah er von seinem schwarzen Pferd auf Troy hinunter und versuchte nicht einmal, seine Überlegenheit zu verbergen.

In diesem Moment sah er unglaublich gut aus.

»Tris«, fauchte Troy mich an.

Das war wohl mein Signal, ihm zu folgen, und ich sah noch einmal zu Avathandal zurück.

Dieser hob die Hand zum Gruß und sagte etwas in seiner Sprache. Dann wendete auch er sein Pferd und war kurz darauf wieder im Wald verschwunden.

Kapitel 9

Der April, der so kalt begonnen hatte, machte an seinen letzten Tagen endlich dem warmen Wetter Platz. Die Sonne gewann immer mehr an Kraft und zum ersten Mal konnte ich meine dicke Jacke im Zelt lassen, während wir unterwegs waren.

In den vergangen Wochen hatte es keine weiteren Angriffe auf die umliegenden Dörfer gegeben und ich begann mich wieder sicherer zu fühlen.

Avathandal hatte ich immer noch nichts von dem Angriff auf das Dorf erzählt, allerdings hatte er einige Male erwähnt, dass sein Clan noch nicht lange an der Grenze lagerte. Daraus schloss ich, dass dieser nichts mit den Ausschreitungen, zu denen es in den letzten Jahren immer wieder gekommen war, zu tun hatte.

War auch Avathandal hier, um mehr über die Menschen zu erfahren? Musste diese Auseinandersetzung immer noch in einem Krieg enden oder hatten wir die Möglichkeit, die Wogen zu glätten?

Wahrscheinlich war es Irrsinn, auch nur einen Gedanken daran zu verschwenden.

Mir war auch jetzt noch nicht klar, warum Troy dem Elfen erlaubte, sich im Wald in unserer Nähe aufzuhalten. Auf der anderen Seite hätte er ihn auch nicht davon abhalten können.

Avathandal war, wie er angekündigt hatte, unsichtbar geblieben. Zumindest in den ersten Tagen. Nach zwei Wochen gemeinsamer Patrouille war er dazu übergegangen, uns zu grüßen und bei Bedarf einige Worte mit mir zu wechseln.

Troy weigerte sich beharrlich, ihn auch nur eines Blickes zu würdigen oder ihm gar zu antworten. Vielleicht war es ein Schritt in die richtige Richtung, dass Avathandals Anwesenheit wenigstens geduldet wurde.

Unsere Patrouillen führten uns immer wieder in den Wald, während andere Truppen überwiegend die Kontrolle der Dörfer übernahmen. Ich war mir nicht sicher, ob es mit unserem Begleiter zu tun hatte, aber es fiel mir auf.

Allerdings konnte auch Troy nicht abstreiten, dass es Vorteile hatte, den Elfen dabeizuhaben, denn so mussten wir uns nicht mehr nur am Waldrand aufhalten. Avathandal brachte uns jedes Mal mit schlafwandlerischer Sicherheit zum Ausgangspunkt zurück. War ihm eigentlich bewusst, was er damit unterstützte?

Ich sollte diesen Wald studieren, um an Informationen zu gelangen, und er spielte sie uns direkt in die Hände. Wenn es in diesem Wald ein Handlungsmuster gab, würde ich es früher oder später entdecken. Wenn es aber keines gab, konnte uns Avathandal bringen, wohin er wollte, und wir wären genauso schlau wie anfangs.

Sein Verhalten war verwirrend, aber ich konnte ihn ja schlecht fragen, was er wirklich vorhatte.

Uns war nach dem Frühstück eine kleine Karte ausgehändigt worden. Heute, zur Feier des Königstages am ersten Tag im Mai, wurde ein Wettstreit abgehalten. Zusätzlich wurden zwei Wächter auserwählt, die fortan zu Wachen des Königs ausgebildet wurden.

Troy hatte mir erklärt, dass das eine Wertschätzung des Herrschers war und er seinem Volk so klarmachte, dass die Wächter nur Gutes taten und sogar gut genug waren, um in der königlichen Garde zu dienen.

»Wir sind die Ersten, die aufbrechen. Es geht darum, Fahnen zu finden. Jedes Team muss eine bestimmte Anzahl auflesen und diese rechtzeitig ins Ziel bringen. Die Fahnen sind nicht einfach zu entdecken, da wir nur über ein Rätsel erfahren, wo sie sein könnten. Antworten wir falsch, finden wir sie natürlich nicht und suchen womöglich an einer völlig falschen Stelle. Normalerweise helfe ich dabei, die Fahnen zu verstecken, aber dieses Mal reite ich ja als Teilnehmer mit.«

»Bedeutet das, dass du eine gewisse Ahnung hast, wo sich die Verstecke befinden, und es uns einen Vorteil einbringen kann?«

»Nein, die Rätsel sind neu. Glaub mir, das wird lustig. Einmal ist ein Team völlig zerstochen wiedergekommen, weil es die Fahne in einem Wespennest vermutet hat.«

Das klang ja sehr abenteuerlich und ich bereitete mich gedanklich auf einen interessanten Tag vor, der bestimmt die eine oder andere Überraschung parat haben würde.

»Werden die Wachen des Königs aus dem Kreis der Teilnehmer ausgewählt?«

»Nein, ganz sicher nicht. Der Wettstreit ist nur dazu da, den Königstag zu feiern. Die Männer, die für die Garde infrage kommen, werden heute beim Training ausgewählt und müssen morgen nach Dreikronen aufbrechen. Dort findet die eigentliche Auswahl statt. Genug geredet, lass uns jetzt die Karte ansehen, sonst sind wir die Letzten, die ins Ziel kommen.«

Es war eine recht schlichte Karte, die Troy nun aufklappte, aber sie hatte eindeutige Merkmale, an denen man den Weg und das Ziel ausmachen konnte. Außerdem enthielt sie das erste Rätsel, aufgrund dessen wir den Ort erraten mussten, an dem die erste Fahne versteckt war.

»*Hier kreuzten sich die Klingen*«, las er vor und faltete den Zettel wieder zusammen. »Das ist leicht. Gemeint ist die Lichtung, auf der damals die Schlacht zwischen Alvid und Viilbas stattgefunden hat.«

Von dieser Lichtung hatte ich schon einige Mal gehört, allerdings waren wir noch nicht dazu gekommen, sie uns anzusehen. Unsere Patrouillen verliefen immer in eine andere Richtung.

Wir meldeten uns am Startpunkt und ritten auf ein Signal hin los. Die Ebene zum Königswald, so hieß das Gebiet der Elfen hier, überquerten wir in einem schnellen Galopp und verlangsamten die Pferde erst, als wir zwischen die Bäume eintauchten.

Das Gefühl der Magie, die mich umschloss, war jeden Tag aufs Neue wunderschön. Ich hätte immer wieder zwischen Waldrand und Ebene wechseln können.

Troy kannte den Weg und wir orientierten uns an der vordersten Baumreihe. Es war erst früher Morgen, aber ich begann schon jetzt in meinem Überwurf zu schwitzen. Ausziehen wollte ich ihn aber nicht zu früh, denn ich wusste, dass ich bei Kälte empfindlich war und schnell krank wurde. Ich war ehrlich überrascht, dass ich nicht schon längst krank geworden war. Immerhin war ich schon fast zwei Monate bei den Wächtern und das Zelten bei der Kälte nicht gewohnt.

Zwei Monate! Wie die Zeit doch verstrich.

»Alán, Gadesh Tris, Gya Troy«, grüßte uns Avathandal, der schon auf uns wartete. Er schien immer zu wissen, wann wir in den Wald kamen.

»Guten Morgen, Nachfolger und Beschützer Avathandal«, grüßte ich zurück.

Troy sagte kein Wort.

»Wie feiert ihr nun euren besonderen Tag?«, fragte mich der Elf und reihte sich neben mir ein.

Ich hatte ihm von dem Wettbewerb erzählt, aber bis heute Morgen selbst nicht gewusst, was unsere genaue Aufgabe sein würde.

»Wir müssen eine gewisse Anzahl von Fahnen finden und dazu Rätsel lösen. Wir sind das erste Team, das gestartet ist, aber du solltest trotzdem wachsam bleiben. Es kann sein, dass uns ein Team einholt.«

»Keine Sorge, ich bin weg, ehe jemand ›Elf‹ sagen kann. Habt ihr ein bestimmtes Ziel?«

»Ja, wir reiten zu der Lichtung, auf der die Schlacht zwischen Viilbas und Alvid stattgefunden hat.«

»Davon habe ich gehört.«

Troy warf uns einen giftigen Blick zu. Es gefiel ihm nicht, dass wir uns unterhielten. Oder war sein Blick ein Seitenhieb auf die politische Situation? Avathandal und ich hatten uns noch nie über Politik unterhalten, doch ich wusste nicht, ob ich diese Fragen stellen sollte. Wäre nicht zum Beispiel Troy besser dafür geeignet, da er mehr Ahnung hatte? Durfte ich mit Avathandal überhaupt über Politik reden?

»Wisst ihr denn, wo ihr diese Fahne suchen müsst? Wir haben mal etwas Ähnliches veranstaltet. Die Kinder mussten einer Karte folgen und Tierfellstücke sammeln. Am Ende haben sie die Teile zusammengelegt und so herausgefunden, welche Tiere es einmal gewesen sind. Am Ende des Tages konnten sie Karten lesen und wussten mehr über die Tiere, die wir jagen und essen. Welche Lehre zieht ihr aus eurer Suche?«

»Nicht direkt eine Lehre, aber man nimmt etwas mit: Karten lesen, nachdenken und den Zusammenhalt stärken.«

Bei meinem letzten Aufzählungspunkt zog Avathandal die Augenbrauen hoch und nickte grinsend zu Troy.

Ich musste mir auf die Lippen beißen, um nicht zu lachen.

Über meinen Versuch, mich zu beherrschen, musste jedoch Avathandal lachen und als Troy sich schließlich zu uns umdrehte, um zu verkünden, dass wir da wären, saßen wir beide, uns die Bäuche vor Lachen haltend, auf den Pferden. Troy schien darüber ganz und gar nicht begeistert zu sein.

»Wir suchen eine rote Fahne und das Rätsel, um die nächste zu finden!«, sagte er genervt zu mir und begann die Lichtung abzureiten.

Wobei die Bezeichnung Lichtung nicht ganz zutraf. Es sah meiner Meinung nach mehr danach aus, als führte hier eine Schneise durch den Wald.

Heute war es windstill, was gut oder schlecht sein konnte. Eine wehende Fahne würde man eher sehen, aber die Gefahr bestand, dass sie über Nacht weggeweht worden war.

Da Troy einfach eine Seite der Lichtung übernommen hatte, wandte ich mich der anderen Seite zu. Avathandal folgte mir unaufgefordert.

»Gadesh Tris, ist Gya Troy immer so schweigsam oder liegt das an meiner Anwesenheit?«, fragte er mich, während wir die Bäume mit den Augen absuchten.

»Ja, Nachfolger und Beschützer Avathandal, es liegt an deiner Anwesenheit. Im Lager ist er wesentlich gesprächiger, wobei ich sagen muss, dass das auch nachgelassen hat«, sagte ich und duckte mich auf dem Pferd, um einen Busch genauer anzusehen. »Was heißt eigentlich Gya?«, erkundigte ich mich zwischendurch.

»Das verrate ich dir besser nicht. Sagen wir, es ist auch ein Titel für einen Menschen.«

»Es ist eine Beleidigung, oder? Du kannst Troy ebenso wenig leiden wie er dich.«

»Exakt. Ich verstehe dennoch nicht, warum er so unhöflich ist. Ich habe nichts getan, was sein Verhalten rechtfertigen würde. Er weiß ja nicht einmal, dass ich ihn beleidige.«

Gerade als ich Luft holte, um zu antworten, rief Troy nach mir. Er wusste ja nicht, dass er keinen Grund hatte, Avathandal gegenüber so unfreundlich zu sein. Troy beschützte seit Jahren die Dörfer, aber Avathandal hatte mit den Angriffen nichts zu tun, davon war ich mittlerweile überzeugt. Wenn es tatsächlich Elfen gewesen waren, dann die eines anderen Clans.

Troy hatte die Fahne gefunden. Sie steckte in einem Astloch in einer Höhe von knapp drei Metern. Ein Zipfel guckte heraus.

»Viel Spaß beim Klettern«, wünschte mir Avathandal und lehnte sich entspannt zurück.

Ich grummelte, stieg vom Pferd und drückte dem Elfen die Zügel in die Hand. Ganz unnütz sollte er auch nicht hier sein.

»Am einfachsten wäre es, wenn ich dir hoch helfe, dann solltest du dran kommen.« Troy stellte sich an den Baum und legte die Hände ineinander.

»Am einfachsten wäre es, wenn der Baum die Fahne freiwillig rausrücken würde, stimmt's?«, sagte ich in Richtung Avathandal.

»Ja, aber die Gegend hier gehört nicht mehr zum deth ará, sonst hätte niemand die Fahne in dieses Astloch stecken können, ohne sein Leben zu lassen. Deswegen bin ich auch nicht in der Lage, den Baum zu bitten, die Fahne herunterzureichen.«

»Dazu seid ihr in der Lage?« Es war das erste Mal seit Wochen, dass Troy mit Avathandal sprach.

»Ja, dazu bin *ich* in der Lage«, erwiderte der Elf gelassen.

Ich hatte erwartet, dass Troy dazu noch etwas sagen würde, aber er gab mir lediglich durch ein Kopfnicken zu verstehen, endlich die Fahne herunterzuholen. Also stellte ich meinen rechten Fuß in seine Hände und stützte mich am Baum ab, während Troy sich aufrichtete. Mit einer Hand konnte ich nun gut in das Loch greifen und die Fahne sowie einen Zettel herausholen. Ich verstaute das rote Stück Stoff in meiner Tasche, ehe ich mich dem Rätsel widmete.

»*Was ist das für ein Fuß, der immer zittern muss?* Wessen Füße zittern denn? Reden wir hier von einer Sagengestalt?« Ich sah zwischen den beiden Männern hin und her.

Avathandal schüttelte den Kopf. »Von euren Sagen habe ich keine Ahnung. Wir haben eigene Überlieferungen, aber auch da fällt mir kein zitternder Fuß ein.«

»Und wenn es nicht der Fuß ist, der zittert?«, fragte Troy mich. Ganz bewusst ignorierte er, dass er gerade Avathandals Aussage weiterführte. »Wenn es eine Person ist, die zittert? Wie nennt man eine ängstliche Person, Tris?«

Wie nannte man eine ängstliche Person, die etwas mit einem Fuß zu tun hatte? Ich war mir sicher, dass ich heute nicht ganz auf der Höhe war, denn Troy wartete immer noch auf meine Antwort.

»Tris, einen Hasenfuß nennt man sie. Nicht weit von hier gibt es einen Felsen, den man auch so nennt.«

»Gut, das wusste ich nicht. In welche Richtung müssen wir gehen?«

Plötzlich hatte ich schlechte Laune und mir war wirklich nicht klar, warum. Troy deutete in die entsprechende Richtung und wir setzten uns zügig in Bewegung.

Es war jetzt so warm geworden, dass ich mir vornahm, bei unserem nächsten Halt den Überwurf auszuziehen und ihn in eine Satteltasche zu stopfen. Unser nächstes Ziel lag wieder im Gebiet der Elfen, aber trotzdem hatten wir jederzeit den Waldrand im Blick.

Auf der Wiese galoppierte ein anderes Team an uns vorbei, doch wir waren zu versteckt zwischen den Bäumen, um entdeckt zu werden. Außerdem ritt ich auf der dem Waldrand zugewandten Seite und man hätte schon genauer hinschauen müssen, um den dritten Reiter zu bemerken.

An einer sehr zugewachsenen Stelle mussten wir zum Schritt durchparieren. Ich grübelte immer noch, woher mein plötzlicher

Stimmungsumschwung kam. Es war nicht die übliche Zeit im Monat für schlechte Laune.

Von links stupste mich jemand an, aber es war nicht Avathandal selbst, sondern seine Magie.

»Gadesh Tris, du schweigst. Das ist ungewöhnlich.«

Es gab viel, was ich gern mit ihm besprochen hätte, aber nicht, wenn Troy in der Nähe war. Ich stockte. War es jetzt schon so weit, dass ich überlegte, lieber mit dem Elfen zu reden als mit Troy?

»Ich bin durchaus in der Lage, den Mund zu halten«, entfuhr es mir etwas zu laut.

»Das halte ich für ein Gerücht«, rief Troy von vorn und ich presste die Lippen aufeinander. Vielleicht war er es, der heute schlechte Laune hatte, und sie übertrug sich auf mich.

Erneut wurde ich nach einer Weile angestupst. Ich wandte mich zu Avathandal, der mich angrinste. Ich konnte nicht anders, als sein Lächeln zu erwidern. Trotzdem war ich ein wenig irritiert über sein Verhalten. Schließlich nickte er und sah wieder nach vorn.

Irgendwann tauchte vor uns eine Felsformation auf und es war mir absolut rätselhaft, warum man sie Hasenfuß nannte. Es waren lediglich einige Felsbrocken, die wahllos herumlagen. Die Pferde ließen wir in einiger Entfernung stehen und sahen uns die Umgebung genauer an. Schnell hatten wir die Fahne gefunden, allerdings hing sie über einem Ast, den wir nicht erreichen konnten, ohne den Baum zu erklimmen.

»Wie ist die da hochgekommen?«

Bevor ich Troy gegenüber meine Vermutung äußern konnte, begann Avathandal zu lachen.

»Die Fahne lag eigentlich auf dem Boden unter Steinen, aber der Baum fand sie hübsch und hat sie sich genommen. Er war schon letztes Mal traurig, weil er keine haben durfte. Eigentlich darf er das nicht, aber manchmal haben sie ihren ganz eigenen Willen.«

»Das hat er dir gesagt?«, fragte ich ungläubig nach und der Elf nickte. »Kannst du ihm auch sagen, dass wir die Fahne brauchen und er sie uns bitte wiedergeben soll?«

»Warum ich, wenn du ihn auch fragen kannst?« Avathandal grinste und ich sah irritiert zwischen ihm und dem Baum hin und her.

»Das meinst du nicht ernst. Das ist ein Baum!«

»Jetzt hast du seine Gefühle verletzt. Dadurch machst du es nicht besser.«

Ich seufzte und fuhr mir über die Haare, die ich wie immer in einem zusammengedrehten Zopf trug.

»Na, ich will mal nicht so sein.« Avathandal murmelte einige Wörter in seiner Sprache und dann knackte und raschelte der ganze Baum.

Er schien sich zu mir zu drehen. Ein Ast griff nach der Fahne und dann beugte er sich tatsächlich zu mir herunter. Blätter rieselten zu Boden und es knackte laut in der Krone. Es war ein schauriges und gleichzeitig faszinierendes Schauspiel. Die langen Astfinger hielten mir die Fahne hin, an die das Rätsel geknotet war.

Ich schluckte und griff vorsichtig danach.

Aus dem Augenwinkel sah ich, wie Troys Hand nach dem Schwertgriff zuckte, aber er zog es nicht. Vorsichtig zupfte ich an dem Stück Stoff und der Baum gab es frei.

»Bitte schön, hübsches Fräulein.« Die Stimme klang tief und kehlig und dröhnte in meinen Ohren.

Ich spürte, wie mein Kopf vom Hals aufwärts rot wurde und ich heiße Ohren bekam. Das war ein Baum, verdammt noch mal! Ich stotterte ein »Danke schön« und der Baum stellte sich wieder auf, als wäre nichts gewesen.

»Lies es vor!«, befahl mir Troy unwirsch, als ich gerade aus meiner Starre erwacht war.

Was für ein Erlebnis! Ich grinste, als ich den Zettel auseinanderfaltete und zuerst still für mich las, ehe ich das Geschriebene dann laut vortrug.

»*Was dir der Krämer gibt von vorn, gibst du im selben Moment von hinten zurück.*«

»Was ist ein Krämer?«, wollte Avathandal wissen.

»Ein Händler, der Gerümpel und Kram verkauft. Meist sind es keine Neuwaren.« Es hatte viele Krämer auf unserem Markt gegeben.

»Ein Krämer verkauft also Kram. Darauf hätte ich ja fast selbst kommen können. Aber was gibt man ihm von hinten zurück?«

»Man gibt ihm Geld zurück. Aber wie ist das mit dem von hinten gemeint?«

Troy hielt sich völlig aus unseren Überlegungen heraus. Immer wieder sah er missmutig zu uns herüber, sagte aber kein Wort. Er würde sich erst äußern, wenn wir später allein waren, und seinem Gesichtsausdruck nach würde es kein erfreuliches Gespräch werden.

Allerdings war ich mir keiner Schuld bewusst. Avathandals Clan war nicht für die Überfälle verantwortlich, davon war ich überzeugt. Es musste einen Verantwortlichen geben, aber deswegen alle über einen Kamm zu scheren hielt ich für nicht korrekt.

Avathandal hatte sich einen Stock genommen und sah nun nachdenklich auf den Boden. »Wie schreibt man Kram? Ich spreche eure Sprache, aber schreiben kann ich sie nicht.«

»Darf ich?«, fragte ich und nachdem er genickt hatte, nahm ich den Stock an mich und schrieb »Kram« in die Erde zu unseren Füßen. Und dann hörte ich es in meinem Kopf klicken.

»Das ist es! Ein Krämer gibt mir Kram und ich gebe ihm dafür eine Mark. Mark ist Kram rückwärts gelesen, also von hinten.«

»Gut, und wo sucht ihr jetzt die nächste Fahne?«

Ich hatte keine Ahnung und zuckte mit den Schultern.

»Gibt es einen Krämer, der sie haben könnte? Oder findest du einen Hinweis auf einer Mark?«, fragte der Elf weiter.

Ein weiteres Mal zuckte ich mit den Schultern, aber dem Hinweis mit der Mark wollte ich auf den Grund gehen. Schnellen

Schrittes lief ich zu Alpe, um einen kleinen Lederbeutel mit etwas Kleingeld aus der Satteltasche zu holen. Eine Mark müsste ich noch haben. Ich öffnete die Schlinge des Beutels und ließ klimpernd einige Münzen in meine Hand fallen. Eine silberne Mark war dabei und so legte ich den Rest wieder zurück. Ich betrachtete sie, während ich zu Avathandal zurückging, und hielt sie ihm schließlich hin.

Auf der Vorderseite waren der Wert und das Gesicht unseres Königs geprägt. Die Rückseite zierte eine große, kräftige Eiche.

»Vielleicht ist die Eiche euer Schlüssel. Es gibt hier nämlich eine Eiche ganz in der Nähe, die dieser auf der Münze recht ähnlich sieht. So gleichmäßig wachsen nicht viele Bäume.«

»Troy, reiten wir dorthin?«

Er sagte nichts, sondern ritt einfach los und wir folgten. Es war definitiv seine schlechte Laune, die ich hier abbekam.

Wieder führte uns unser Weg am Waldrand entlang und ich wunderte mich langsam darüber, dass wir außer einem einzigen Team noch niemandem begegnet waren.

»Troy, wie viele Teams sind außer uns unterwegs?«, fragte ich und trieb Alpe an, um zu ihm aufzuschließen. »Uns begegnet gar keines von ihnen.«

»Das ist Absicht. Einige der obersten Betreuer haben sich eine Menge Rätsel ausgedacht und wollen so vermeiden, dass wir aufeinandertreffen, um uns gegenseitig zu helfen.« Er lenkte Illy noch näher an mich heran, sodass sich unsere Beine berührten, und lehnte sich zu mir.

»Was soll das, Tris? Der Elf soll nur eine Pflicht erfüllen und sich nicht mit dir anfreunden. Wenn diese Verpflichtung überhaupt existiert. Ich wette, er ist nur hier, um uns auszuspionieren.«

Für einen kurzen Moment hatte ich diesen Verdacht ebenfalls gehegt, aber Avathandal müsste ein guter Täuscher sein, um sogar seine Magie manipulieren zu können.

»Wenn wir jetzt links abbiegen, erreichen wir die Eiche früher«, machte Avathandal wieder auf sich aufmerksam und deutete auf die Abzweigung. »Wir müssten eine kleine Brücke überqueren, aber die habe ich schon oft mit Pferd genutzt. Sie ist sicher.«

Ich nickte. Mir war das recht. Vielleicht konnten wir tatsächlich rechtzeitig wieder im Lager sein.

Ich ließ mich zu Avathandal zurückfallen. Es mochte daran liegen, dass er auch ein Magier war, aber mir war seine Gesellschaft im Moment einfach lieber als die von Troy.

»Gadesh Tris?«, unterbrach Avathandal meine Gedanken.

»Nachfolger und Beschützer Avathandal?« Ich konnte mir denken, was er jetzt sagen würde.

»Ich habe es schon einmal erwähnt, aber ich werde mich wiederholen: Wir haben die spitzen Ohren nicht zum Spaß. Sie hören besser als Menschenohren und sind viel genauer und präziser. Es nützt nichts, einige Schritte vor mir zu reiten und zu flüstern, denn ich verstehe trotzdem alles.«

Ich biss mir auf die Lippe und rutschte im Sattel hin und her. Während ich noch überlegte, ob oder was ich antworten sollte, nahm mir Avathandal die Entscheidung ab, indem er einfach weitersprach.

»Hin und wieder habe ich gehört, dass Magier unter den Menschen nicht willkommen sind. Wie äußert sich das?«

Ich war dankbar über den Themenwechsel und erzählte ihm ein bisschen von meiner Zeit im Kloster, von Lilly und dem kleinen Markt.

Er hörte aufmerksam zu, nickte zu vielen Dingen und stellte einige interessante Gegenfragen. Wir führten ein sehr entspanntes Gespräch und ehe ich michs versah, hatten wir die Brücke überquert und waren bei der Eiche angekommen. Sie sah dem Abdruck auf der Münze wirklich sehr ähnlich. Hier musste unsere dritte Fahne versteckt sein.

»Diese Eiche sieht nicht nur so aus, sie war auch tatsächlich die Vorlage für die Prägung auf der Münze. In der Nähe des Baumes müsste eine Tafel angebracht sein, auf der Genaueres zur Herstellung steht«, erklärte Troy, während wir uns umsahen.

»Du kanntest das Rätsel? Deswegen hast du dich der Diskussion enthalten.«

Troy nickte und deutete nach vorn in Richtung des Baumes. »Ich sehe die Fahne von hier aus.«

Mein Blick folgte seinem ausgestreckten Arm und tatsächlich entdeckte ich einen roten Zipfel unter einem Stein hervorlugen.

»Die Verstecke sind aber nicht sehr kreativ«, merkte Avathandal sarkastisch an und ich stimmte ihm zu, während ich abstieg, um die Fahne aufzuheben.

Der Boden war hier morastig und meine Schuhe sackten bei jedem Schritt schmatzend ein. Die Fahne war dementsprechend durch das Gewicht des Steins in die Erde gedrückt worden und verschmiert.

»Wir haben ein Problem« verkündete ich, als ich auf die beiden Männer zuging und den dreckigen Zettel hochhielt. »Ich erkenne darauf so gut wie gar nichts mehr.«

»Lass mich mal sehen«, sagte Troy und griff nach dem Papier.

Er verzog das Gesicht, als er es auseinanderfaltete, und wischte sich die schmutzige Hand an seiner Hose ab.

Der Blick, den mir Avathandal zuwarf, und die Handbewegung, mit der er Troy perfekt imitierte, ließen mich fast wieder auflachen.

Es tat mir für Troy wirklich leid, dass wir uns über amüsierten, aber Avathandal machte einfach den richtigen Witz zur richtigen Zeit. Würde sich Troy diese Scherze erlauben, würde ich genauso über Avathandal lachen.

Wie oft Lilly und ich uns über die Lehrer oder Mitschüler amüsiert hatten, vermochte ich gar nicht mehr zu zählen.

»Das ist das Spitzbuben-Rätsel.«

Wir sahen Troy an, der es wohl geschafft hatte, den Zettel zu entziffern.

»Scheiße!«, entfuhr es ihm laut.

»War Spitzbube die Lösung?«, erkundigte ich mich und er nickte. »Also kanntest du auch dieses Rätsel? Dabei dachte ich, sie wären dir neu?«

»Nicht alle Rätsel. Ich habe an einem Tag mitgeholfen, aber ich hätte nicht gedacht, dass sie wirklich zwei davon für uns verwenden. Da hat wohl einer beim Verstecken nicht aufgepasst.«

»Na gut, wo müssen wir jetzt hin? Für was steht der Spitzbube?«

»Wir müssen zum alten Galgenplatz, dort wird das Ziel sein. Wir haben alle drei Fahnen.«

Hastig kontrollierte ich noch einmal, ob ich wirklich alle Fahnen eingesteckt hatte, und dann ging es im Galopp dem Ziel entgegen.

Vielleicht hundert Fuß vorher verabschiedete sich Avathandal von uns. Ich hob ebenfalls die Hand zum Gruß und schon war er zwischen den Bäumen verschwunden.

Wir hatten tatsächlich gewonnen. Wir hatten als erstes Team alle drei Fahnen ins Ziel gebracht. Ohne Avathandal hätten wir das nicht geschafft.

Das alles war aber im Moment nebensächlich, während Troy möglichst leise versuchte, mich anzuschreien. Er hatte mich nach der Eröffnung der kleinen Siegesfeier zur Seite genommen.

»Du freundest dich mit ihm an! Du machst Witze mit ihm, Tris! Du weißt, warum er da ist!«, schnauzte er.

»Das ist eine reine Vermutung deinerseits!«

»Und jetzt verteidigst du ihn!«

»Nein, ich …!«

Troy ließ mich nicht einmal ausreden. »Doch! Doch, genau das tust du! Du beginnst ihn zu mögen, Tris. Genau das ist seine Taktik!«

»Das ist nicht wahr«, sagte ich und sah zu Boden.

»Woher willst du das wissen?«

»Sein Clan ist noch gar nicht so lange hier, als dass sie etwas mit den Überfällen der letzten Jahre zu tun haben könnten.«

»Und das glaubst du, weil er es gesagt hat? Das ist naiv, Tris, und gefährlich. Er ist ein Elf. Die Elfen sind alle gleich. Pass auf, was du ihm erzählst, er könnte es gegen uns verwenden. Er könnte jederzeit einen dieser Bäume dazu benutzen, uns umzubringen.«

Das war frustrierend. Troy hatte einen festgefahrenen Standpunkt und ließ keine andere Überlegung zu.

»Es scheint, als wärst du eifersüchtig! Weil ich mich besser mit ihm verstehe als mit dir?«

Troy starrte mich an und fuhr sich mit beiden Händen durch die Haare. »Du verstehst es nicht! Sollten die Elfen einen Überfall auf das Lager wagen, weil du sie unbewusst über Patrouillen oder Abwesenheiten der meisten Wächter informiert hast, wirst du dafür geradestehen müssen. Noch bist du hier nicht aufgenommen!« Damit drehte er sich um und verschwand zwischen den Zelten.

Krampfhaft versuchte ich das Brennen hinter meinen Augenlidern zu verdrängen und mich zu konzentrieren. Hatte Troy mit einigen Dingen recht? War ich dabei, mich mit Avathandal anzufreunden? Ich musste trotz Troys Ärgers grinsen, als ich an die Gesten dachte, die der Elf heute gemacht hatte. Ja, damit hatte der Wächter recht. Ich mochte Avathandal. Aber stimmte auch der andere Vorwurf? Dass sein Clan die Dörfer überfiel? War es wirklich Avathandal, der mit mir scherzte, sich verpflichtet fühlte, mein Leben zu retten, aber andere Menschen hinter meinem Rücken umbrachte?

Und wieder fiel mir niemand anderes ein, der diese Angriffe sonst ausgeführt haben sollte. Es musste einen Schuldigen geben. Troy hatte es mit seinen Worten geschafft, erneute Zweifel zu säen, und meine Gewissheit in Bezug auf Avathandals Unschuld ins Wanken gebracht. Es gab einfach keine andere Möglichkeit und doch wollte ich es nicht wahrhaben.

Und wenn ich in Troys Augen so einen Frevel beging, warum war ich dann noch hier?

Kapitel 10

Es war kurz nach Sonnenuntergang, einige Tage nach dem Vorfall am Königstag, und heute stand meine erste Nachtwache an. Ich musste lernen, die Mondzeiten richtig einzuschätzen und meine Angst im Griff zu haben. Wenn ich auch nachts die Nerven behielt und mich orientieren konnte, würde ich eine vollwertige Wächterin werden können.

Für die erste Nachtwache waren wir natürlich nicht in den Wald der Elfen geritten. Er war schon bei Tageslicht verwirrend genug, da wollte keiner von uns das Risiko eingehen, dort nachts verloren zu gehen.

Troy und ich hatten nicht mehr über den Streit gesprochen und er wich mir aus, wann immer ich Avathandal oder die Elfen allgemein ansprach. Trotzdem war es offensichtlich, dass unser zuvor offenes Verhältnis abgekühlt war.

Obwohl ich mir vorgenommen hatte, dem Elfen gegenüber vorsichtiger zu sein, schaffte ich es nicht. Avathandal erschien mir einfach von Grund auf freundlich.

»Wir schlagen hier am Waldrand unser Lager auf. Du wirst in der ersten Hälfte der Nacht wach bleiben, die zweite Hälfte übernehme ich. Erklär mir noch mal, wie man die Zeit am Sternenhimmel beobachtet.«

»Der einzige Stern am Himmel, der sich nicht bewegt, ist das Auge der Eelea. Diesen Stern finde ich, indem ich die hintere Achse des Wagens von Temaron um den Faktor sieben verlängere. Wenn der Wagen das Auge ein Mal umrundet, vergeht ein ganzer Tag. Eine Nacht dauert eine halbe Umrundung. Wenn ich also ein Viertel einer Umrundung Wache halte, kannst du das andere Viertel übernehmen.«

»Das hast du auswendig gelernt, Tris.« Troy zog die Augenbrauen hoch.

»Ja, aber ich weiß es. Das ist doch das, was zählt.«

»Wenn du nur auswendig lernst, vergisst du es schnell wieder. Wende dein Wissen an, wann immer du kannst.«

Taten wir hier nicht genau das? Ich nickte schweigend und wir machten uns daran, die Zelte aufzubauen, ein Lagerfeuer zu entzünden und den zwischenzeitlich erlegten Hasen zu häuten und auszunehmen. Er würde heute unser Abendessen sein. Zur Sicherheit hatten wir aber auch ein wenig Proviant mitgenommen. Falls uns die Kriegerin Soleil nicht gnädig gestimmt und die Jagd erfolglos gewesen wäre.

Viel zu schnell brach die Nacht herein und während sich Troy schlafen legte, suchte ich den Wagen von Temaron und das Auge Eeleas. Wir hatten eine klare Nacht ausgewählt, aber mit ein bisschen Erfahrung würde ich auch mit einem bedeckten Himmel zurechtkommen. Noch war der Horizont lila verfärbt, aber es würde nicht mehr lange dauern, bis es stockdunkel war.

Im Kloster hatte ich immer Möglichkeiten gefunden, wie man sich notfalls auch allein beschäftigen konnte. Für die eine brauchte ich allerdings Steine und für die andere besseres Licht. Beides war gerade nicht in greifbarer Nähe.

Also hob ich den Kopf und betrachtete die Sterne. Die Konstellationen, die ich für die Zeitbeobachtung lernen musste, kannte ich, aber darüber hinaus waren es nur Himmelslichter. Unzählig viele.

Ein wenig bedauerte ich es, dass Avathandal nicht hier war. Jetzt wäre unsere Gelegenheit, ungestört zu reden. Schlief er gerade oder konnte ich es wagen, meine Magie auf die Suche nach ihm zu schicken? Ich beschloss, es auf einen Versuch ankommen zu lassen, und gab meiner Magie ein Zeichen. Sofort sauste sie begeistert los und ich spürte genau, in welchem Moment sie mit dem Zauber des Elfenwaldes in Berührung kam.

Avathandal fand ich tatsächlich, aber an einer ganz anderen Stelle als vermutet.

»Dich kann man aber auch nicht überraschen, oder, Gadesh Tris?«

Ich legte einen Finger an meine Lippen, um ihm anzudeuten, leise zu sein. »Troy schläft, Nachfolger und Beschützer Avathandal.«

Er nickte wissend, legte einen dicken Scheit Holz ins Feuer und setzte sich zu mir auf die Matte. »Du solltest möglichst dickes Holz nehmen, damit du noch genug Glut hast, wenn du einmal einschläfst.«

»Feuerwacheweisheiten?«, schmunzelte ich.

»Ja, ich kann gar nicht zählen, wie viele Stunden lang ich schon Feuer bewacht habe und wie oft ich dabei eingeschlafen bin.«

»Was machst du hier?«, wechselte ich das Thema.

»Du weißt, warum ich hier bin.« Avathandal streckte die Beine aus und gähnte.

»Nun, laut Troy bist du hier, um uns auszuspionieren.« Ich hatte nicht mit der Tür ins Haus fallen wollen, aber meine Zunge war schneller als mein Kopf.

Avathandal setzte sich wieder gerade hin und sah mich an. »Das weiß ich, aber hat Wächter Troy auch erwähnt, was genau ich ausspionieren will?«

Ich zuckte mit den Schultern und schüttelte dann den Kopf.

»Und was sind deine Vermutungen? Ich bin sicher, dass du welche hast.«

Troys Warnungen läuteten wie Kirchenglocken in meinem Hinterkopf. Was war, wenn ich ihm wirklich nicht vertrauen durfte?

»Troy sagt immer wieder, dass ich dir nicht glauben soll. Wenn ich jetzt …«

»Warum sagt er das?«, unterbrach mich Avathandal und fuhr sich mit der Hand über das Kinn. Er musterte mich neugierig und schien auf meine Antwort gespannt zu sein.

»Weil du ein Elf bist«, sagte ich unsicher und verzog den Mund. »Laut Troy seid ihr alle gefährlich.«

»Glaubst du das auch, Gadesh Tris?«

»Es fällt mir immer schwerer, es zu glauben.«

Ein kleines Lächeln umspielte seine Lippen, dann wurde er wieder ernst. »Mich interessiert, warum euer Land alles tut, um uns schlecht dastehen zu lassen.«

Wie meinte er das? Tat nicht sein eigenes Volk genug dafür?

»Nun ja, einen Krieg zu verlieren, nicht nachzugeben und die Dörfer anzugreifen, ist nicht gerade förderlich für einen guten Ruf«, sagte ich leicht spitz und stieß einen schmalen Stock ins Feuer. Einige Funken stoben auf, tanzten kleine Figuren und sanken dann erloschen nieder.

»Das wird dir gelehrt? Das lehrt euch euer König?« Obwohl Avathandal weiterhin leise redete, lag viel mehr Nachdruck in seinen Worten. Er sah fassungslos aus und als ich nicht antwortete, stand er auf und lief leise fluchend um das Feuer herum. Er fuhr sich mehrmals durch die blonden Haare, bis sie in alle Richtungen abstanden. Warum reagierte er so seltsam? Hatte er noch nicht gewusst, was man uns beibrachte?

»Bitte erklär mir genauer, was es mit dem Krieg und den Angriffen auf die Dörfer auf sich hat«, bat er, als er sich wieder neben mich setzte.

Skeptisch zog ich die Stirn kraus und sah ihn nachdenklich an. »Warum? Warum soll ich dir etwas erzählen, von dem du schon weißt?«

»Weil ich es eben nicht weiß! Mir war bewusst, dass die Tatsachen verdreht werden, das ist die Natur der Menschen. Aber ich wusste nicht genau, wie es geschieht. Bitte erzähl mir davon.«

»Die Tatsachen werden verdreht?«

Er seufzte und legte eine Hand auf meinen Arm. »Es ist deine Entscheidung, was du mir erzählen willst und kannst. Wenn du dich damit in Schwierigkeiten bringst, dann lass es bleiben. Ich glaube aber, dass wir beide zwei komplett unterschiedliche Geschichten kennen. Und ich glaube, dass deine die falsche ist. Ich weiß es aber nicht genau und deswegen bitte ich dich jetzt noch einmal: Erzähl mir mehr darüber.« Er nahm seine Hand wieder weg und die Stelle, an der sie gelegen hatte, fühlte sich jetzt merkwürdig kalt und verwaist an. Ich warf einen Blick darauf, aber er legte seine Hand nicht dorthin zurück.

»Soweit ich informiert bin, hat Viilbas den Krieg gegen Alvid verloren …«

»Das weiß ich«, unterbrach er mich.

»Lass mich bitte ausreden. Es gehört sich nicht, zu unterbrechen!«, wiederholte ich seine Worte und er schmunzelte leicht.

»Viilbas verlor den Krieg und damit auch euer Land, denn auf allen Karten, die ich bis jetzt einsehen konnte – es waren leider nicht viele –, gehörte euer Land zu Viilbas. Demnach hättet ihr euch längst dem König unterwerfen müssen. Das tut ihr aber nicht. Ihr herrscht weiter über das Land, als wäre es noch immer euer eigenes. Jeder Versuch, mit einem eurer Zuständigen in Kontakt zu treten, schlug fehl. Um eure Überlegenheit zu demonstrieren, greift ihr nun immer wieder die Dörfer an den Landesgrenzen an.«

Avathandal blies die Wangen auf und fuhr sich erneut durch die Haare, ehe er das Lederband löste und seinen Zopf neu band. Seine Haare waren länger, als ich es erwartet hatte.

»Wie ich sagte, kennen wir zwei grundlegend verschiedene Geschichten. Das Königreich Viilbas hat den Krieg gegen Alvid verloren, das ist richtig, aber Athavar gehörte nie zu Viilbas. Seit jeher gab es einen Vertrag, der Handel und Ordnung zwischen den Ländern regelte. Als Viilbas fiel, schotteten wir uns ab. Immer wieder versuchte euer neuer König, in unser Land einzudringen. Es waren keine friedlichen Händler mit neuer Kunde oder Waren, die zu uns kamen. Es waren Soldaten. Ob zu Fuß oder Pferd, durch den Wald oder über das Wasser. Kein einziger von ihnen wollte reden. Mit wem auch? Menschen haben keinen Zutritt in Havaris, zumindest nicht ohne ausdrückliche Genehmigung. Und die Dörfer, Gadesh, werden von euren eigenen Männern angegriffen. Euer König nimmt in Kauf, dass Unschuldige getötet werden, um die einfachen Bürger gegen uns aufzuhetzen.«

»Du lügst«, sagte ich, zweifelte aber selbst an meinen Worten.

»Ich wünschte, es wäre so.«

»Weswegen sollte der König das tun?«, fragte ich und verschränkte die Arme vor der Brust.

»Frag doch mal die rechte Hand des Captains. Er wird es wissen.«

Eine Weile schwiegen wir und sahen in das Feuer.

Das konnte nicht wahr sein. Es konnte nicht sein, dass ein ganzes Lager getäuscht wurde. Oder doch?

»Frag Wächter Troy mal, wo die Patrouille war, als das Dorf angegriffen wurde. Du musst mir nicht glauben, aber ich glaube im Gegenzug nicht, dass keine Menschen in der Nähe waren, die den Angriff hätten bemerken können.«

»Ich weiß nicht, was ich glauben soll«, murmelte ich. »Woher weißt du von dem Angriff?«

»Ich lebe hier. Jäger erzählten von dem Rauch.«

Troys Erzählungen machten genauso Sinn wie Avathandals. »Woher weißt du das alles?«

Der Elf sah sich um, ehe er sich, ein verschwörerisches Gesicht aufsetzend, zu mir beugte. »Ich bin mir nicht sicher, ob ich dir das auch noch erzählen kann.«

Ich zog abwartend die Augenbrauen hoch, obwohl mich seine Nähe unglaublich nervös machte und ich gern ein Stück zurückgewichen wäre.

»Sagen wir einfach, dass ich sichere Quellen für meine Informationen habe.«

Ich seufzte und rieb mir die Augen. »Warum vertraust du mir?«, stellte ich nun die Frage, die mir während des ganzen Gespräches auf der Zunge gelegen hatte, und verschränkte erneut die Arme vor der Brust.

Avathandal grinste und wandte dabei den Blick ab. Seine Hand fuhr durch seine Haare und landete in seinem Nacken. Er wollte gerade antworten, als ich nicht mehr an mich halten konnte.

»Ist dir bewusst, wie sehr es mich nervt, wenn du dir ständig durch die Haare fährst und dann deinen Zopf jedes Mal neu binden musst?«

Sein Kopf ruckte hoch und er starrte mich an. Sein Blick schwankte zwischen Fassungslosigkeit und Belustigung und einer dritten Komponente, die ich nicht zuordnen konnte.

Urplötzlich hatte ich das dringende Bedürfnis, mich zu entschuldigen, aber ich brachte einfach kein Wort über die Lippen. Langsam hob Avathandal eine Hand, löste das Lederband und steckte es in die Tasche seiner Hose. Er sah mich unentwegt an. Ich hatte das Gefühl, dass er genauso wenig in der Lage war, den Blick zu lösen, wie ich. Seine grünen Augen bohrten sich in meine und plötzlich huschte mein Blick zu seinen Lippen. Hektisch schaffte ich es, mich wegzudrehen. Wild und kräftig schlug mein Herz in meiner Brust. Ich hatte doch nicht wirklich eine

Sekunde daran gedacht, wie es wäre …? Hitze stieg mir ins Gesicht, während ich wieder schüchtern zu ihm sah.

Im selben Moment durchbrach ein Grummeln die Stille und ich musste lachen. Nie zuvor hatte ich ein derart lautes Magenknurren gehört.

»Du hast nicht zufällig etwas zu essen dabei, oder?«

Wenigstens gab er sich Mühe, ein bisschen verlegen auszusehen.

»Tatsächlich habe ich Schokolade dabei.«

Seine Mundwinkel hoben sich und als ich aufstand, um sie aus meinem Rucksack zu holen, sagte er: »Du weißt, wie man einen Mann verwöhnt.«

Sofort begann mein Kopf zu glühen und ich versteckte ihn in meiner Tasche. Ich gab eine Weile lang vor, zu suchen, obwohl ich genau wusste, wohin ich die Schokolade gesteckt hatte. Ich brach zwei Riegel ab und steckte die Tafel wieder weg.

Während meiner Zeit im Kloster hatte ich mir einmal Schokolade kaufen können, aber sie war nicht so lecker gewesen wie diese hier.

»Das letzte Mal, dass ich Schokolade gegessen habe, ist ewig her. Ich glaube, es war zu der Zeit, als ich noch in Havaris gelebt habe.« Avathandal biss ein Stückchen des Riegels ab, den ich ihm gegeben hatte, und legte den Rest auf seinen Oberschenkel. »Gadesh Tris, sag mir jetzt bitte nicht, dass du das Stück einfach gekaut und geschluckt hast.«

Entschuldigend zuckte ich mit den Schultern.

»Du hast es nicht genossen, sondern geschlungen.«

»Ich genieße eben schnell«, sagte ich und er lachte.

»Das hat einer unserer Jäger auch immer beim Essen gesagt, bis er eines Tages an einem ungekauten Stück Fleisch fast erstickt wäre.«

»Das wäre doch deine Gelegenheit, deine Pflicht zu erfüllen, wenn ich mich verschlucken würde.«

»Ich hätte es gern ein bisschen dramatischer. Was wäre das für eine Geschichte, wenn du meine Schwester vor einem Bären rettest und dagegen lediglich in der Nähe bin, wenn du dich verschluckst?« Er sah mich mit erhobenen Augenbrauen an, ehe er sich wieder dem Feuer zuwandte.

»Lanaya möchte sich übrigens gern persönlich bei dir bedanken. Ihr geht es wieder besser und sie war gestern das erste Mal wieder mit auf der Jagd. Sie sagte, dass sie noch Informationen hat, die dich interessieren könnten. Da sie mir nichts verraten wollte, habe ich mit unserem Bewahrer gesprochen und nach ihm ist es in Ordnung, wenn ich dich einmal mitbringe. Die Zeiten, in denen die Clans ohne Probleme menschlichen Besuch empfangen haben, sind leider vorbei, aber angekündigt und mit einem guten Grund darfst du mitkommen. Solange ich noch in deiner Schuld stehe sowieso.«

Ich wusste nicht, ob ich den Jägern noch einmal gegenüberstehen wollte, aber es würde meine Gelegenheit sein, die Elfen und ihre Mentalität besser kennenzulernen.

Avathandal musste mein Zögern bemerkt haben. »Vorausgesetzt, du möchtest das überhaupt«, fügte er hinzu.

Ich nickte. »Es werden bei uns im Lager Geschichten erzählt, wonach ihr Kinder entführen und essen würdet«, erzählte ich plötzlich, um die Stille zu durchbrechen. Etwas Dümmeres hätte mir auch nicht einfallen können. Diese Erzählungen über die menschenfressenden Elfen hatte ich neulich beim Frühstück am Nebentisch gehört.

»Ja, natürlich.« Er lachte. »Wenn man sie noch ein bisschen mästet, bekommen sie eine schöne Speckschwarte. Menschenkinder sind immer so dünn. Probier sie, sie sind lecker. Ein bisschen wie Hühnchen.«

Trotz des makaberen Wortwechsels lachten wir beide und dann saßen wir eine ganze Weile einfach nur am Feuer und hingen unseren Gedanken nach. Es war eine angenehme Stille. Hin und wieder knackte ein Holzscheit und es stoben rot glühende Funken auf.

Es dauerte einige Minuten, bis mir klar wurde, dass sie nicht zufällig aufstoben, sondern jemand seine Finger, oder eher seine Magie, im Spiel hatte.

»Dir fällt wirklich immer etwas Neues ein, um dich zu beschäftigen, oder?«, fragte ich leise und beobachtete weiter das kleine, funkelnde Feuerwerk.

»Ich hoffe, du hast keine Nachtwache mehr, bis die Schuld eingelöst ist. Ich bin definitiv zu alt, um die halbe Nacht hier zu sitzen und nichts zu tun.« Er ließ die Funken in meine Richtung tanzen und ich streckte die Hand nach ihnen aus, um sie mit meiner Magie einzufangen.

Es war nicht einfach, meine Fähigkeit im Zaum zu halten, um zu verhindern, dass sie wie eine verrückte mit den Funken spielte und womöglich einen Waldbrand entfachte.

Immer wieder hatte ich in den letzten Wochen neue Facetten entdeckt, sowohl an meiner Gabe als auch an der Magie allgemein. Der sprechende Baum faszinierte mich noch immer, auch wenn Troy ihn schlechtgemacht hatte.

»Das ist unglaublich schön«, staunte ich über meine eigenen Fähigkeiten. Warum war ich vorher nie auf solche Spielereien gekommen? Warum wurde uns dieser Spaß nicht beigebracht?

»Das ist es«, sagte Avathandal und lächelte. Er sah mich so durchdringend an, dass ich das Gefühl bekam, dass er damit nicht die tanzenden Funken meinte. Sein Blick verharrte lange auf mir und ich war mir sicher, dass mein Gesicht schon wieder feuerrot war. Das Herz schlug mir bis zum Hals. Ich wollte meinen Blick abwenden, um mich zu beruhigen und meine Gedanken zu sortieren, aber ich konnte es erneut nicht. Irgendetwas sorgte dafür, dass sein Blick meinen fesselte.

»Ich werde jetzt gehen. Du musst ja auch noch ein bisschen lernen. Pass auf dich auf, wenn ich nicht in der Nähe bin. Denk über mein Angebot nach, unseren Clan zu besuchen, und denk daran, dass du jederzeit deine Magie nach mir suchen lassen kannst, wenn dir etwas passieren sollte«, sagte Avathandal nach einiger Zeit ruhig und stand auf.

Als ob er etwas vergessen hätte, drehte er sich nach seinem ersten Schritt noch einmal zu mir um. »Ach ja, hat dir schon einmal jemand gesagt, dass du eine hübsche junge Frau bist?«

Ich verschluckte mich fast an meiner eigenen Spucke und bekam große Augen. Hatte ich gerade richtig gehört?

»Hat dir das schon einmal jemand gesagt?«, fragte er erneut, diesmal etwas leiser, und ich schüttelte den Kopf.

Das hatte mir tatsächlich noch keiner gesagt.

Avathandal atmete tief durch und es machte den Anschein, dass auch er nervös war. »Du bist eine hübsche junge Frau.« Ohne ein weiteres Wort ging er zügigen Schrittes in Richtung Wald davon. Er wartete nicht auf eine Antwort von mir, wobei ich mir sicher war, darauf nicht einmal etwas erwidern zu können.

Noch lange nachdem er gegangen war, saß ich mit rotem Kopf und klopfendem Herzen am Feuer.

Kapitel 11

Die Nachtwache lag drei Tage zurück und wir hatten seitdem keine Patrouille mehr übernommen.

Ich hatte die Vermutung, dass Troy doch etwas von meiner nächtlichen Unterhaltung mit Avathandal mit angehört hatte, und ich hoffte, dass ich die Möglichkeit bekam, in naher Zukunft mit dem Elfen darüber zu reden. Sobald sein Name meine Gedanken kreuzte, was erstaunlich häufig vorkam, begannen meine Hände zu zittern und mein Herz zu rasen. Ich wusste genau, was hier passierte, aber ich wusste nicht, ob ich das wollte oder wie viel Ärger es mir einbringen würde.

Mehrere Anläufe waren nötig, um den Sattelgurt zu schließen, als wir schließlich doch wieder zu einer Patrouille aufbrachen, allein wegen dem Gedanken, dass wir Avathandal heute im Wald treffen würden.

Ich atmete tief die kühle Morgenluft ein und versuchte mich zu beruhigen.

Meine Reaktion machte mich wahnsinnig und ich hoffte, dass sie sich schnell legen würde. Wie sollte ich sonst auch nur ein einziges Gespräch führen können, ohne dämlich zu stammeln und rot zu werden? Wenn dies passierte, würde Troy definitiv nachfragen. Und dann?

»Troy!«, bellte der Captain durch das Lager und ich wollte gar nicht hören, was er zu sagen hatte.

Das letzte Mal, als er uns aufsuchte, hatte damit geendet, dass wir in dieses abgerannte Dorf geritten waren.

Auch wenn meine Träume einen ganz anderen Charakter bekommen hatten, waren es irgendwie doch noch Albträume und ich wachte nicht minder schweißgebadet daraus auf.

»Troy!«, wiederholte der Captain und baute sich vor uns auf. Zähneknirschend sah er zwischen uns hin und her. Auch wenn er kleiner als Troy war, wirkte er auch auf meinen Betreuer sehr respekteinflößend.

Ich schluckte nervös, denn ich ahnte, dass es schlechte Neuigkeiten gab.

»Ihr reitet heute den westlichen Wald um Lindhain ab. Nach einem Angriff heute Nacht sind zwei Kinder verschwunden.«

Kaum war der untersetzte Mann mit der Pfeife nach einer zackigen Drehung wieder verschwunden, wandte sich Troy zu mir um. »Frag deinen Elfen mal, warum sie das machen!«, schnauzte er mich an. »Frag ihn, warum für ihre Ziele Kinder sterben müssen.«

Ich schwieg. Hatte Troy recht und Avathandal hatte mir nicht die Wahrheit erzählt? Oder log Troy mir gerade ins Gesicht? Er hatte »dein Elf« gesagt. Allein seine unbedachte Wortwahl bescherte mir noch stärkeres Herzklopfen. Wie albern ich mich aufführte. »Warum bin ich noch hier, wenn wir dir so ein Dorn im Auge sind?«

»Ich hätte nicht gedacht, dass er uns so bespitzelt! Er muss genau wissen, wann ein Dorf kurzzeitig unbeobachtet ist. Tris, du darfst ihm nicht vertrauen!«

»Warum bin ich noch hier?«, wiederholte ich meine Frage. Ich wollte jetzt eine Antwort.

»Ich war der Meinung, dass es uns helfen könnte, einen von ihnen näher zu kennen, aber das tut es leider nicht. Niemand außer uns beiden weiß von ihm. Wie soll ich das jemals erklären? Ich bedauere es, eigenmächtig entschieden zu haben, dass er an unserer Seite bleiben kann, um seine lächerliche Schuld einzulösen. Vertrau ihm nicht, Tris!«

»Beantworte endlich meine Frage! Warum bin ich noch hier?« Nie in meinem Leben hatte ich so respektlos mit einem Mann gesprochen, noch dazu mit einem Vorgesetzten.

»Weil es nicht in meiner Kraft liegt, darüber zu entscheiden. Ich kann dich bezüglich des Elfen nicht verraten, weil er schon viel zu lange hinter dem Rücken des Captains mit uns unterwegs ist. Was sage ich denn dann zu meiner Verteidigung?«

»Das heißt, dass ich schon wieder weg wäre, wenn du es entscheiden könntest?«, fragte ich so gefasst wie möglich.

Troy sah mich abschätzend von der Seite an, die Lippen zusammengepresst. »Möglicherweise, ja«, sagte er schließlich und saß auf. »Komm jetzt, vielleicht können die Kinder überleben, wenn wir sie rechtzeitig finden.«

Es dauerte eine Weile, bis ich mich so weit im Griff hatte, dass ich nicht heulen würde, sobald ich den Mund aufmachte. In diesem Augenblick fühlte ich mich wie die größte Versagerin. Es war furchtbar enttäuschend: Mein Leben lang hatte ich mir gewünscht, hier zu sein, und jetzt drohte mein Traum zu zerplatzen.

Wir verließen das Lager durch ein anderes Tor als sonst und ich schickte meine Magie los, um Avathandal Bescheid zu sagen. Hoffentlich würde sie sich so weit von mir entfernen können.

Mit einem Schlag besserte sich meine Laune, als ich eine Antwort erhielt.

»Warum lächelst du?«, fragte Troy versöhnlicher, aber ich sah ihn trotzdem misstrauisch an. »Hör zu, ich habe das nicht so gemeint. Mir wächst alles einfach über den Kopf«, lenkte er ein.

»Avathandal hat damit nichts zu tun und wenn du ihm zuhören würdest, wüsstest du das«, murmelte ich und hielt Ausschau nach dem Elf.

»Ich traue ihm einfach von Grund auf nicht. Hör auf, so im Sattel herumzurutschen! Du machst dein Pferd noch ganz nervös.«

Das war leichter gesagt als getan. Ich hoffte, dass Avathandal auftauchen würde, aber ich war auch furchtbar nervös, ihm gleich gegenüberzustehen. Diese erste Begegnung seit unserer Verabschiedung vor drei Tagen wollte ich so schnell wie möglich hinter mich bringen. Auf der anderen Seite wäre es mir auch recht, noch eine Weile meinen Tagträumen nachzuhängen, bevor Avathandal mir sagte, dass er das alles nicht so gemeint hatte und mein Herz mir etwas vormachte.

Es brachte überhaupt nichts, es vor mir zu verleugnen. Ich war dabei, mich in Avathandal zu verlieben. Schlimmer noch: Es war schon längst geschehen. Irgendwo zwischen seinen Komplimenten und dem hübschen Lächeln hatte ich mein Herz an ihn verloren.

Als wir den Weg verließen und auf den Wald zuritten, sah ich sein Pferd schon zwischen den Bäumen stehen. Den großen schwarzen Hengst konnte man nicht übersehen. Sofort zogen sich meine Mundwinkel wie von Geisterhand nach oben und ich senkte den Kopf, damit Troy es nicht sah. Wahrscheinlich benahm ich mich gleich sowieso offensichtlich genug und er würde auf Anhieb erkennen, was in mir vorging. Beim Gedanken daran, dass Avathandal direkt auffallen könnte, was er bei mir angerichtet hatte, wurde mir heiß und kalt zugleich.

Reiß dich bloß zusammen, Tristana.

»Guten Morgen, Gadesh Tris«, begrüßte der Elf mich wie sonst auch, als wir bei ihm ankamen.

Ich empfand es vorerst sicherer, auf den Hals meines Pferdes zu starren. »Guten Morgen, Nachfolger und Beschützer Avathandal.« Mit ihm zu reden klappte schon mal, wie sah es mit Blickkontakt aus? Versuchsweise hob ich den Kopf und sah ihn an.

Er lächelte und ich spürte, wie sich ein äußerst bescheiden aussehendes Grinsen seinen Weg auf meine Lippen bahnen wollte. Also begann ich mit äußerster Präzision, einige Strohhalme aus Alpes Mähne zu sammeln, die ich in der Eile heute Morgen nicht mehr gefunden hatte.

»Es ist eine ungewöhnliche Gegend für euch. Habt ihr etwas Besonderes vor?«, wollte der Elf wissen.

»Bei einem Überfall auf ein Dorf sind zwei Kinder verschwunden. Wir hoffen, sie hier zu finden«, sagte Troy schroff und fixierte Avathandal.

»Dann hoffe ich, dass wir fündig werden. Kinder sollten keine Nacht allein im Wald verbringen.«

Es verwunderte mich, mit welcher Selbstverständlichkeit Avathandal unsere Aufgaben zu seinen machte.

Wir waren gerade losgeritten, als ich mich zum ersten Mal davon überzeugen durfte, wie schnell der Elf verschwinden konnte, wenn uns andere Wächter begegneten.

Er musste die Schritte der Pferde auf dem Waldboden schon viel früher gehört haben als wir. Plötzlich verschwand er zwischen den Bäumen, die sich sofort wie eine schützende Wand hinter ihm schlossen und ihn verschwinden ließen. Als ich ihm irritiert hinterherrufen wollte, hörte ich ebenfalls die näher kommenden Geräusche. Es waren zwei Wächter, die uns aus Richtung des Dorfes entgegenkamen.

»Guten Morgen, Troy. Gibt es schon irgendwelche Hinweise auf den Verbleib der Kinder?«

»Nein, keinen einzigen. Wart ihr im Dorf?«

Die anderen beiden nickten. Ich kannte sie nicht und sie mich wohl auch nicht.

»Sind sich die Dörfler sicher, dass sich die Bälger nicht einfach auf einem Heuboden verkrochen haben?«, erkundigte sich Troy.

»Einige Bewohner haben seit Sonnenaufgang das ganze Dorf auf den Kopf gestellt. Keine Spur von den Kindern. Wenn sie weggelaufen sind, können sie überall sein. Vielleicht sind sie auch schon tot«, sagte einer der Männer und kratzte sich am Kinn. Sein langer, dunkler Bart war total verfilzt und mit Sicherheit völlig verfloht.

»Wann fand der Überfall denn genau statt und wann fiel das Fehlen der Kinder auf? Ihr kennt ja den Captain und seine Art, uns zu informieren.«

Die drei Männer lachten, während ich meinen Blick über die Umgebung schweifen ließ. War es möglich, dass diese Wächter ganz genau wussten, wo sich die Kleinen aufhielten? Waren sie absichtlich entführt worden? Das konnte und wollte ich nicht glauben. Aber wenn die Wächter nichts mit der Entführung zu tun hatten, log mich Avathandal an. Der Gedanke behagte mir noch viel weniger.

Wenn ich darüber nachdachte, passte Troys Geschichte einfach besser zu allem. Sie war stimmig: Die Elfen gaben ihr Land nicht auf, sie griffen Dörfer an, entführten sogar Kinder. Da klaffte kein großes Fragezeichen wie in Form von Avathandals Aussage, dass er sich nicht sicher war, ob er mir alles verraten könne.

Vielleicht sollte ich nicht alles hinterfragen und mich von dem Elfen fernhalten, aber je mehr ich es versuchte, desto weniger klappte es. Meine unpassende Verliebtheit hatte mich darauf sensibilisiert und nun achtete ich auf jedes Zeichen von Troy, welches ihn als Lügner enttarnen würde. Ich wollte so gern, dass Troy die falsche Geschichte erzählte, aber die Wahrscheinlichkeit schwand immer mehr.

»Tris, such du weiter! Ich muss zum Dorf reiten, denn es scheint Probleme mit einigen Bürgern zu geben. Ich versuche so schnell wie möglich wieder zurück zu sein.«

Ich nickte und Troy galoppierte mit den Männern davon.

»Ist es nicht furchtbar abstoßend, wie er dir etwas vorspielt? Er lügt, ohne rot zu werden, ohne zu zögern.« Avathandal war wieder neben mir aufgetaucht und ich zuckte erschrocken zusammen. Ich hatte ihn nicht näher kommen gehört.

»Troy sagte, dass du unsere Patrouillen kennst und deswegen genau weißt, welches Dorf wann unbewacht ist. Genau dort würdet ihr zuschlagen.« Ich sah weiterhin auf den Waldweg, den Troy eben in Richtung des Dorfes genommen hatte.

»Du traust mir nicht, und das kann ich verstehen.«

Irritiert drehte ich mich zu ihm um. »Wie meinst du das?«

»Du hast mir eben die Frage beantwortet, die ich dir vor einigen Tagen am Feuer gestellt habe, als ich von dir wissen wollte, wieso Wächter Troy glaubt, dass ich dir nicht vertrauen darf. Er hat dir eine Antwort geliefert. Seine Geschichte ist schlüssig, meine dagegen nicht. Das lässt dir die Wahl, sie zu hinterfragen oder hinzunehmen. Du hast dich dafür entschieden, sie hinzunehmen und mir zu misstrauen. Das ist in Ordnung.«

»Das stimmt so nicht«, versuchte ich mich zu verteidigen.

Erst schoss Troy gegen mich und nun auch Avathandal. Ich wusste nicht, von wem ich mich mehr unverstanden fühlte. Verzweifelt kaute ich auf meiner Unterlippe und versuchte die Tränen zurückzuhalten. Heute war definitiv nicht mein Tag. So eine Unruhe. Dieses Hin und Her meiner Gedanken tat mir nicht gut.

»Wir werden die beiden Vermissten hier draußen nicht finden. Was hältst du davon, wenn wir uns setzen und ich dir jede Frage beantworte, die du stellst? Du sollst die ganze Geschichte kennen.«

»Und du bist wirklich sicher, dass wir die Kinder hier nicht finden?«, fragte ich noch einmal nach. Ich wollte ihm glauben, wobei das auch seine Nachteile hätte. Ob nun die Elfen die Dörfer angriffen oder ob es die Wächter taten – in beiden Varianten wurden Unschuldige absichtlich verletzt.

»Ich bin mir sehr sicher, dass wir sie hier nicht finden, und ich bin mir ebenso sicher, dass Wächter Troy Kenntnis darüber hat, wo sie sind.«

»Woher hast du diese Informationen? Woher weiß ich, dass du mir die Wahrheit sagst?«

Es schien mir so viel einfacher, diese Fragen Avathandal zu stellen. Zumindest jetzt, nachdem sich die Aufregung von heute Morgen wieder ein bisschen gelegt hatte.

Mit einem Kopfnicken deutete er mir, ihm zu folgen. Wir ritten einfach querfeldein in den Wald, bis er eine Stelle fand, an der wir uns hinsetzen konnten. Avathandals Anwesenheit schien den Wald davon zu überzeugen, dass ich geduldet war.

Ich knotete Alpes Zügel zusammen, damit sie nicht auf den Boden fielen, und ließ sie einfach gehen. Sie würde sich nicht entfernen, das gehörte zur Ausbildung der Pferde.

Avathandal machte es ähnlich, allerdings löste er die Schnallen komplett und legte die Lederriemen zur Seite.

Wir setzten uns auf einen umgestürzten Baumstamm. Die Sonne schien durch die Blätter und es war wunderbar warm. Ich genoss für einen kurzen Moment die Strahlen auf meinem Gesicht, ehe Avathandal zu reden begann.

»Wir hatten nicht nur einen Handelspakt mit Viilbas, wir hatten viel mehr. Wir durften uns innerhalb der Grenzen bewegen und den Bewohnern des ehemaligen Königreiches war es gestattet, sich bei uns aufzuhalten. Für sie galten aber andere Grenzen.

Ich sagte ja bereits, dass manche unserer Städte und die Hinterlande nicht ohne ausdrückliche Genehmigung von Menschen betreten werden durften. Wir stellten fähige Männer und Frauen, die zu Spionen ausgebildet wurden. Für uns und für Viilbas. Als das Königreich fiel, haben wir vieles getan – die Grenzen gesichert, Alternativen zum Handel mit den Zwergen gesucht –, aber unsere Leute haben wir nicht zurückgerufen. Es kommen immer wieder Boten mit Kunde aus ganz Alvid zu uns. Am Königshof hatten wir vor einiger Zeit einen jungen Mann eingeschleust, aber vor ein paar Monaten riss der Kontakt ab. Er wird umgekommen sein. Vielleicht flog er auf. Vielleicht auch beides. Sie werden ihn nicht am Leben gelassen haben, wenn seine Herkunft bekannt geworden ist.«

Ich hob die Augenbrauen und zog die Nase kraus.

»Ich sehe schon, das klingt nicht glaubwürdiger.« Er lachte leise, als ich nickte. »Ich kann dir aber nichts anderes erzählen, denn das ist die Wahrheit.«

»Wenn das wirklich stimmt, warum erzählst du mir das? Ich könnte diese Informationen direkt an den Captain weitergeben. Ich bin mir sicher, dass er es ernst nehmen würde.«

»Das vermag ich nicht einzuschätzen, aber ich weiß, dass du nichts verraten wirst.«

»Warum?«

»Ich bin noch auf der Suche nach dem Grund. Eventuell habe ich ihn bereits gefunden, aber noch kann ich dir das nicht beantworten.«

Ich verschränkte gekränkt die Arme vor der Brust und musterte den Elfen vor mir.

Er zuckte entschuldigend mit den Schultern. »Ich weiß, was ich gerade gesagt habe. Nur diese eine Frage darf ich dir nicht beantworten. Wenn es so ist, wie ich es mir denke, wovon ich ausgehe, dann habe ich eine Überraschung für dich.«

»Du beantwortest eine Frage und dafür könnte ich drei neue stellen. Das ist frustrierend. Ich weiß nicht mehr, was ich glauben soll, wem ich was erzählen kann, wem ich mit meinen Worten schade. Ich möchte dir gern glauben, wirklich. Es klingt nur alles so … so …« In Ermangelung eines Wortes fuchtelte ich mit den Händen durch die Luft. »Troy hat mich angeschrien, nachdem er gehört hat, dass wieder ein Dorf überfallen wurde. Er hat mich gefragt, warum ihr das tut, warum ihr Kinder entführt.« Meine Unterlippe begann wieder zu zittern. »Ich habe Troy gefragt, warum ich noch bei den Wächtern bin, wenn es ihn so stört, dass du da bist …« Meine Worte endeten in einem Schluchzen und ich wischte mir fahrig über die Wangen. »Er sagte, dass ich schon längst weg wäre, wenn er dafür zuständig wäre. Da er aber eigenmächtig entschieden hat, dass du dich bei uns aufhalten darfst, kann er mich deswegen nicht wegschicken lassen.«

Ich hatte keine Ahnung, ob Avathandal meine letzten Worte verstanden hatte, denn ich hatte zu meiner Schande richtig angefangen zu weinen. Der Druck und Stress der letzten Tage forderten ihren Tribut. Ich wollte mich abwenden und aufstehen, da griff Avathandal mich bei den Schultern und zog mich an sich.

Eine Hand legte er mittig auf meinen Rücken, die andere etwas höher zwischen meine Schulterblätter.

Für einige Sekunden vergaß ich zu atmen, aber dann ließ ich meinen Kopf erschöpft an seine Schulter sinken und erwiderte die Umarmung.

Während ich schluchzte, strich seine Hand immer mal wieder beruhigend über meinen Rücken. Eine unglaublich tröstende Berührung, und sie war im Moment genau das, was ich brauchte.

»Es ist enttäuschend, sein altes Leben zurückzulassen, um sich dann anhören zu müssen, dass man nicht erwünscht ist«, sagte Avathandal leise und sein Atem streifte mein Ohr.

Eine Gänsehaut zog sich über meine Arme und ich nickte einfach nur, da ich unfähig war, eine Antwort zu formulieren. Für meine Gefühle war es nicht gerade hilfreich, in seinen Armen zu liegen, aber ich wollte ihn auch nicht zurückweisen. Er tröstete mich, weil es mir schlecht ging, und das sollte ich zu schätzen wissen.

»Als ich damals aus Havaris wegging, weil ich gefragt wurde, ob ich die Bürde eines Bewahrers auf mich nehmen wollte, war ich beflügelt. Es ist eine Ehre, als Mann aus der Stadt eine solche Aufgabe gestellt zu bekommen. Diese Verantwortung wollte man mir übertragen.«

Ich hatte mich mittlerweile soweit gefangen, dass ich seinen Worten lauschen konnte.

Avathandal machte keine Anstalten, mich loszulassen, also beschloss ich es zu genießen, so lange es dauerte.

»Obwohl ich Geschichte studiert hatte und wusste, wie sich das Leben im deth ará zu dem in der Stadt unterschied, war ich nicht auf den Schlag gefasst, mit dem mich die Umstellung traf. Das Leben in Havaris war doch ein ganz anderes.« Er seufzte und lehnte seinen Kopf an meinen. »So wurde ich Nachfolger eines Clans. Die Aufgaben waren interessant und ich lernte eure Sprache. Aber es war natürlich nicht jeder damit einverstanden, dass ein Mann, der nicht im eigenen Clan geboren worden war, einmal der Bewahrer sein würde.«

»Also ist …« Ich räusperte mich und zog die Nase hoch, dann begann ich noch einmal: »Also ist der Nachfolger ein Bewahrer in Ausbildung?«

»Ja. Ein Bewahrer ist so etwas wie unser Anführer. Jeder Clan hat einen. Er leitet Zeremonien, spricht Recht, wo es notwendig ist, und führt den Clan an, wenn er durch den deth ará zieht. Ich muss dir noch die Ränge erklären. Und merk dir schon mal, in welcher Reihenfolge gegrüßt wird. Lanaya hat wieder gefragt, wann du mitkommst. Es ist normalerweise eine Unverschämtheit, wenn ich euch zuerst grüße. Ich mache mich damit selbst schlecht. Bei euch ist das nicht so streng geregelt, nicht wahr?«

»Die Jüngeren grüßen zuerst, aber bei den Wächtern legt man keinen großen Wert darauf. Manchmal grüßen wir auch gar nicht.«

Avathandal schob mich ein Stück von sich weg und sah mich ernst an. »Ich habe meine Hand dafür ins Feuer gelegt, dass du dich benehmen kannst. Bei uns wird nach Rängen gegrüßt. Der niedrigste grüßt immer zuerst.« Er nahm die Hände von meinen Schultern und begann, an den Fingern abzählend, die Ränge aufzuzählen. »Ganz unten stehst du. Du musst also ausnahmslos immer zuerst grüßen. Danach folgen Kinder, dann Mütter und Väter. Darauf folgen Arbeiter wie Jäger, Fischer und Späher. Dann kommen die Beschützer, Wachen und Heiler. Schließlich ich als Nachfolger und ganz oben der Bewahrer.«

Ich nickte erleichtert, denn es war für mich gar nicht so kompliziert. Wenn ich sowieso immer zuerst grüßen musste, war die restliche Reihenfolge ja nicht so wichtig.

»Grüßt man bei euch nur mit der Stimme? Wir hatten lange keinen Menschen mehr bei uns im Clan, den ich hätte fragen können.« Es klang fast wie eine Entschuldigung. Avathandal stützte sich auf den linken Arm und lehnte sich dabei in meine Richtung.

»Ja. Außerdem sollen wir uns vor dem Captain verbeugen, aber dazu lässt er uns meist gar keine Zeit«, sagte ich und lachte leise. »Er ist ein wenig merkwürdig.«

»Bei uns grüßt man, indem man die Arme überkreuzt auf die Brust legt, die Fäuste an das Schlüsselbein. Den linken Arm legst du nach unten, wenn du rangniedriger gestellt bist, und den rechten, wenn du ranghöher gestellt bist. Dann verbeugst du dich, Augen dabei geschlossen halten, sagst den Namen und

Titel deines Gegenübers und richtest dich wieder auf.« Er machte es vor und ich tat es ihm nach.

»Wenn ich immer zuerst grüßen muss und nicht meinen Namen nenne, woher kenne ich dann den Titel und Namen des anderen und er meinen?«

»Du stellst die richtigen Fragen, das gefällt mir.«

Wie auf Kommando bekam ich heiße Ohren und Avathandal grinste. »Frage niemals jemanden direkt nach seinem Namen oder Titel, außer du hast keine andere Möglichkeit. Wenn du Interesse an einem Gespräch hast oder einen Händler etwas fragen möchtest, sag mir Bescheid. Ich verrate dir Namen und Titel des Betreffenden.«

Warum tat er das? Warum vertraute er mir so völlig vorbehaltlos? Allein deswegen könnte ich ihn nicht verraten, und ich hatte es auch nicht vor. Es lief doch immer wieder darauf hinaus, dass ich nicht wusste, wem ich glauben sollte.

Es war noch nicht einmal Mittag und trotzdem befiel mich eine bleierne Müdigkeit.

Avathandal legte eine Hand auf meinen Oberarm. Ich drehte träge den Kopf, um ihn anzusehen.

»Du hörst mir nicht zu, Gadesh Tris.«

Ich nickte einfach nur und gähnte.

»Das ist unhöflich«, sagte er ein wenig belustigt.

Ich nickte erneut, denn das war mir durchaus bewusst. Ich rieb mir über die Augen und setzte mich aufrechter hin, das half mir immer bei Müdigkeit. Erneut ließ seine Hand eine merkwürdige

Leere auf meinem Arm zurück, als er sie wegnahm. Beinahe hätte ich geseufzt.

»Entschuldigung, würdest du dich bitte wiederholen?«, fragte ich und er strich sich grinsend über das Kinn.

»Will ich das?«, unkte er und ich rollte die Augen. »Na gut, pass auf! Titel sind bei uns sehr wichtig. Er ist eine Auszeichnung dafür, was sein Träger in seinem Leben geschafft hat. Ein Titel sagt aber auch etwas über die Beziehung untereinander aus. Beste Freundinnen, Familienmitglieder oder Männer, die seit zehn Jahren zusammen jagen, reden sich schon mal ohne Titel an. Männer und Frauen reden sich gegenseitig aber nur dann ohne Titel an, wenn sie ein Paar sind. Ihre intime Beziehung definiert sich anfangs auch nur darüber, aber man ahnt es doch meist schon vorher. Wie ist das bei euch?«

Ich zog verwirrt die Augenbrauen zusammen. Wie sollte es bei uns sein? Doch ich verstand nun, warum Avathandal von Anfang an auf seinen Titel bestanden hatte. Er war wichtig. Und doch war da sofort dieser Gedanke in meinem Kopf, wie es wäre, wenn …

»Wir haben keine besondere Ansprache, aber es ist meist sehr offensichtlich, wenn jemand Interesse an einem anderen hat«, erklärte ich, um mich abzulenken. Natürlich wurde ich bei meinen Worten wieder rot und ich hätte mich dafür ohrfeigen können. Aber ganz gleich wie sehr ich diese Unart an mir verfluchte, ich bekam sie einfach nicht in den Griff.

»Ist es das?«, fragte Avathandal nach und ich nickte, während ich vorgab, meine Schuhe zu inspizieren.

Ich war mir sicher, dass er mich beobachtete. Nervös schluckend hob ich meinen Blick schließlich wieder. Ich konnte doch nicht die ganze Zeit auf meine Schuhe starren.

Avathandal sah mich ein wenig nachdenklich an. Ich würde nur zu gern wissen, was er von mir dachte. Ihm musste doch schon längst aufgefallen sein, wie ich mich benahm. Hätte er da nicht schon längst etwas sagen müssen? Die Fronten klären? Es sei denn …? Der Gedanke war verrückt, aber er ließ mich nicht mehr los. Sollte tatsächlich die Möglichkeit bestehen, dass es ihm ähnlich ging wie mir?

Leider hatte ich keine Zeit, dem auf den Grund zu gehen, denn ich hörte jemanden näher kommen.

»Wächter Troy ist wieder da. Kein Wort zu ihm. Wir haben nur eine kurze Pause gemacht.« Der Elf grinste verschwörerisch und in dem Moment wieherte Alpe mit dem Maul voller Gras ihrer Freundin entgegen.

Troy musterte uns kurz misstrauisch, ehe er uns mitteilte, dass einige Dörfler wohl einen Aufstand angezettelt hatten. Einer von ihnen behauptete felsenfest, dass die Wächter die Kinder entführt hatten. »Wir mussten ihn wegen Lügerei und Aufhetzung festnehmen lassen. Ich weiß noch nicht, was mit ihm passiert. Das wird noch entschieden.«

Ich wollte etwas sagen, aber mein Kopf war wie leer gefegt. War das der Beweis, der mir gefehlt hatte? Konnte ich Avathandal nun glauben? War es wirklich möglich, dass die Wächter so berechnend und falsch waren? Die Wahrscheinlichkeit dessen war in meinem Kopf realer geworden und ich wandte mich nach rechts, um den Elfen anzusehen.

Er erwiderte meinen Blick gespannt. Er wusste, was in mir vorging.

»Danke«, sagte ich lediglich und stand auf, um Alpe zu holen.

Kapitel 12

Es war dunkel um mich herum und ich versuchte immer wieder, einen Lichtpunkt auszumachen, um mich zu orientieren, aber es war nicht möglich. Der Mond musste wolkenverhangen sein, denn es waren auch keine Sterne zu erkennen. Der leichte Luftzug und der Geruch nach Rauch und Holz assoziierten mir trotzdem, dass ich mich draußen aufhalten musste. Ich drehte mich einige Male um mich selbst und kämpfte darum, die aufsteigende Panik zu unterdrücken.

Links von mir – war es wirklich links? – ertönte lautes Peitschenknallen und dann sah ich Fackeln auf mich zukommen. Stimmen waren zu hören, dann mehrstimmiges Hufgetrappel und Wiehern. Die Reiter stürmten an mir vorbei, beachteten mich aber nicht weiter. Sie lachten, grölten und wedelten mit den Fackeln.

Nachdem sie an mir vorbeigezogen waren, ging ich ihnen nach. Irritierenderweise konnte ich ohne Probleme mit den galoppierenden Pferden mithalten.

Ohne mir darüber Gedanken zu machen, nahm ich es einfach als gegeben hin, folgte ihnen bis in ein Dorf.

Das bemalte Holzschild vor den Toren der Siedlung gab den Namen preis: Lindhain.

Ich schluckte, blieb aber nicht stehen. Meine Beine fühlten sich nicht wie meine eigenen an, denn hätte ich die Kontrolle über sie gehabt, wäre ich schon längst umgedreht. Ich musste dabei zusehen, wie Fackeln durch Fenster geworfen wurden und Menschen auf die Straße rannten. Eine Scheune mit Vieh stürzte zusammen und die Tiere schrien um ihr Leben. Die Reiter taten nicht mehr, als Fackeln zu werfen, dann traten sie den Rückzug an.

Als sie wieder an mir vorbeikamen, hörte ich jemanden lachen und als dieser sich die Kapuze aus dem Gesicht zog, erkannte ich braune Haare, blaue Augen und eine spitz zulaufende Nase.

Troy.

Erschrocken fuhr ich aus dem Schlaf hoch. Schweiß stand mir auf der Stirn und mein Atem ging stoßweise. Für einige Minuten saß ich bewegungslos da und versuchte mich zu beruhigen. Es war nur ein Traum gewesen. Ein ganz mieser Traum, aber nichts Reales.

Vorsichtig tastete ich nach meiner Flasche, die ich immer griffbereit hatte. Das kühle Wasser tat gut und ich öffnete kurz den Vorhang vor meinem Zelt, um frische Luft zu schnappen. Es war noch stockdunkel draußen, also wäre es ratsam, noch einmal einzuschlafen. Große Lust dazu hatte ich allerdings nicht mehr.

Immer wieder hatte ich die gleichen Träume. Sie alle waren Albträume verschiedener Kategorien und aus keinem wachte ich entspannt auf. Meine Nächte waren schon länger nicht mehr angenehm und erholsam.

Seufzend schloss ich den Eingang meines Zeltes und rollte mich auf der Matte zusammen. Es hatte ja doch keinen Sinn, die halbe Nacht wach zu bleiben. Vielleicht hatte ich nun Glück und würde vor weiteren Träumen verschont bleiben.

Eine Weile lauschte ich den Geräuschen der Nacht außerhalb meines Zeltes. Hundegebell, irgendwo stritten sich zwei Menschen. Dann fielen mir die Augen wieder zu.

»Wir haben keine besondere Ansprache, aber es ist meist sehr offensichtlich, wenn jemand Interesse an einem anderen hat«, sagte ich und wandte den Blick ab. Ich hörte Avathandal leise lachen.

»Ist es das, ja? Möchtest du mir damit etwas sagen, Tris*?« Er betonte meinen Namen extra deutlich und ich sah ihn schockiert an. Hatte er nicht eben die Bedeutung von Titeln erklärt?*

»Ich weiß, was ich gesagt habe. Schau nicht so erschrocken.«

Ich wollte etwas erwidern, da rutschte er näher an mich heran und umschloss mein Gesicht mit seinen Händen. Mein Blick wanderte zwischen seinen Augen und seinen Lippen hin und her. Ich hatte das Gefühl, dass mir das Herz aus der Brust zu springen drohte, während er mich einfach nur ansah.

»Tris«, flüsterte er und dann beugte er sich vor.

Ich schaffte es, noch ein Mal zitternd Luft zu holen, bevor er mich küsste.

Seine Lippen waren warm und weich und es fühlte sich an, als ob er genau wusste, was er da tat. Sein linker Daumen strich über meine Wange. Dabei setzte er kurz ab, nur um mich erneut zu küssen.

Meine Gedanken wirbelten durcheinander, aber ich wollte mir keine Sorgen machen, nicht das Für und Wider abwägen. Nicht jetzt. Jetzt wollte ich einfach nur genießen.

Meine Hände gruben sich in seine Haare und ich löste das Lederband, um richtig zugreifen zu können. Es war nicht mein erster Kuss dieser Art, aber es war das erste Mal, dass es sich so unglaublich gut anfühlte.

Avathandals rechte Hand wanderte in meinen Nacken und er zog mich noch ein Stück näher an sich. Ich seufzte wohlig und spürte, wie er gegen meine Lippen grinste. Ich brachte ein wenig Abstand zwischen uns und musste vor Verlegenheit lachen. Wahrscheinlich war mein Gesicht wieder knallrot, aber das nahm ich hin.

»Ich meinte das durchaus ernst, als ich sagte, dass ich dich hübsch finde.«

Ich schüttelte den Kopf und biss mir dabei auf die Lippe, um nicht zu lachen.

»Warum glaubst du mir das nicht?«

Ich schüttelte erneut den Kopf, denn ich hatte jetzt definitiv keine Lust, mich mit ihm zu unterhalten.

Avathandal sah ein wenig überrascht aus, als ich nun die Initiative übernahm, ließ sich aber nicht abschrecken oder bremsen. Er schlang seine Arme um mich und der Kuss wurde intensiver und heftiger. Seine Zunge tastete sich voran und bat um Einlass, den ich nur zu gern gewährte.

Ehe ich michs versah, saß ich auf seinem Schoß und die Welt um uns herum war vergessen.

Als ich diesmal hochschreckte, war es schon ansatzweise hell draußen und ich schaufelte mir an meiner Waschschüssel übermäßig viel kaltes Wasser ins Gesicht. Ich hätte lieber noch einmal von Troy geträumt, denn diese Träume brannten sich nicht so ein. Fahrig wischte ich über die feuchte Haut an Kinn und Hals, verteilte die Abkühlung im Nacken.

Die Träume, in denen Avathandal vorkam, fühlten sich bei Weitem realer an und ich reagierte viel stärker darauf. Noch immer konnte ich seine Hände auf meinem Körper spüren und ich würde sie auch heute Nachmittag noch spüren können, wenn wir Seite an Seite durch den Wald ritten.

Einen Kuss hatte es in den anderen Träumen auch gegeben, aber ganz sicher nicht so einen intensiven. Unbewusst hatte Avathandal gestern mit seinem Handeln und seinen Worten meinen Träumen mehr Raum und Tiefe verliehen und ich wusste nicht, wie lange ich die Situation zwischen uns noch aushielt.

Ich hatte so eine unbändige Lust, ihn zu küssen, wenn wir miteinander lachten oder uns ansahen, aber ich wusste, dass ich mich das niemals trauen würde. Den ersten Schritt würde er machen müssen.

Ich stutzte.

Was denkst du denn da?

Ja, ich fing jetzt wirklich an, Troy zu misstrauen, aber deswegen musste ich ja nicht gleich in das Lager der »Feinde« wechseln. Aber waren die Elfen Feinde? Waren vielleicht die Wächter die wahren Feinde und ich stand nur auf der falschen Seite? Wenn ich mich jetzt entscheiden müsste, würde ich dann hierbleiben oder zu Avathandal halten?

Die Antwort fiel mir erschreckend leicht und ich wusste, dass ich irgendetwas unternehmen musste.

Mit einem Seufzen zog ich mich an und befestigte meine Messer am Gürtel. Heute Morgen stand Waffentraining auf dem Plan.

»Alán tia, Derá Tris, Gya Troy«, grüßte uns Avathandal, als wir die magische Grenze des Waldes überquerten.

»Guten Tag, Nachfolger und Beschützer Avathandal«, erwiderte ich und wunderte mich dabei über mich selbst. Kein Rotwerden oder Stammeln. »Du hast mich nicht wie üblich gegrüßt. Was hast du gesagt?«

»Alán tia ist eine erweiterte Grußform, mit der man gute Bekannte oder Freunde grüßt. Alán ist ein allgemeiner Gruß, meist für Fremde, tia die Erweiterung, um Bekannte oder Freunde anzusprechen. Derá bedeutet schlicht Freund.«

Unter seinem Blick wurde ich nun doch rot. War das Einbildung oder sah er nur mich so intensiv an? Für einen Moment hielten wir Blickkontakt, ehe sich Avathandal an Troy wandte. »Habt ihr den Verräter noch verhört?«

Ich schüttelte den Kopf, sobald mir klar wurde, was er fragen wollte, aber da war es schon zu spät.

»Was geht dich das an, Elf?«, fuhr Troy ihn an und dieser legte daraufhin den Kopf schief.

»Mich hat es einfach interessiert.«

»Es hat dich nicht zu interessieren! Tris!«, herrschte der Wächter mich an.

Hinter seinem Rücken rollte ich mit den Augen und wir ritten los. Hier passierte sowieso nichts. Tag für Tag ritten wir immer und immer wieder den Waldrand ab. Jeder Elf im Umkreis würde wissen, dass Avathandal bei uns war, und garantiert nicht auf dumme Gedanken kommen. Wenn es diese Gedanken überhaupt gab.

Bei dem Stichwort »dumme Gedanken« fiel mir mein Traum wieder ein. War es in Lindhain so abgelaufen, wie ich es geträumt hatte? Ich fuhr mit den Fingern durch Alpes Mähne und seufzte.

Troy hatte heute Morgen sehr wütend reagiert, als ich ihn gefragt hatte, wie der Mann, den die Wächter festgenommen hatten, denn überhaupt auf die Idee gekommen war, dass diese das Dorf überfallen hatten und nicht die Elfen. Er hatte mich lange gemustert und dann gesagt: »Bevor du einen Krieg beginnst, solltest du dich für eine Seite entscheiden!«

»Was meinst du damit?«, hatte ich wissen wollen, aber er hatte nur gelacht und erwidert, dass ich ganz genau wisse, was er meinte.

Wahrscheinlich war ihm bewusst, dass ich nicht nur die Seite der Wächter kannte, sondern auch die der Elfen. Es konnte gar nicht anders sein, Troy musste es wissen. Die Frage war nur, wann er mich danach fragen würde. Wobei die Informationen für ihn gar nicht wichtig zu sein schienen. Er hatte sein Bild über die Elfen im Kopf und nichts konnte diesen Umstand ändern.

Aber wieso waren wir dann noch hier? Auf was warteten wir?

Troy hatte einmal erwähnt, dass die königliche Armee anrücken wollte. Ob Avathandal etwas darüber wusste?

»Du bist heute wieder ungewöhnlich still, Derá Tris.« Wir hatten bereits die halbe Strecke unserer Patrouille hinter uns gelassen, als Avathandal dies bemerkte.

»Ja, ich habe schlecht geschlafen«, sagte ich zögernd.

Er musterte mich neugierig und erwartete wohl, dass ich ihm den Grund dafür nannte, aber ich bekam nur heiße Ohren. Niemals in meinem ganzen Leben würde ich jemandem von diesen Träumen erzählen.

»Dann hast du von mir geträumt. Wenn man schlecht schläft, träumt man immer von mir. Frag mal meine Schwester«, lachte er und ich wurde noch röter. Mein Herzschlag beschleunigte sich und ich wand mich unter seinem Blick.

Er zog die Augenbrauen hoch und öffnete den Mund. »Hast du?«, fragte er hartnäckiger nach und jetzt drehte ich mich von ihm weg. Hektisch biss ich mir auf die Lippe, aber es war schon zu spät. Mein Gesicht glühte und Tränen traten in meine Augenwinkel. Mir war das so unglaublich peinlich! Szenen aus meinem Traum von letzter Nacht zogen vor meinem inneren Auge vorbei und ich zuckte zusammen, als Avathandal seine Hand auf meinen Arm legte.

»Gadesh, ich wollte nicht …«

Alpe quietschte und schnappte mit zurückgelegten Ohren nach dem schwarzen Hengst, als er ihr zu nahe kam. Dieser machte einen Satz zurück und schnaubte scheinbar empört.

»Ruhig, mein Junge«, lachte Avathandal und legte ihm eine Hand auf den Hals.

Troy drehte sich zu uns um. »Halt deine Bestie von unseren Stuten fern!«

»Es wäre eine Bereicherung eurer Zucht, in jederlei Hinsicht. Wobei die Pferde von Giia zu schade sind, um sie mit fremden Pferden zu mischen«, entgegnete Avathandal gelassen.

Troy murmelte etwas, das ich nicht verstand, da es in einem ohrenbetäubenden Rauschen unterging.

Alpe war normalerweise ein ruhiges Pferd, aber da ich abgelenkt war und nicht auf sie geachtete hatte, bekam sie Panik. Das Rauschen identifizierte ich erst dann als umstürzenden Baum, als er schon fast zu Boden gegangen war. Seine unglaubliche Größe und Masse riss Äste und Blätter seiner Nachbarn mit sich und als er mit einem Krachen auf dem Boden aufschlug, das durch Mark und Bein ging, warf sich Alpe herum und rannte wie von Sinnen los.

Ich schaffte es, im Sattel zu bleiben, aber die Zügel hatte ich verloren. Alpe bog an einer Weggabelung nicht nach rechts in Richtung Wächterlager ab, sondern nach links in den Wald ein. Sie schien in ihrer Panik selbst nicht mehr zu wissen, wo der heimatliche Stall war. Schon nach kurzer Zeit rann ihr der Schweiß am Hals hinab, aber sie verlangsamte nicht für einen Augenblick ihre Geschwindigkeit.

Ich sah Bäume an mir vorbeirauschen, während ich mich einfach nur an die Mähne klammerte und betete, dass sie nicht stolperte oder ausrutschte.

Der Weg mündete auf einer offenen Wiese und ich meinte, sie schon einmal gesehen zu haben. Gerade als ich die Brücke entdeckte, die mich daran erinnerte, dass wir diesen Weg bei dem Wettbewerb am Königstag genommen hatten, bemerkte auch Alpe den Fluss direkt vor uns. Ohne Rücksicht auf mich zu nehmen, schlug sie einen Haken, rutschte weg und ich verlor den Halt. Ein weiterer Satz von ihr rettete sie vor dem Sturz, beförderte mich jedoch über ihre rechte Seite.

Ich kam mit dem rechten Arm auf dem Boden auf und sofort durchfuhr mich ein stechender Schmerz. Ich rutschte eine Böschung hinab, griff wahllos ins Gras und versuchte irgendetwas zu greifen, aber es war zwecklos. Als ich die Augen öffnete, sah ich gurgelnd und schäumend den Fluss vor mir.

Das Wasser schlug kalt und unnachgiebig über mir zusammen. Es war nicht tief, aber schnell und strömend. Meine Füße fanden auf dem steinigen Untergrund keinen Halt, ich schluckte Wasser und hustete. Verzweifelt suchte ich etwas, um mich festzuhalten, aber meine nassen Hände rutschten immer wieder ab.

Schließlich geriet ich in Panik. Jedes Mal, wenn ich atmen wollte, schluckte ich Wasser. Hustend suchte ich nach der Oberfläche, aber ich sah nur schäumende Gischt, Steine und zwischendurch einen Hauch Gras, der auf die Böschung schließen ließ. Eine Todesangst ergriff mich und ich ruderte nur noch hektischer mit den Armen, um mich irgendwo festhalten zu können.

Meine linke Hand fuhr über etwas Raues und dann prallte ich mit dem Rücken gegen einen Baumstamm.

Sämtliche Luft wurde aus meinen Lungen gepresst und ich merkte, wie meine Sinne schwanden. Kurz bevor ich ohnmächtig wurde, spürte ich, wie jemand meine rechte Hand ergriff und daran zog.

Der unbeschreibliche Schmerz, der durch meinen Arm fuhr, ließ mich letztendlich das Bewusstsein verlieren.

Kapitel 13

Gurgelnd holte ich Luft und geriet sofort in Panik. Wasser, da war Wasser in meiner Lunge! Ich hustete, würgte und versuchte mich aufzusetzen. Meinen rechten Arm konnte ich nicht bewegen und ich ruderte mit dem linken verzweifelt durch die Luft, auf der Suche nach Halt.

Schwamm ich noch im Wasser?

Eine Hand ergriff die meine und dann setzte ich mich auf, spuckte Wasser und erbrach mich in Folge des widerwärtigen Geschmacks.

Die Hand hielt mich, ein Arm legte sich über meinen Rücken und stabilisierte mich, während ich zitternd und würgend Flusswasser und die Reste des Mittagessens von mir gab. Es dauerte eine Weile, bis ich mich wieder im Griff hatte und mich aufsetzen konnte.

»Kannst du etwas nach links rutschen? Ich würde das gern ein bisschen sauber machen.«

Die Stimme kam mir bekannt und vertraut vor. Woher kannte ich sie? Sie gehörte zweifelsohne einem Mann. Widerstandslos ließ ich mich von ihm auf die Seite schieben und dann hörte ich, wie er Wasser verschüttete.

Warum tut er das?

Neugierig lehnte ich mich in seine Richtung und verlor auf der Stelle das Gleichgewicht. Hätte er mich nicht aufgefangen, wäre ich hart auf dem Boden gelandet, da ich den rechten Arm nicht zum Abstützen nutzen konnte.

»Leg dich wieder hin, Gadesh.«

Woher kenne ich diese Bezeichnung?

Er drückte mich zurück auf die Matte. Seine Hände waren warm und vertraut und ich griff mit der linken Hand nach seiner, ehe ich wieder in den Schlaf driftete.

Mein Rachen brannte und ich hatte einen furchtbar ekligen Geschmack im Mund. Mühsam öffnete ich die Augen einen Spaltbreit. Flackerndes Licht begrüßte mich. Es stach in den Augen und ich stöhnte.

»Du bist wieder wach«, sagte eine Stimme, die mich augenblicklich beruhigte.

Ohne dass ich etwas erwidern musste, half mir jemand, mich aufzusetzen, und hielt mir einen Becher an den Mund. Ich zuckte erschrocken zurück, als die Flüssigkeit meine Lippen berührte. Einige Tropfen landeten auf dem Stoff über meiner Brust und meinem Bauch. Die feuchte Wärme drang durch das dünne Leinen. Ich hatte nicht damit gerechnet, dass die Flüssigkeit warm war.

»Trink, das hilft dir!«, befahl die Stimme neben mir sanft und ich erkannte sie als Avathandals.

Er setzte den Becher erneut an und dieses Mal war ich auf den Tee vorbereitet. Er schmeckte scheußlich, war aber immer noch besser als der Geschmack, den ich auf meiner Zunge hatte. Der Elf bestand darauf, dass ich den ganzen Becher austrank, und stellte ihn erst dann weg.

Vorsichtig versuchte ich meine Augen erneut zu öffnen und wandte mich vom Feuer ab. Ich hatte Kopfschmerzen, aber ich konnte sie einen Spaltbreit offen halten.

»Kannst du schon ausmachen, was dir alles wehtut, Gadesh? Deinen rechten Arm habe ich geschient, den hast du dir gebrochen.«

Erst jetzt merkte ich, dass mir so ziemlich alles wehtat. Ich hatte Kopf- und Halsschmerzen, mein Rücken schmerzte furchtbar und an meinen rechten Arm wollte ich gar nicht erst denken.

»Ich …«, krächzte ich und hustete. »Ich glaube, mir tut alles weh.«

Avathandal lachte leise. »Das kann ich mir vorstellen. Kannst du dich an den Sturz erinnern?«

Ich schüttelte den Kopf. »Wasser, überall Wasser.« Bei dem Gedanken daran begann mein Herz zu rasen und ich schnappte nach Luft. Tränen stiegen mir in die Augen und ich griff nach Avathandals Arm.

»Ganz ruhig. Du bist hier in Sicherheit. Ich passe auf dich auf!«, sagte er und setzte sich neben mich. Er löste meine Hand, legte einen Arm um meine Schultern und zog mich an sich. Ich lauschte seinem Herzschlag, der gleichmäßig und beruhigend auf mich wirkte.

»Was ist passiert?«, wollte ich nach einer Weile wissen. Meine Stimme hörte sich immer noch schrecklich an und ich räusperte mich vergebens.

»Du hast mehrmals erbrochen. Hör auf, dich zu räuspern, das macht es nicht besser. Möchtest du etwas trinken?«

Wortlos nickte ich und griff nach dem Becher, den er mir hinhielt. Ich konnte ihn schon selbst halten, auch wenn meine Hand bedrohlich zitterte, als ich ihn an meine Lippen führte. Meine Augen bekam ich allerdings immer noch nicht komplett auf, was wohl an den Kopfschmerzen und dem hellen Feuer lag.

»Was ist passiert?«, fragte ich erneut.

»Einer unserer Bäume ist umgestürzt. Wir wissen noch nicht, warum, aber der Bewahrer wird sich das ansehen. Die Pferde haben sich erschrocken und sind panisch weggelaufen. Wächter Troy fiel vom Pferd und ich bin dir gefolgt. Alpe hat den Fluss nicht rechtzeitig gesehen und durch ihre plötzliche Reaktion wurdest du abgeworfen und bist im Wasser gelandet. Du hast viel davon geschluckt, dann bist du an einem Baumstamm hängen geblieben. Ich habe dich gerade noch rechtzeitig erreicht. Wenige Sekunden später, und du wärst womöglich ertrunken.«

Wir schwiegen, da wir genau wussten, was das für uns bedeutete. Er hatte mir das Leben gerettet und die Schuld damit beglichen.

»Erzähl mir von deinem Clan«, bat ich nach einer Weile und brach so das Schweigen.

Avathandal veränderte seine Position, indem er sich langsam nach hinten sinken ließ. Er zog mich einfach mit sich, achtete dabei aber immer auf meinen rechten Arm.

Ich rollte mich auf die linke Seite, verlagerte meinen Kopf von seinem Arm auf seine Brust und atmete tief seinen Duft ein. Er roch nach Wald und Kräutern.

Der Elf strich mir über die Haare und seufzte, ehe er sagte: »Du wirst den Clan kennenlernen. Lanaya hat noch Informationen für dich.«

»Weißt du, was sie meinen könnte?«, fragte ich und kratzte mich im Gesicht. Erst jetzt merkte ich, dass mein Oberteil lange Ärmel hatte. Ich stutzte und betrachtete den Stoff vor mir eingehend.

»Nein, ich weiß …«

»Was habe ich da an?«, unterbrach ich Avathandal und er musterte mich mit zusammengekniffenen Augenbrauen.

Ich wusste, dass er es nicht mochte, unterbrochen zu werden, aber jetzt gerade musste ich es wissen.

»Ich habe Lanaya gebeten, uns trockene Kleidung für dich zu bringen. Sie hat mich gesucht, da ich so lange fort war, und mir meinen Rucksack gebracht. So nass, wie du warst, hättest du krank werden können.«

Ich nickte.

»Sie hat dich umgezogen«, fügte er schnell hinzu und ich kicherte. Nichts anderes hatte ich erwartet. Avathandal wirkte nicht auf mich, als würde er so eine Situation ausnutzen.

»Ich möchte dir meinen Clan wirklich gern zeigen. Ich weiß, dass ich gesagt habe, dass das nur geht, wenn die Schuld noch nicht beglichen ist, aber bis jetzt weiß nur Lanaya davon.«

Deutete er gerade das an, was ich vermutete?

Ich stützte mich auf meinen gesunden Arm und sah ihn an. »Ich soll lügen?«

Zu meinem Erstaunen wandte er den Blick ab und ein leichter Rotschimmer färbte seine Wangen. »So habe ich das nicht gemeint«, sagte er und sah mich wieder an.

»Wie denn dann?«

»Nun … Man muss ja nicht jedem auf die Nase binden, dass ich dich aus dem Fluss gezogen habe.«

Wir hielten eine Weile Blickkontakt und ich schluckte nervös. Ich wollte ihn fragen, warum er das vorschlug. Ich wollte wissen, was in ihm vorging, ob er das Gleiche fühlte wie ich, die gleichen wirren Träume hatte. Aber alles, was ich hervorbrachte, war ein einsames »Warum?«

Er stöhnte, ließ den Kopf sinken und starrte in den Nachthimmel. Er schwieg und schien über meine Frage nachzudenken.

In aller Ruhe betrachtete ich sein Gesicht dabei. Die feinen weißen Linien schimmerten im Schein des Feuers silbern. Ich war mir nicht sicher, ob ich nur benebelt war oder mich ernsthaft am Kopf verletzt hatte, als ich meine linke Hand hob, um ihm über die Wange zu streichen. Meine Finger fuhren einen der Schnörkel nach, verfolgten seine Spur.

Er grinste, ohne den Kopf zu heben. Seine Haut fühlte sich weich an, ohne den geringsten Bartschatten.

»Ich fände es schön, wenn du meine Freunde und Familie kennenlernen würdest.«

Vorsichtig stützte ich mich nun auf den linken Unterarm und rutschte ein Stückchen höher.

Solange ich den rechten Arm nicht bewegte, tat er nicht weh. Allerdings ging ich auch davon aus, dass Avathandal mir etwas gegen Schmerzen in den Tee getan hatte und er deswegen so grässlich geschmeckt hatte.

»Du wiederholst dich«, flüsterte ich und seine Augen weiteten sich, als ich mich noch ein wenig tiefer zu ihm beugte. »Ich möchte wissen, warum du das möchtest, Avathandal.«

Hatte ich mir nicht heute Morgen versichert, dass ich niemals den ersten Schritt würde tun können? Nun, ich hatte es gerade getan.

In dem Moment, als mir sein Namen über die Lippen gekommen war, wollte ich aufspringen und weglaufen, denn ich wollte seine Zurückweisung nicht hören. Mir war natürlich bewusst, dass wegzulaufen die Situation nicht retten konnte. Ich hatte es gesagt und musste nun dazu stehen.

Als Avathandal immer noch nicht antwortete, konzentrierte ich mich wieder auf sein Gesicht. Er sah verwirrt aus und schien zu erwarten, dass ich mich gleich korrigieren würde. Wollte er, dass ich mich korrigierte?

»Ich möchte wissen, warum du das möchtest, Avathandal«, sagte ich noch einmal, diesmal etwas lauter und bestimmter.

Er sah mir tief in die Augen und allmählich begann ein Grinsen auf seinem Gesicht zu entstehen. Schließlich strahlte er förmlich über beide Ohren.

»Genau deswegen, Tris. Deswegen möchte ich, dass du sie alle kennenlernst.« Er zog mich an sich und drückte mir einen Kuss auf die Stirn.

Ich verlor das Gleichgewicht und landete mit der Schulter auf seiner Brust. Gerade noch rechtzeitig konnte ich meinen Arm wegziehen, denn es wäre sonst bestimmt schmerzhaft geworden.

»Du musst dich ja nicht gleich auf mich stürzen, Tris«, schmunzelte er.

Ich lachte und stützte mich wieder ab.

Die Blicke, die wir nun austauschten, waren so anders als noch vorhin oder gestern. Es machte keinen Unterschied mehr, ob ich unter seinen neugierigen grünen Augen rot wurde oder nicht. Es gab nichts mehr zu verheimlichen.

»Darf ich dir etwas verraten?«, fragte Avathandal und ich nickte.

»Immer her mit den Geheimnissen«, forderte ich.

»Ich habe eben angenommen, du meintest das nicht ernst. Ich dachte, du erlaubst dir einen Spaß.«

»Nein! Warum sollte ich das? Ich dachte, ich benehme mich sowieso schon auffällig genug.«

»Ja, das hast du. Das war nicht zu übersehen, allerdings dachte ich, dass es zu auffällig ist, um ernst gemeint zu sein.«

Ich spitzte die Lippen und zog die Stirn kraus. »Wie meinst du das?«, fragte ich und legte mich neben ihn, bettete meinen Kopf in seiner Halsbeuge und sah zu den Sternen hinauf.

Meinem Kopf ging es mittlerweile besser und die Augen konnte ich auch offen halten. Vielleicht war es auch nur die enorme Freude über unser Eingeständnis, die mich alles andere vergessen ließ. Was es nach sich ziehen würde und welche Probleme es geben würde, wollte ich jetzt nicht durchdenken.

»Was meinst du mit *zu auffällig*?«

Er druckste ein wenig herum. Es schien ihm wohl unangenehm zu sein, aber als ich ihn erneut bat, es mir zu erklären, tat er es. »Manchmal, wenn man jemanden kennenlernt und derjenige so anders und so fremd ist, malt man sich ein Bild dieser Person in seinem Kopf. Wie sie wäre, wie sie reagierte, was sie sagen würde, wenn sie herausfand, was man über sie dachte.« Bei diesen Worten drehte er den Kopf in meine Richtung, sodass seine Wange beinahe an meine Nase stieß. »Und manchmal möchte man dieses Bild nicht zerstören, indem man die Realität an dem Bild malen lässt. Denn es kann sein, dass sie es verzerrt oder ganz zerreißt.«

»Du sprichst aus Erfahrung, oder?«

Er nickte. »Ich dachte, dass das vielleicht bei dir der Fall wäre. Du malst dir dieses Bild von mir und willst gar nicht, dass es auf die Probe gestellt wird. Man beginnt sehr schnell, für dieses Bild zu schwärmen, da es perfekt zu sein scheint.«

»Kann denn die Realität nicht auch ein perfektes Bild zeichnen?«

Avathandal hob den Kopf und sah mich an, als wolle er fragen, ob ich das wirklich ernst meinte.

»Die Realität ist nie rosa, Tris. Ganz besonders dann nicht, wenn du ein Bild malst, dich dafür entscheidest, es der Realität zu zeigen, dich zu stellen, und sie dich auslacht.«

»Ich hatte eben durchaus die Befürchtung, dass genau das passieren würde. Aber weißt du, manchmal kann man es nicht mehr für sich behalten«, sagte ich leise, während Avathandal nickte.

»Ja, ich weiß, was du meinst.« Er griff nach meiner Hand und verschränkte seine Finger mit meinen. Es war erstaunlich, wie leicht einem diese Dinge fielen, wenn man wusste, woran man war.

»Darf ich dir sagen, dass du mich von der ersten Begegnung an fasziniert hast?«, fragte er in die Stille, die gerade begann, sich um uns auszubreiten, während er mich weiterhin ansah.

»Wirklich?«, wollte ich wissen und musterte ihn neugierig. »Ich fand dich anfangs etwas gewöhnungsbedürftig«, gab ich zu. »Du warst fremd und man hatte mich vor euch Elfen gewarnt.«

»Was hat deine Meinung geändert?« Seine Stimme war leise, als wolle er die Ruhe nicht unnötig stören. Seine Finger schlossen sich ein wenig stärker um meine, als hätte er Angst, dass ich sie wieder loslassen könnte. Doch freiwillig würde mich dazu niemand mehr bringen.

»Die Zeit, die ich mit dir verbringen durfte. Deine offene Art. Aber vor allem deine Magie, denn ich glaube nicht, dass sie sich verstellen kann. Sie ist ehrlich und rein. Sie hat mich anfangs überzeugt, dass du niemand Schlechtes sein kannst.«

Avathandal zog für einen kurzen Moment die Augenbrauen zusammen, aber dieser Ausdruck war so schnell wieder verschwunden, dass ich es mir wahrscheinlich nur eingebildet hatte. Er erwiderte nichts darauf, ließ sich nur langsam wieder auf den Rücken sinken, meine Hand immer noch in seiner.

Die Stille des Waldes verschluckte uns und es war nichts zu hören außer dem Knistern des Feuers und unseren gleichmäßigen Atemzügen. Beinahe wäre ich eingeschlafen, als mir bewusst wurde, wie lange es schon dunkel sein musste. Erschrocken setzte ich mich auf.

»Ich muss zurück ins Lager!«, sagte ich hektisch und stützte mich auf den linken Arm, um aufzustehen.

»Warum willst du überhaupt dahin zurück? Komm mit mir«, schlug Avathandal vor und ich sah ihn an, als wäre er verrückt geworden.

Ich schüttelte den Kopf. Ich hatte ja auch nicht immer die besten Ideen, aber das war reinster Irrsinn. »Ich habe eine Verpflichtung«, sagte ich leise, worauf er verächtlich schnaubte.

»Eine falsche Verpflichtung. Du wirst es noch merken. Aber lass dir sagen, dass ich da bin, wenn du es auch erkennst.«

Ich drehte mich um und fiel ihm in die Arme. Mein rechter Arm protestierte mit Schmerzen, als ich mich an ihn drückte.

Avathandal zögerte keine Sekunde und hielt mich fest.

»Ich weiß einfach nicht, wem ich glauben soll. Troy hat sich so unglaubwürdig gemacht, dass es mir schwerfällt, dahinter kein Muster zu sehen. Es wirkt, als wüsste er ganz genau, was er damit anrichtet, wenn er euch genau zur rechten Zeit beschuldigt, zu lügen. Es wirkt, als wüsste er, was wir besprechen, und sorgt damit zwischen uns wieder für Misstrauen.«

Avathandal strich mir über den Rücken. »Du meinst, wenn schon Dorfbewohner glauben, dass die Wächter an den Überfällen Schuld wären, dann würden wir es auf jeden Fall behaupten?«

Ich nickte.

»Und woher weiß er, dass wir das behaupten?«

»Ich gehe davon aus, dass er uns belauscht hat.«

»Das hat er nicht.«

»Das sagst du. Ich bin mir da nicht so sicher.«

»Warum verteidigst du ihn?« Er ließ mich los und sah mich ernst an.

In diesem Moment hatte ich ein Déjà-vu-Erlebnis. Hatte mich nicht Troy einige Tage zuvor das Gleiche gefragt? Unser Streit nach dem Wettbewerb war noch nicht allzu lange her.

»Ich verteidige ihn nicht.«

»Doch! Wenn er uns belauscht hätte, wie du sagst, dann wäre er deiner Meinung nach nicht an den Überfällen beteiligt, sondern würde sich nur gegen unsere Behauptungen wehren. Ich sage die Wahrheit!«

»Mir fällt es nur einfach schwer, mich für eine Seite zu entscheiden«, jammerte ich frustriert. Wieso verstand er das nicht?

Sein Blick wurde wieder sanfter. »Das musst du, denn wir können hier nicht stehen, solche Dinge sagen und ignorieren, dass ich eigentlich dein Feind sein sollte. Wobei wir es nie darauf angelegt haben, irgendjemandes Feinde zu sein. Es ist wohl das Schicksal der Elfen.« Er sagte das ruhig und scheinbar gelassen, aber ich hörte die Anspannung in seiner Stimme.

»Ich kann jetzt keine Entscheidung treffen.«

»Das weiß ich, aber du darfst dir auch nicht mehr allzu viel Zeit lassen. Es ist ein gefährliches Spiel, das wir beide hier spielen. Du weißt, wie die Wächter dazu stehen. Du weißt, wie verboten das hier ist.« Er verzog ein wenig das Gesicht und wechselte das Thema: »Wir bekommen keine Kunde mehr über die Aktivitäten am königlichen Hofe, aber vor einigen Monaten war die Situation angespannt. Der König wurde aufgefordert zu handeln. Immerhin sterben unschuldige Dorfbewohner, angeblich wegen uns. Ich weiß nicht, was er vorhat, aber seine Strategen werden ihm ein Vorgehen empfehlen.« Er legte wieder seine Arme um mich. »Mach dir Gedanken, Tris. Und nun komm! Du hast gesagt, dass du zurück musst.« Er half mir auf sein Pferd und zusammen ritten wir zum Waldrand. Auf mein Nachfragen hin erklärte er mir, dass Alpe nirgends zu sehen gewesen war und vermutlich doch noch den Weg ins Lager der Wächter gefunden hatte.

Abschied lag in der Luft, als mir Avathandal kurze Zeit später wieder vom Pferd half. Den Weg über die Wiese würde ich allein zurücklegen müssen.

»Ich weiß nicht, was daran stimmt, aber Troy sagte auf der Reise vom Kloster hierher, dass die Armeen des Königs den Plan hätten, in den Wald einzudringen.«

Avathandal lachte leise und schüttelte den Kopf. »Das sollen sie versuchen. Du hast den Wald kennengelernt. Sie werden Magier brauchen. Elfische Magier. Er reagiert nicht auf menschliche Magie. Die Armee, die unserem Wald schaden kann, muss erst einmal aufgestellt werden.«

Ich wusste nicht, was ich darauf erwidern sollte, und schwieg.

Wir standen nun voreinander, unschlüssig, wie wir uns verabschieden sollten. Nervös trat ich von einem Fuß auf den anderen und knetete meine Hände. »Ich gehe dann mal«, sagte ich leise, als ich die Stille nicht mehr aushielt.

Der Elf nickte und ich wandte mich zum Gehen. Ein merkwürdiges Gefühl breitete sich in meiner Brust aus. Eine Mischung aus Abschied und unerfüllten Erwartungen, obwohl ich nicht mal gewusst hatte, dass ich etwas erwartete.

»Warte«, ertönte seine Stimme hinter mir, als ich noch keine fünf Schritte gegangen war. Ich blieb stehen, drehte mich aber nicht um.

Das war nicht der Abschied, den ich mir ausgemalt hatte, vor allem deshalb nicht, da wir uns nun einige Zeit nicht sehen würden. Denn wie sollte ich mit einem gebrochenen Arm reiten können? Meine Patrouillen in den Wald würden für eine Weile ausfallen. Und theoretisch musste mich Avathandal nicht mehr begleiten. Ich hoffte, er würde es dennoch tun, denn es gab nun mehr zwischen uns als eine lästige Pflicht.

Ich brauchte nicht lange auf die Hand zu warten, die sich auf meinen Oberarm legte und mich in seine Richtung zog. Als mein Hinterkopf an seine Brust stieß, legte er vorsichtig seine Arme um mich und seinen Kopf an meinen.

»Ich bin nicht besonders gut darin, Tris. Ich bin unsicher, ob du überhaupt wiederkommst. Du hast heute sehr deutlich klargemacht, dass du mir nicht einfach so glauben kannst. Aber ich verspreche dir, dass sich alles aufklären wird, wenn du mir die Möglichkeit dazu gibst.«

Ich wollte sie ihm geben und ich wollte ihm glauben, aber es war schlicht und ergreifend nicht so einfach.

»Was wird sich aufklären?«, fragte ich zweifelnd und er seufzte.

»Das würde ich dir lieber zeigen und nicht erzählen.«

»Ich weiß nicht, ob ich je wieder die Gelegenheit haben werde, das Lager ohne Troy zu verlassen.« Ich ließ meinen Blick über die Ebene schweifen.

In der Ferne erkannte ich die Fackeln, die das Tor säumten. Ich konnte sie von meinem Standpunkt aus nicht sehen, aber es waren vier Wachposten um das Tor positioniert worden. Sie würden die ganze Nacht dort stehen und aufpassen.

»Warum machen wir es dann nicht einfach so, wie ich es vorgeschlagen habe? Du kommst jetzt mit mir und morgen bringe ich dich wieder hierher.«

Ich lachte leise und drehte mich zu ihm um. »Du hast vorgeschlagen, dass ich gar nicht mehr zurück zu den Wächtern gehe. Das ist meiner Meinung nach definitiv nicht die richtige Entscheidung. Aber gegen einen Abend habe ich nichts einzuwenden. Es weiß doch sowieso noch keiner, was passiert ist oder wo ich bin.«

Wir entfernten uns vom Waldrand und Avathandal half mir wieder aufs Pferd.

Kapitel 14

Je länger wir ritten, desto nervöser wurde ich. Meine Gedanken schwirrten in meinem Kopf im Kreis und ich kaute unaufhörlich auf meiner Unterlippe.

Wie würden die Elfen mich aufnehmen? Immerhin war ich ein Mensch. Wie sollte ich mich verhalten? Wie sollten wir uns verhalten? Warum stellte ich Avathandal diese Fragen nicht einfach?

»Avathandal?«, fragte ich, um seine Aufmerksamkeit auf mich zu lenken.

»Tris?«

Ich seufzte und wusste nicht, mit welcher Frage ich anfangen sollte. »Ich bin ein bisschen nervös«, murmelte ich schließlich.

Er lachte auf und drehte den Kopf leicht in meine Richtung. »Das ist untertrieben. Wenn du so weitermachst, habe ich bald keine Fransen mehr an der Tasche meines Hemdes.«

Ich zog ertappt die Hand weg, mit der ich wohl unbewusst eine Beschäftigung gesucht hatte, um mich abzulenken.

»Außerdem brauchst du nicht nervös zu sein. Grundlegend hat keiner von ihnen ein Problem mit Menschen. Wenn doch, ist es etwas Persönliches. Einige werden dich vielleicht aufgrund der aktuellen Auseinandersetzungen ein wenig merkwürdig ansehen, aber sie feinden dich nicht an. Und sollte jemand etwas sagen, bin ich auch noch da.« Er strich mit seiner Hand kurz über meine.

Ich fand es unglaublich faszinierend, zu sehen, wie anders Avathandal plötzlich war. Wie leicht ihm diese kleinen Gesten fielen, während ich immer überlegte, ob ich ihn anfassen konnte und durfte.

»Das ist es nicht. Ich glaube schon, dass sie nett sind. Es ist mehr … nun ja, das mit uns.« Ich war zum Ende hin immer leiser geworden und hätte die letzten Worte am liebsten gar nicht ausgesprochen.

Nachdem ich eine Weile darüber nachgedacht hatte, verspürte ich nun doch Angst, dass wir der Realität nicht standhalten konnten.

Ich wollte mir gar nicht ausmalen, was Troy sagen würde, wenn er zufällig mitbekam, was sich da zwischen mir und Avathandal abspielte. Nicht, dass ich auf die Idee kommen würde, es ihm zu erzählen.

»Es ist zwar nicht die übliche Vorgehensweise, aber wir können uns heute Abend und morgen Früh einfach mit Titel anreden, wenn es dir Sorgen bereitet.«

In der Ferne waren nun Stimmen zu hören und der sanfte Schein eines Feuers begann sich durch die Bäume zu schlängeln.

»Ich glaube, das wird sich nicht richtig anfühlen«, murmelte ich und Avathandal schwang sich vor mir vom Pferd.

»Damit du es weißt: Wir verstoßen gegen keine einzige Regel, Tris.«

»Ich glaube, davor habe ich die größte Angst. Wir verstoßen nicht gegen deine Regeln, aber gegen meine.«

Avathandal griff nach meinem Arm, schüttelte über meine Bedenken nur den Kopf und half mir beim Absteigen. Er nahm sein Pferd am Zügel und wir gingen den Rest des Weges zu Fuß.

»Wenn ich immer zuerst grüßen muss, wie kommen dann Unbekannte mit mir in ein Gespräch?«, fragte ich, um mich ein bisschen abzulenken.

»Sie kommen auf dich zu, halten Blickkontakt und du musst grüßen. Wenn ich es rechtzeitig bemerke, teile ich dir Namen und Titel mit, wenn nicht, darfst du höflich fragen.«

»Also nicht so wie du bei unserer ersten Begegnung?«, fragte ich kichernd und er schüttelte den Kopf.

»Du bist albern, Tris«, rügte Avathandal, lächelte aber dabei. »Da vorn stehen die Wachen Kit und Beth. Grüß sie in dieser Reihenfolge, Kit ist noch nicht so lange eine Wache. Linker Arm nach unten.«

Ich nickte, aber ich hätte es auch noch gewusst. Mein Herz schlug kräftig gegen meine Rippen, als uns die beiden Männer entgegenblickten. Ich versuchte meine Atmung im Zaum zu halten und war froh, meine zitternden Finger zu Fäusten ballen zu müssen.

»Wache Kit, Wache Beth«, sagte ich und verbeugte mich erst vor dem einen, dann vor dem anderen.

Sie musterten mich kurz mit unverhohlener Neugierde und grüßten dann erst mich und dann Avathandal. Sie kannten also meinen Namen.

»Melde dich sofort bei Bewahrer Loyd«, teile Beth Avathandal mit und dieser nickte zu mir.

»Ich muss sowieso zu ihm. Es gab eine kleine Planänderung.«

»Ich hoffe, du erzählst es uns noch.«

Avathandal grinste nur und deutete mir mit einem weiteren Nicken an, ihm zu folgen. Ein junger Mann kam herbeigeeilt und nahm Avathandal das Pferd ab. Wir grüßten noch, bevor er wieder verschwand. Darauf wurde augenscheinlich großer Wert gelegt.

Wir durchquerten das Lager und ich hatte das Gefühl, dass alle Blicke auf mich gerichtet waren.

»Sie starren mich an«, flüsterte ich und Avathandal sog an seiner Unterlippe, wohl um sich ein Lachen zu verkneifen. »Natürlich tun sie das. Lanaya erzählt ständig von dir. Für sie alle bist du wie ein weißes Pferd von Giia.«

»Deswegen kannten die Wachen meinen Namen«, vermutete ich.

Jetzt lachte Avathandal doch. »Genau deswegen, das wird es sein«, sagte er und deutete nach vorn, wo uns jemand erwartete.

Auch vor dem Bewahrer verbeugten wir uns bei der Begrüßung und ich stellte es mir anstrengend vor, das bei jedem Gespräch zu machen. Wenn man es aber von Kindesbeinen an lernte und immer anwenden musste, fiel es bestimmt leichter.

Der Bewahrer nahm Avathandal zur Seite und besprach etwas unter vier Augen mit ihm. Sie hätten genauso gut neben mir stehen bleiben können, da ich ihre Sprache sowieso nicht verstand.

Da ich jetzt quasi mitten im Lager stand, konnte ich mich besser umsehen als beim letzten Mal. Die hölzernen Wagen waren in einem unregelmäßigen Kreis um das Feuer verteilt und schienen Behausungen zu sein. Sie waren größer als ein Zelt und man konnte sicher einiges darin aufbewahren. Da ich kein Zelt entdeckte, nahm ich an, dass die Elfen auch in den Wagen schliefen.

Als sich Avathandal und Bewahrer Loyd wieder zu mir wandten, sprang völlig überraschend eine Person an mir vorbei und auf Avathandals Rücken. Er fing sie ab, taumelte, blieb aber stehen.

Es war eine Frau mit braunen Haaren und ebenso grünen Augen wie Avathandals. Sie trug einfache Hosen und ein schlichtes braunes Hemd. Ihre Kleidung war praktisch und einfach gehalten. Sie kam mir bekannt vor und ich ahnte, wer es war. Sie klammerte sich mit einem Arm an Avathandal fest, sodass sie ihn fast würgte. Mit dem anderen hielt sie ihm die Augen zu und flüsterte ihm etwas ins Ohr, das ich aus zweierlei Gründen nicht verstand: wegen der Entfernung und der Sprache.

»Jägerin Lanaya!«, ermahnte sie Bewahrer Loyd ruhig, aber bestimmt und sie verdrehte die Augen, ließ ihren Bruder trotzdem los und begann mich neugierig zu mustern, nachdem sie mit beiden Beinen wieder auf dem Boden stand.

Avathandal gab ihr einen Stoß gegen die Schulter, der von Bewahrer Loyd mit einem Stirnrunzeln quittiert wurde. Es war anscheinend nicht gern gesehen, wenn die beiden Geschwister so grob miteinander umgingen.

Sie erinnerten mich ein bisschen an die Zwillinge Liz und Maria, die sich in ihren Kindertagen des Öfteren ziemlich heftig gestritten hatten. Als sie erwachsen wurden, hatte es sich gelegt, und auch zwischen Avathandal und Lanaya schien es mehr Spaß als wirklich ernst gemeint zu sein.

Ich überkreuzte die Arme und verbeugte mich anständig. Dieses Mal bemerkte ich das Pochen in meinem rechten Unterarm, als ich ihn bewegte. Die Wirkung der Schmerzmittel schien nachzulassen und ich nahm mir vor, Avathandal später zu fragen, ob er mir noch etwas geben könnte, damit ich die Nacht schlafen konnte. Eine viel wichtigere Frage drängte sich in den Vordergrund: Wo würde ich schlafen?

Lanaya kicherte und grüßte mich ebenfalls. »Avathandal hätte mir Bescheid sagen sollen, bevor er dich mitbringt. Das hat er mir versprochen.« Sie streckte ihm die Zunge raus.

»Das war eine spontane Entscheidung«, sagte ich und wurde rot, als meine Gedanken zu den Ereignissen des Abends abdrifteten.

»Ich bin mir sicher, dass ihr noch genug Zeit haben werdet, alles zu besprechen.« Bewahrer Loyd hatte eine tiefe und durchdringende Stimme, die durch Mark und Bein ging, obwohl er nicht einmal laut gesprochen hatte. Er trug weniger praktische als hübsche Kleidung. Sein Überwurf erinnerte an meine Roben aus dem Kloster und er war mit Fransen, Federn und Fellen geschmückt.

»Wir haben schon auf dich gewartet, Nachfolger Avathandal«, fuhr er fort und wandte sich dann an Lanaya. »Teile den Wachen mit, dass sie sich ihre Portion vom Abendessen holen können, Jägerin Lanaya.«

»Ich weiß ja nicht, wie es dir geht, Tris, aber ich habe Hunger.« Avathandal sah mich an, während ich überlegte.

So richtig hungrig war ich nicht, aber ich wusste, dass ich etwas essen musste. Ich machte eine vage Kopfbewegung zwischen Nicken und unsicherem Wackeln. Mein Arm begann nun permanent zu schmerzen und ich beschloss, gleich etwas dagegen zu unternehmen, bevor es noch stärker wehtat. »Avathandal, du hast mir Schmerzmittel in den Tee getan, nicht wahr?«

Er nickte. »Tut dir der Arm weh, der Rücken oder der Kopf?«

»Nur der Arm.«

»Dann kümmere ich mich gleich darum. Auch wenn du keinen Hunger hast, solltest du etwas essen.«

Er sprach meine Gedanken aus und ich bestätigte es durch ein zustimmendes Nicken. Recht hatte er ja.

»Aha, aha«, machte Lanaya, die sich noch keinen Schritt von uns entfernt hatte. Sie grinste abwartend und ich wurde feuerrot.

Avathandal legte ihr eine Hand auf den Rücken und schob sie mit ausgestrecktem Arm vor sich her.

»Los, sag den Wachen Bescheid! Die stehen schon den ganzen Tag herum. Ich habe gehört, dass ihr heute gar nicht draußen wart. Faules Pack!«

Lanaya lachte über die Beleidigung und lief den Weg zurück, den wir auf dem Hinweg genommen hatten.

Mir wurde mulmig bei dem Gedanken, dass es nun ernst wurde und wir uns der Feuerprobe stellen mussten. Meine Schritte wurden immer langsamer, während wir uns dem großen Lagerfeuer näherten.

Wie bei so vielen anderen Gruppen auch, diente der Platz als Treffpunkt zu Gesprächen und Versammlungen. Es war mir furchtbar unangenehm, wie die Elfen mich musterten, als ich vorgestellt wurde, und ich war versucht, den Vorschlag von Avathandal anzunehmen und uns erstmal wieder mit Titeln anzureden, wenn wir nicht allein waren.

Viele bemühten sich, meine Sprache zu sprechen, wenn ich in ihrer Nähe war und das Thema es zuließ, damit ich an Gesprächen teilnehmen konnte. Eine sehr höfliche Geste, die aber nicht über ihre neugierigen Blicke hinwegtäuschte. Ich konnte es aber gut nachvollziehen, ich wäre wohl auch neugierig und würde mehr über die Fremde wissen wollen.

Seit wir uns gesetzt hatten und aßen, hatten Avathandal und ich uns nicht ein Mal direkt angesprochen und bis jetzt war Lanaya die einzige Eingeweihte. Er hatte nur ein Mal beiläufig gefragt, ob es mir schmeckte, und ich hatte genickt. Meine Frage nach dem Schlafplatz erübrigte sich, denn Lanaya bot von sich aus an, dass ich bei ihr übernachten konnte.

Am Feuer wurde ein Becher hochgehalten und eine Frage gestellt. Avathandal hob den Arm und deutete auf mich. »Späher Tem, der Becher gehört hierher.«

Der Späher kam zu mir, reichte mir den Tee und ich grüßte ihn mit einem Nicken und seinem Namen. Während des Essens hatte ich mehrfach beobachtet, wie sich auf diese abgewandelte Weise gegrüßt wurde, wenn man die Hände nicht frei hatte oder saß.

Ich nippte an meinem Tee, als Avathandal sich zu mir beugte. »Es gefällt mir, wie aufmerksam du bist«, flüsterte er mir ins Ohr und ich wurde rot. Einige Blicke wanderten zu uns und ich wollte gar nicht wissen, was die anderen nun dachten.

»Habe ich dir schon einmal gesagt, dass du süß aussiehst, wenn du rot wirst?«

Seine Worte verfehlten ihre Wirkung keinesfalls. Mein Gesicht wurde noch heißer. Hätte mein rechter Arm nicht in einer Schlinge gesteckt, damit ich ihn ruhig hielt, hätte ich nach ihm geboxt. So wie er es vorhin bei seiner Schwester getan hatte. Er wusste genau, wie unangenehm mir seine Worte waren, und er sprach sie trotzdem aus.

Als ich gerade fragen wollte, wann der Abend sich dem Ende neigen würde, hörte ich die Töne einer Laute.

Es gab nur einen Ort, an dem ich jemals zuvor dieses Instrument gehört hatte, und sofort war die Luft erfüllt von Erinnerungen an Marktschreier und Gerüche von Gewürzen. Tuchhändler boten in meiner Vorstellung ihre Waren feil und auf den Lippen schmeckte ich das Salz der Fische, die frisch von der Küste gebracht worden waren.

Als Avathandal mir seine Hand hinhielt, erwachte ich aus meinem Tagtraum und sah ihn leicht verwirrt an.

»Tanzt du mit mir?«, fragte er, doch ich sah auf meinen geschienten Arm.

»Das ist nicht schlimm«, winkte er ab.

»Ich kann nicht tanzen«, versuchte ich mich erneut zu drücken.

»Dann lernst du es jetzt. Na komm!«, forderte er energischer und ich legte meine freie Hand in seine. Ich wollte gar nicht zählen, wie viele Blicke sich nun auf uns richteten, als wir uns erhoben und einen freien Platz außerhalb der Sitzgelegenheiten suchten.

Wir waren nicht die Einzigen, die tanzten, aber die Einzigen, die beobachtet wurden.

Avathandal erklärte mir kurz, wo welche Hand abgelegt wurde, und machte eine einfache Schrittfolge vor. Ich kicherte nervös, als er eine Hand an meine Hüfte legte. Die andere fand ihren Platz an meiner Schulter.

Beim nächsten Ton schob er mich einen Schritt zurück, dann nach links und wieder vor. Es war erstaunlich einfach und ehe ich michs versah, tanzten wir zusammen über das weiche Gras der Lichtung. Ich sah anfangs noch auf unsere Füße, um Avathandal nicht aus Versehen zu treten, aber mit der Zeit wurde ich sicherer.

»Behaupte noch einmal, du könntest nicht tanzen«, sagte er und schmunzelte, als ich zu ihm aufsah.

Ich war erneut rot angelaufen, aber diesmal vor Aufregung und nicht aus Scham. Ich wusste, wie unvorteilhaft das große Grinsen war, das sich in mein Gesicht geschlichen hatte, doch es war mir gleich.

Avathandals grüne Augen strahlten gegen das Feuer an und ich ließ mich von ihnen gefangen nehmen. Runde um Runde drehten wir, ohne auf unsere Umgebung zu achten. Nicht ein einziges Mal senkte ich meinen Blick. Alles, was in diesem Moment zählte, waren er und ich. Ich hätte so gern etwas gesagt oder eine Frage gestellt, aber mir kam einfach kein Laut über die Lippen. Auch er schien nicht eine Sekunde wegsehen zu wollen.

Als die Musik langsamer wurde und die Tänzer um uns herum enger zusammenrückten, beschloss ich, mich wieder zu setzen. Wir mussten es ja nicht gleich übertreiben.

»Wo willst du hin?«, fragte Avathandal leise und zog mich näher an sich, so weit, wie es mein rechter Arm zwischen uns zuließ.

Ich schluckte und versuchte meinen Herzschlag zu beruhigen, dessen Geschwindigkeit bedrohlich in die Höhe schoss.

»Ich dachte, wir setzen uns wieder«, antwortete ich und versuchte meinen Blick nicht zu auffällig zu seinen Lippen wandern zu lassen. Wusste oder ahnte er, wie gern ich ihn küssen würde? Dass ich es mir schon eine ganze Weile vorstellte, sogar davon träumte?

»Möchtest du dich denn setzen?«, wollte er wissen und begann den Tanz, ohne meine Antwort abzuwarten. Offensichtlich wollte er es nicht und so ließ ich mich erneut mitziehen.

Seine Hände lagen nun beide an meiner Hüfte. Das Einzige, was uns trennte, war mein gebrochener Arm, ohne den ich wahrscheinlich noch ein bisschen näher gerückt wäre. So musste ich den Abstand hinnehmen.

Sein Blick lag auf meinem. Sie verschmolzen miteinander. Obwohl wir nun langsamer tanzten, war ich atemloser als zuvor. Ganz langsam hob Avathandal eine Hand und strich mir über die Wange. Es war nur eine flüchtige Berührung und doch schickte sie ein Schaudern über meinen Rücken und sorgte für Gänsehaut auf meinen Armen. Als er leicht grinste, weil ihm meine Reaktion aufgefallen war, wandte ich peinlich berührt den Blick ab. Er schien sich nicht daran zu stören, sondern tanzte einfach weiter. Für meinen Geschmack wechselte die Musik nun viel zu schnell. Ich hätte ewig mit ihm hier stehen können.

Ich entschied mich aber trotzdem für eine Pause.

Als ich mich zu meinem Platz begab, sprang Lanaya auf und nahm ihren Bruder in Beschlag. Sie war keineswegs schüchtern oder zurückhaltend und tanzte stellenweise mit ihm, wie ich es getan hätte, wenn ich nicht diesen unnützen Arm hätte. Allein der Umstand, dass sie seine Schwester war, ließ mich ruhig bleiben. Jeder Funke von Eifersucht war lächerlich. Gelegentlich flüsterte sie ihm etwas ins Ohr und er lachte schallend.

»Unerhört, dieses Verhalten!«, hörte ich eine Stimme sagen. Gerade so laut, dass ich sie zwischen der Musik und den Gesprächen verstand. Sie klang männlich und ich spitzte die Ohren, um sie besser zu verstehen.

»Nur weil er sie behandelt wie seine Schwester, macht sie das nicht zu seiner Schwester. Sieh sie dir an, wie offensichtlich sie ihn will.«

Es stand außer Frage, dass ich wusste, über wen geredet wurde. Sofort sah ich mich um, konnte aber beim besten Willen nicht ausmachen, woher die Stimme kam. So wusste ich auch nicht, wer das gesagt hatte, um genauer nachzufragen. Lanaya war nicht Avathandals Schwester? Warum erzählte er mir das dann? Ich beobachtete die beiden unauffällig und sie tanzten wirklich ausgesprochen vertraut miteinander. Würde seine Hand auf ihrem Rücken nur noch ein bisschen tiefer rutschen, würde sie auf ihrem Hintern liegen.

Die Eifersucht, die mich nun wie eine Welle überspülte, unterdrückte ich nicht mehr. Warum wurde ich angelogen? Vielleicht war mein Verhalten nicht gerade klug, aber ich stand auf und ging auf Avathandal und Lanaya zu.

Beide drehten sich in meine Richtung.

»Können wir reden?«, fragte ich ihn und er nickte irritiert. »Allein«, setzte ich nach, als sich keiner von beiden rührte.

»Ich ahne es«, murmelte Avathandal und deutete Lanaya mit einem Kopfnicken an, zu gehen.

Sie musterte mich interessiert und ging dann wieder zum Feuer zurück. Ich wusste nicht, ob ihr Blick freundlich gemeint war oder nicht, aber es interessierte mich nicht mehr.

Wir entfernten uns von den anderen. Avathandal lotste mich und schließlich lehnten wir an der Umzäunung, in der die Pferde standen. Sie waren alle schwarz und ungefähr gleich groß. Keines von ihnen hatte ein weißes Haar an sich.

Hier war es ruhiger, aber auch kühler, und ich zog fröstelnd die Schultern hoch.

»Warum lügst du mich an?«, fragte ich.

»Wer hat es dir erzählt?«, stellte er eine Gegenfrage und wir sahen uns abwartend an.

»Ich weiß es nicht«, beantwortete ich seine Frage wahrheitsgemäß.

»Weil es keinen Unterschied machen würde«, sagte er und beantwortete mir damit nur scheinbar meine.

»Es macht also keinen Unterschied, ob sie wirklich deine Schwester ist oder nur so tut, als wäre sie es?«

Avathandal lachte freudlos auf und fuhr sich mit der Hand durch die Haare.

»Ich hasse ihn. Ich hasse ihn wirklich«, murmelte er und atmete tief durch, wie um sich zu beruhigen. »Das macht er jedes Mal.«

»Wer? Ich konnte nicht erkennen, wer es gesagt hat.«

»Das ist auch unwichtig. Darum kümmere ich mich später. Wichtig ist, dass er recht hat. Lanaya ist nicht meine Schwester.«

Der bittere Geschmack von Enttäuschung breitete sich in meinem Mund aus. Oder war es Galle, die ich ihm gern entgegengespuckt hätte? Neid war mir nicht fremd, aber diese beißende Eifersucht war es. Doch ich hatte nicht die geringste Lust, sie zu zügeln. Sollte er doch merken, wie es mich traf, wenn er mich anlog.

»Sie kam als junges Mädchen in unseren Clan. Ich wurde als ihr Beschützer zugeteilt, um zu lernen, Verantwortung zu übernehmen. Sie wuchs wie meine Schwester auf. Sie war nie etwas anderes als das und sie wird auch nie etwas anderes sein!«

In mir brodelte es und ich konnte seine Worte gar nicht richtig an mich heranlassen. Ich sah nur immer wieder seine Hand auf ihrem Rücken und ihre Lippen an seinem Ohr.

»Ich sehe, dass du wütend bist, und ein wenig kann ich es vielleicht verstehen.«

Meine Augenbrauen wanderten in die Höhe.

»In Ordnung, ich kann dich nicht verstehen. Sie ist meine Schwester!« Er seufzte genervt und ließ sich an einem Zaunpfosten hinuntergleiten, bis er auf dem Boden saß. »Komm, setz dich zu mir. Erzähl mir, was er genau gesagt hat. Ich habe es die letzten Male vergeigt und möchte das kein weiteres Mal tun.«

Ich zögerte, setzte mich aber schließlich neben ihn.

»Wer erzählt so etwas, bevor du es selbst erzählen kannst?«, fragte ich nach einiger Zeit des Nachdenkens.

»Das ist jetzt nicht wichtig …«

»Doch, Avathandal, das ist es! Gestern Nachmittag hast du noch gesagt, dass ich dir jede Frage stellen kann und du sie mir ehrlich beantwortest. Gilt das heute nicht mehr?«, unterbrach ich ihn und versuchte den strengsten Blick aufzusetzen, zu dem ich in der Lage war.

»Das war ein anderer Kontext«, murmelte er und stützte sein Gesicht in die Handflächen. Gähnend rieb er sich die Augen, ehe er in die Hände klatschte und sich zu mir umwandte. »Nein, du hast recht. Du hast vollkommen recht damit, dass ich dir mein Wort gab. Also gut, Jäger Tolan wäre Nachfolger geworden, wenn ich nicht berufen worden wäre. Er konnte mich vom ersten Tag an nicht leiden und macht keinen Hehl daraus.«

»Und da bist du nicht auf die Idee gekommen, mir direkt davon zu erzählen?«

»Meine Erwartung an Jäger Tolan, er hätte seine Lektion gelernt, wurde nicht erfüllt.«

Ich hatte das Gefühl, dass man Avathandal jedes Wort aus der Nase ziehen musste, und das war nervenaufreibend. Er erzählte wenig von sich aus, aber mit den richtigen Fragen konnte ich mir nach einiger Zeit ein Bild machen.

Jäger Tolan war anscheinend wirklich nicht gut auf Avathandal zu sprechen und hatte durch seine Einflüsterungen nicht nur bei mir Misstrauen geweckt.

Avathandal versicherte mir mehrmals, dass Lanaya nicht mehr war als seine Schwester und er sich auch definitiv nicht mehr vorstellen konnte und wollte.

Ich hatte meinen Kopf in den Nacken gelegt und betrachtete die Sterne, während ich Avathandal zuhörte.

Er wechselte schließlich das Thema und erklärte mir Sternbilder, zeigte mir diejenigen, die in seiner Welt eine Bedeutung hatten.

Ich begann mich zu entspannen und wollte nicht mehr über meine Eifersucht nachdenken. Mir machte diese neue Seite an mir ein wenig Angst, da ich nicht damit umzugehen wusste. Ich hatte die ganzen letzten Wochen damit verbracht, mich zu sortieren, meine Gedanken zu ordnen und zwischen richtig und falsch zu unterscheiden. Ich hatte schon lange keine Nacht mehr durchgeschlafen. Immer wenn ich eine Frage gelöst hatte, tauchten neue auf, deren Beantwortung nie zufriedenstellend war.

Heute Abend wollte ich mir keine Gedanken mehr machen.

»Gehen wir wieder zurück?«, fragte Avathandal und ich wandte den Kopf in seine Richtung. »Alles in Ordnung?«

Ich nickte, rührte mich aber nicht. Mein Blick blieb an seinen Augen hängen. Das Grün war so intensiv, dass ich das Gefühl hatte, sie würden mich bis ans Ende meiner Tage in meinen Träumen heimsuchen. Intensiver und leuchtender noch als meine eigenen.

Langsam hob ich die Hand und berührte seine linke Augenbraue mit dem Daumen.

Er schmunzelte leicht irritiert, sagte aber nichts.

Ich ließ meinen Finger über seine Schläfe wandern, verfolgte die weiße Linie seiner Tätowierung und fuhr mit meiner Hand durch die Haare, die sich aus seinem Zopf gelöst hatten.

Er lehnte sich in meine Hand und ich lächelte. Wie gern hätte ich die zweite hinzugenommen, um ihm richtig durch die Haare zu fahren.

Etwas ungelenk setzte ich mich in eine kniende Position auf, um mich zu ihm zu drehen, worauf Avathandal fragend den Kopf schief legte. Er leckte sich über die Lippen und ich hielt gespannt den Atem an. Wieso war ich nur so verdammt schüchtern?

Ich müsste mich nun einfach vorbeugen und ihn küssen, aber es wirkte, als ob ich festgefroren wäre. Mein Blick wanderte immer wieder zwischen seinen Augen und seinen Lippen hin und her. Er musste schon längst begriffen haben, was ich vorhatte, und doch saß auch er unbeweglich da. Während ich immer verzweifelter wurde und mich nicht entscheiden konnte, lachte er, nahm meine Hand in seine und küsste meine Fingerknöchel.

»Traust du dich nicht?«, fragte er flüsternd gegen meine Hand. Nicht eine Sekunde hatte sein Blick dabei meinen losgelassen.

Stumm schüttelte ich den Kopf und er lachte erneut.

Dann rutschte er näher zu mir, nahm mein Gesicht in seine Hände und küsste mich.

Kapitel 15

Mit einem Schrei schreckte ich aus dem Schlaf hoch. Mein Herz schlug kräftig gegen meine Rippen und kalter Schweiß stand mir auf der Stirn. Ich atmete abgehackt und die Hand, die ich zur Beruhigung auf meine Brust presste, erzielte nicht die gewünschte Wirkung.

Es musste noch mitten in der Nacht sein, denn kein Licht drang durch die Zeltwände herein. Meine Matte fühlte sich merkwürdig an und als ich nach der Wasserschüssel tastete, stieß ich gegen etwas Hartes. Eine Wand aus Holz. Bei meinem panischen Versuch, aufzustehen, trat ich gegen etwas oder eher jemanden.

»Tris? Was machst du da?«, fragte eine allzu vertraute Stimme verschlafen.

»Avathandal?« Während ich im Dunkeln nach ihm tastete, ließ ich mich wieder auf den Hintern fallen.

Er hatte sich ebenfalls aufgesetzt und schemenhaft konnte ich erkennen, wie er mich musterte. »Wen hast du denn erwartet, dass du so überrascht bist?«

Als meine Hand seinen Arm berührte, rutschte ich näher auf ihn zu und hakte mich bei ihm unter. Wieso ich überrascht war? Hatte ich nicht bei Lanaya schlafen sollen? Es dauerte eine Weile, bis sich der Nebel lichtete, aber dann wurde mir klar, dass ich hier geschlafen hatte, weil Lanaya am Ende des Abends nicht mehr zu finden gewesen war. Wir hatten am Feuer noch miteinander gesprochen, aber dann war sie gegangen und nicht wiedergekommen, und schließlich hatte Avathandal mich mitgenommen. Wo hätte ich auch sonst schlafen sollen?

Lange hatte ich wach gelegen, in der Annahme, dass er irgendwelche Hintergedanken hegte, aber er war einfach eingeschlafen. Seinem gleichmäßigen Atem lauschend, war ich irgendwann in einen unruhigen Schlaf gefallen, der mich beinahe müder erwachen ließ, als ich es gestern gewesen war.

»Wieso bist du wach?«, wollte Avathandal nach einiger Zeit wissen, in der wir einfach nebeneinandergesessen hatten.

»Ich hatte einen schlechten Traum.«

»Träumst du oft schlecht?«

Ich nickte. Auch wenn er es vielleicht gar nicht sehen konnte.

Mit meiner ersten Nacht außerhalb des Klosters hatten die Albträume begonnen. Auch dieses Mal konnte ich ihn nicht vergessen. Anscheinend verarbeitete ich damit, was mir Lanaya gestern noch erzählt hatte. Auf diese Erfahrung hätte ich wirklich verzichten können, aber mein Unterbewusstsein wollte es anders.

Avathandal legte seufzend seine Arme um mich. »Hör auf damit, ich kann es nicht sehen, wenn du weinst.«

Mir waren die Tränen nicht aufgefallen, die sich in der Zwischenzeit einen Weg über meine Wangen gesucht hatten. Ich zog meinen Arm zwischen uns hervor und wischte mir über das Gesicht.

»Erzählst du mir, wovon du geträumt hast?«

Ich schüttelte den Kopf, aber da hatte mein Mund schon eine andere Entscheidung getroffen. Die Geschichte ähnelte Lanayas, aber es war nicht sie, die von den Wächtern drangsaliert wurde, sondern ich. Auch tauchte am Ende die Bärenmutter nicht auf, und niemand, der mich retten würde, wie ich es bei Lanaya getan hatte.

Immer mehr steigerte ich mich in meine Erzählung hinein. Ich schluchzte haltlos und achtete nicht mehr darauf, ob uns jemand hören könnte. Ich wollte einfach nur, dass diese Träume aufhörten, die zu nichts nutze waren, außer mir Angst einzujagen.

Avathandal zog mich schließlich auf die Beine und schob mich vor sich her. Holz knarrte und dann wehte mir frische Luft um die Nase. Sofort beruhigte ich mich ein wenig und öffnete meine verquollenen Augen.

Der Morgen war gerade angebrochen, der Wald schimmerte in einem ganz besonderen Licht und ließ die Umgebung golden leuchten. Die Sonne war noch nicht aufgegangen, aber die Vögel gaben bereits ihre Lieder zum Besten. Die Luft roch klar und sauber nach Wald und Tau.

Erst als Avathandal wiederkam, fiel mir auf, dass er sich von mir entfernt hatte. Er reichte mir ein nasses Tuch, mit dem ich mir das Gesicht waschen konnte.

»Ich nehme nicht an, dass du jetzt noch mal einschlafen kannst. Liege ich da richtig?«

Ich nickte, während ich den kühlen Lappen unter meine Augen drückte, die bestimmt total verquollen aussahen.

»Gut, dann mache ich Tee, wenn sich noch keine der Wachen darum gekümmert hat. Brauchst du etwas gegen die Schmerzen in deinem Arm?«

Wieder nickte ich. Meine Stimme wollte ich noch nicht benutzen, da ich nicht wusste, ob sie sich normal anhören würde.

Avathandal legte einen Arm um mich, während wir zu dem Platz in der Mitte des Lagers liefen. Eine Frau mit einem Säugling im Arm saß neben den beiden Wachen, ansonsten schien noch niemand auf den Beinen zu sein.

»Was denn? Wollt ihr auch von mir in den Arm genommen werden, wenn ihr schlecht träumt?«, fragte Avathandal die Wachen, die sich ihre Blicke nicht verkneifen konnten.

Ertappt grüßten sie. Ich erhaschte ihre Namen und warf Avathandal einen dankbaren Blick zu, als er erneut an mir vorbeilief, um Wasser aufzusetzen und den ersten Tee des Tages zu kochen. Es schien hier viel mehr Tee und Met getrunken zu werden als Wasser.

Plötzlich stutzte ich. Wäre es nicht an mir gewesen, zuerst zu grüßen? Wurde hier eine Ausnahme gemacht, weil es mir offensichtlich nicht gut ging? Der Vorteil war, dass ich so die Namen erfuhr, ohne fragen zu müssen.

Mehrmals suchte Mutter Ria meinen Blick, ehe ich mich stabil genug fühlte, um sie anzusprechen und zu grüßen.

»Ich wollte mich wegen Späher Tolans Verhalten gestern entschuldigen. Er hätte das nicht sagen dürfen.«

Überrascht hob ich die Augenbrauen. Das hätte ich als Letztes erwartet.

»Er weiß nicht, wie man sich benimmt.« Sie sah hinunter auf den schlafenden Säugling. »Es ist sein Sohn, aber es interessiert ihn nicht.«

Das schien mir nicht üblich, nach allem, was ich über den Zusammenhalt innerhalb dieser Gruppe erfahren hatte.

»RIA?«, brüllte eine Stimme irgendwo zwischen den Wagen.

Sie seufzte und drückte mir das schlafende Kind auf den Schoß. »Halt ihn bitte kurz. Meine Mutter mag ihn nicht sehen.«

Bevor ich protestieren konnte, war sie aufgestanden und verschwunden. Völlig regungslos saß ich nun mit dem kleinen Wesen da. Ich wagte nicht einmal, richtig zu atmen. Er schlief ungestört weiter und ich seufzte. Ich konnte nicht aufhören, ihn zu betrachten, denn süß war er definitiv. Während ich mir die spitzen, winzig kleinen Ohren ansah und darüber schmunzelte, schlug das Baby die Augen auf. Augenblicklich schien mir das Herz aus der Brust springen zu wollen. Was jetzt?

Ganze zwei Sekunden wartete es, bis es das Gesicht verzog und anfing zu schluchzen. Jetzt war ich richtig überfordert. Hilfesuchend wanderte mein Blick zu Avathandal, der gerade mit meinem Becher Tee zu mir kam.

Die beiden Wachen schwiegen, als würde sie das gar nichts angehen. Tat es wahrscheinlich auch nicht.

Innerhalb kürzester Zeit wurde das Schluchzen zu einem ausgewachsenen Babygeschrei und von Ria war weit und breit nichts zu sehen. Bevor ich wirklich den Kopf verlieren konnte, reichte mir Avathandal den Tee und nahm mir den Säugling ab.

»Bist du erschrocken, als du Tris gesehen hast? Das kann ich verstehen.«

Die Wachen prusteten und ich hätte mich fast verschluckt.

Ich wusste ja, dass ich im Moment verheult aussah, aber musste er mir das so auf die Nase binden? Natürlich war es ein Scherz gewesen, das sah man ihm deutlich an, aber irgendwie fühlte ich mich bloßgestellt.

Hustend und mir den Tee vom Kinn wischend, warf ich einen fassungslosen Blick zu Avathandal, der mir lachend die Zunge rausstreckte. Dann setzte er sich neben mich und schaukelte das Baby in seinen Armen, während er ein Lied sang, das ich nicht verstand.

Er hatte gestern Abend nicht mitgesungen, als die ersten Lieder angestimmt worden waren, und mir war nun klar, warum. Er hatte eine wunderschöne Erzählstimme, aber sein Gesang war nicht der beste.

Anstelle von Ria erschien Lanaya und bestaunte Avathandal, den sie laut eigener Aussage schon lange nicht mehr so früh und so gut gelaunt angetroffen hatte.

»Mutter Ria?«, fragte sie in Richtung des Säuglings, als sie sich ebenfalls gesetzt hatte.

»Nein, das ist nicht Mutter Ria.«

Lanaya verdrehte die Augen und verschränkte abwartend die Arme vor der Brust.

»Natürlich ist es Dey. Wie viele Säuglinge haben wir hier?« Er lachte, verstummte aber, als er merkte, wie nachdenklich seine Schwester ihn betrachtete.

»Hast du mit ihr gesprochen?«

»Nein, das habe ich nicht, und ich sehe auch gar nicht ein, warum ich mit ihr reden sollte. Ich wäre der Letzte, der sie wegschicken würde, nur weil Späher Tolan ein riesengroßes Arsch…!« Er sah kurz zu mir und wechselte dann die Sprache.

Immer größer wurde die Runde um das Lagerfeuer.

Es schien nichts Ungewöhnliches zu sein, dass Avathandal Rias Sohn auf dem Arm hielt, und irgendwie bereitete es mir Bauchschmerzen. Da war sie wieder: Eifersucht, wo keine sein sollte.

»Soll ich dir mal etwas verraten, Avathandal?« Lanaya grinste verschmitzt. Allem Anschein nach hatte sie nichts Gutes im Sinn.

Avathandal wirkte ebenfalls skeptisch, als er erwiderte, dass er bei ihrem Grinsen nicht hören mochte, was sie zu sagen hatte.

»Der Kleine steht dir.« Dabei deutete sie auf Dey.

Ich sollte mich dabei gar nicht angesprochen fühlen, aber ich bekam trotzdem rote Ohren. Vielleicht würde mich das Thema in ferner Zukunft einmal betreffen, aber es war jetzt definitiv keine Zeit, sich darüber Gedanken zu machen. Als Avathandal nicht antwortete, hob ich vorsichtig meinen Blick, um seine Reaktion zu überprüfen. Zu meiner Überraschung musterte er mich. Er wirkte nachdenklich und schaute erst wieder weg, als Dey quengelte.

»Ich gehe Mutter Ria suchen. Irgendwann habe ich auch genug.« Er drehte sich aber noch einmal zu mir um. »Tris? Überleg dir das mit uns beiden noch mal. Meine Schwester kann echt anstrengend sein.«

Ich stand auf, machte einen Schritt auf ihn zu, blieb dann aber stehen. »Meine Entscheidung ist doch schon längst gefallen, Avathandal, meinst du nicht auch?« Mir war vollkommen bewusst, dass nun alle Blicke auf uns gerichtet waren.

Ein bisschen kam es mir wie Schicksal vor, dass in diesem Moment Mutter Ria zurückkam und Avathandal von dem Baby befreite. Er selbst begann zu grinsen, versuchte es aber krampfhaft zu unterdrücken, was ihm nur mäßig gelang. Dann setzte er sich wieder in Bewegung. Er hatte ein klein wenig Ähnlichkeit mit einem Raubtier, als er zügig auf mich zukam.

»Entschuldige, Tris, aber ich kann nicht anders«, sagte er leise, während sich eine Hand auf meinen Rücken legte und die andere in meinen Nacken. Stürmisch presste er seine Lippen auf meine.

Unsere ersten Küsse gestern Abend waren mehr schüchtern und vorsichtig gewesen, aber nun war davon nichts mehr zu spüren. Seine Hand verweilte nicht in meinem Nacken, sondern schob sich von unten in meine Haare und zog dabei einige Strähnen aus meinem Zopf. Ich klammerte mich mit meinem gesunden Arm an ihn, da ich Angst hatte, meine Beine könnten nachgeben. Auf der anderen Seite wusste ich nicht, ob ich in der Lage war, zu fallen, wenn ich in Avathandals Armen lag.

Langsam löste er sich vor mir, lehnte seinen Kopf ein Stück nach hinten und sah mich an. Alles, was ich in diesem Moment gern gesagt hätte, lag in seinem Blick.

»Ich …«, setzte er an, schwieg dann aber.

Ich wusste auch so, was er hatte sagen wollen, und war froh, dass er es nicht getan hatte. Ich hätte ihm keine Antwort geben können. Noch nicht.

Dann fädelte er seine Hand aus meinem Zopf und ließ die Arme sinken. Die Gespräche um uns herum waren verstummt und erst jetzt wurde mir wieder bewusst, dass das wohl jeder gesehen hatte. Heiß kroch die Röte meine Wangen hinauf, bis sie meine Ohren erreichte.

»So leid mir das tut, aber ich muss bald wirklich zurück«, flüsterte ich und Avathandal nickte.

»Lanaya hat deine Sachen aufbewahrt. Sie kann dir beim Umziehen helfen«, er nickte zu meinem Arm, »und dann bringe ich dich zum Waldrand.« Er lächelte noch einmal und drehte sich dann um, wahrscheinlich um sein Pferd fertig zu machen, während ich Lanaya folgte.

Auf dem ganzen Weg zu ihrem Wagen grinste sie mich breit an. »Du hast meinen Bruder aber ziemlich um den Finger gewickelt. Ich hätte erwartet, dass er länger brauchen würde, nachdem Späher Tolan vorletztes Jahr so einen Bock geschossen hat.«

Sie holte meine Kleidung mit dem aufgestickten Wächteremblem aus dem hinteren Teil des Wagens, während ich im vorderen Teil wartete, und legte sie auf eine Kiste.

»Er hat es mir erzählt. Er hat auch erzählt, dass die *Dame* danach noch mit Späher Tolan …« Ich unterbrach mich selbst. »Es ist aber nicht Mutter Ria, oder?«

Lanaya starrte mich erschrocken an und biss sich auf die Lippe. Scheiße! Er hatte es schon wieder getan.

Während ich versuchte, eine Antwort zusammenzukratzen, sammelten sich Tränen in meinen Augenwinkeln. Innerhalb kürzester Zeit schaffte er es, alles, was ich zwischen uns gesehen hatte, zusammenfallen zu lassen. Ich war nicht hier, um mich von ihm ein aufs andere Mal belügen zu lassen. Wut, Eifersucht und Enttäuschung rangen in mir um den Thron und ich wusste nicht, ob überhaupt eines dieser Gefühle gewinnen konnte.

Als ich zitternd Luft holte, lief die erste Träne meine Wange hinunter. Avathandal überzeugte mich davon, dass ich die falsche Entscheidung traf, wenn ich den Wächtern glaubte, stieß mich aber gleichzeitig immer wieder von sich weg. Das konnte ich nicht verstehen.

»Darüber haben wir heute Morgen gesprochen. Ich habe ihm gesagt, dass ich es nicht in Ordnung von ihm finde, dass er es dir nicht gesagt hat.«

»Warum?« Schon wieder brachte ich keine anständige Frage zustande, aber ich wollte einfach nur wissen, was in diesem Mann vorging. Vertraute er mir nicht genug oder war er der Meinung, dass es mich nichts anging, wenn in seinem Clan eine ehemalige Partnerin von ihm lebte. Ich wusste nicht, ob ich damit zurechtkommen konnte, wenn er so vertraut mit ihr umging.

Vielleicht ging es mich wirklich nichts an, aber ich hätte es gern gewusst. Ich hatte das Gefühl, dass es für mich wichtig war, darüber informiert zu sein.

»Weil er Angst hat. Späher Tolan hat ihn zu dem gemacht, der er heute ist. Er spielt nicht mit offenen Karten, weil das jedes Mal Ärger bedeutet hat. Dabei sieht er nicht, dass es bei dir klüger wäre, direkt die Wahrheit zu sagen und nicht zu warten, bis sie zufällig ans Licht kommt. Ich verstehe deinen Ärger nur zu gut, Gadesh Tris.« Sie sah mich nachdenklich an und ich wischte mir die Tränen weg.

Ich sollte nicht ständig heulen, auch wenn mir eindeutig danach war.

»Ich möchte die Wahrheit hören«, murmelte ich und ballte die Hände zu Fäusten. Ich hatte genug davon. Was hatte er mir noch alles verschwiegen?

»Ich hole ihn, schicke ihn zu dir und lasse euch erst wieder aus dem Wagen, wenn du mir versicherst, dass du zufrieden bist mit dem, was er gesagt hat.« Sie grinste böse, zwinkerte aber. »Ich kann es auch nicht mehr sehen, wie er jede Gelegenheit wieder vertut, nur weil er den Mund nicht aufbekommt.«

Einsperren und erst wieder rauslassen, wenn wir uns ausgesprochen hatten. Das war eine Taktik, die ich aus Büchern kannte, und sie hatte jedes Mal funktioniert. Natürlich, es waren Bücher.

An der Tür wandte sich Lanaya noch einmal zu mir um.

»Sprich ihn auf jeden Fall auf Pflegerin Gemma und Nachfolger Tian an«, riet sie mir und verschwand dann, wobei sie die Tür nicht ganz hinter sich zuwarf, um den Wagen nicht in Dunkelheit zu hüllen.

Wer waren die beiden?

Während ich wartete, wechselte ich immer wieder den Sitzplatz oder stand auf, um hin und her zu laufen. Ich war mir sicher, noch nie zuvor in meinem Leben so nervös gewesen zu sein.

Dass das Quatsch war, war mir bewusst. Vor der Ergebnisverkündung meines Abschlusstestes hatte ich mich vor lauter Nervosität zweimal übergeben müssen.

Um mich ein wenig abzulenken, öffnete ich meinen Zopf, der nicht mehr richtig saß, und versuchte ihn neu zu binden, was einhändig eine sehr dumme Idee war. Missmutig ließ ich meine Haare offen, auch wenn mir das ganz und gar nicht behagte.

Was würde wohl Lilly …

Ich hatte ihr nicht ein einziges Mal geschrieben! Sie war meine beste Freundin und ich vergaß sie einfach. Wie es ihr wohl gehen mochte? Ob sie in diesem Winter ebenfalls ihre Prüfungen bestehen würde?

Hin und her wippend, ließ ich meinen Blick durch den Wagen schweifen. Er sah Avathandals sehr ähnlich. Im vorderen Teil waren Kisten und Gegenstände gelagert. Viele Dinge hingen an den Wänden oder von der Decke. Im hinteren Abschnitt gab es eine Schlafstätte aus Strohmatten und Fellen.

Seufzend fuhr ich mir mit der Hand durchs Gesicht und zuckte zusammen, als die Tür knarrte. Meinen Blick ließ ich stur auf meine Hände gerichtet. Ich wollte ihn nicht ansehen.

»Lanaya hat mir gesagt, dass du die Geschichte mit Mutter Ria selbst geschlussfolgert hast.«

Mein Nicken musste ihm Antwort genug sein. Er setzte sich neben mich auf eine Kiste und ich rutschte demonstrativ ein

Stück von ihm weg. Er war unruhig, rutschte auf seinem Platz hin und her und mehrmals holte er Luft, um etwas zu sagen, tat es aber nicht.

»Warum fiel es dir vorher nicht schwer, mit mir zu reden und mir all diese Dinge zu erzählen? Wieso darf ich die Wahrheit jetzt nicht erfahren?«

»Weil du dich auf dem Absatz umdrehen würdest und weg wärst, wenn ich dir alles erzähle.«

Jetzt sah ich ihn doch an. War er von allen guten Geistern verlassen?

»Und welchen Unterschied macht das im Vergleich zu der Situation, in der wir uns jetzt befinden? Wenn du jetzt nicht redest, reiten wir zum Waldrand und du siehst mich nie wieder.« Ich war wirklich erstaunt, dass ich das ausgesprochen hatte, aber die Enttäuschung darüber, dass er mir nur auf Nachfrage von sich erzählte und dann auch noch die Hälfte verschwieg, brannte auf meiner Zunge. Ich hatte ihm so viel von mir erzählt. Und er? Galt sein Wort schon wieder nicht mehr?

»Du kannst nur noch gewinnen, merkst du das nicht?«, sagte ich leise, um meine negativen Gedanken zu vertreiben. Ich wollte noch nicht aufgeben. Allein dieser Gedankengang ließ mich nervös schlucken. Was tat ich hier eigentlich gerade? Da war dieser wildfremde Mann, der mich so sehr faszinierte, dass ich alles stehen und liegen lassen würde, um bei ihm zu sein. Doch ich hatte auch das Gefühl, mehr zu ihm zu gehören als zu den

Wächtern oder den Bewohnern des Klosters. Irgendetwas war da, und ich wollte dem einfach auf den Grund gehen.

»Ich rede aber nicht gern darüber. Vor allem gibt es so viel, was dich betrifft, dass ich nicht glaube …« Er brach ab und ich hörte, wie er sich über sein Gesicht strich.

»Dass du was nicht glaubst?« Ich hob den Kopf und sah ihn an. Er wirkte ein wenig verloren und wusste wohl nicht so recht, was er sagen sollte.

»Tris, versprichst du mir, nicht gleich wegzulaufen, wenn ich dir alles erzähle? Vor allem das mit Pflegerin Gemma und Nachfolger Tian. Das wollte ich dir einfach nicht erzählen, bevor ich nicht sicher bin, ob es stimmt. Und das bin ich noch nicht. Lanaya sagte aber, dass sie dir schon einen Hinweis gegeben hat.«

»Machst du das hier nur, weil Lanaya es will?« Die Frage hatte ich gar nicht stellen wollen, da ich echt Angst vor seiner Antwort hatte, aber mein Mundwerk entwickelte immer öfter ein Eigenleben.

Er sah mich überrascht an. »Nein, ich mache das, weil ich mich in dich verliebt habe und nicht will, dass du gehst! Auch wenn ich denke, dass du dich eh nicht mehr aufhalten lassen wirst.«

Atme, Tris, atme!

Er hatte es tatsächlich ausgesprochen. Fahrig leckte ich mir über die Lippen, aber er erwartete gar nicht, dass ich darauf reagierte, denn er sprach einfach weiter.

»Die Geschichte mit Späher Tolan kennst du ja schon. Ja, es war Mutter Ria, die er mir abspenstig gemacht hat, und vielleicht hätte ich zumindest ihr verzeihen können, wenn sie sich nicht auf Dauer mit ihm eingelassen hätte.«

Seine Erzählung ließ es zu, dass ich mich wieder beruhigte und meine Atmung normalisieren konnte.

»Das Kind ist aber definitiv von Späher Tolan, oder?« Die Frage hatte mir die ganze Zeit unter den Nägeln gebrannt.

Avathandal bekam große Augen und nickte heftig. »Ja! Sie und Späher Tolan waren über ein Jahr lang ein Paar, bevor sie schwanger wurde. Das hätte mir noch gefehlt.«

Wenigstens eine Sorge weniger.

»Soweit ich weiß, habe ich keine Kinder.«

»Soweit du weißt?«

»Ich bin nicht der Einzige, der nicht über alles reden möchte, also wer weiß das schon so genau. Das ist bestimmt nicht das, was du hören willst, aber es gibt da eine Vergangenheit.«

Das war doch gar nicht mein Problem, warum verstand er das nicht?

»Anscheinend hast du mich gestern schon nicht verstanden. Es geht mir nicht darum, ob es eine Vergangenheit gibt. Ich würde es nur gern vorher wissen, bevor ich mit ihr konfrontiert werde. Wäre es so schwer gewesen, heute Morgen kurz zu sagen, wer Mutter Ria ist, damit ich das weiß? Ich möchte nicht mal alles wissen, ich will nur darauf vorbereitet sein, was mich erwartet!«

Avathandal sah mich eine Weile schweigend an, dann seufzte er. »Dann habe ich dich wirklich falsch verstanden.«

»Über Dinge, die nicht mich, sondern nur deine Vergangenheit betreffen, kannst du reden, wenn du so weit bist.« Ich legte meine Hand auf seine. »Es hinterlässt einfach ein ungutes Gefühl, wenn ich von jemand anderem erfahre, dass Lanaya gar nicht deine Schwester ist, ihr aber sehr vertraut miteinander umgeht. Genau das Gleiche gilt in Bezug auf Mutter Ria. Ich möchte diese Dinge von dir hören.«

Er nickte. »Du hast mich vorgestern im Wald gefragt, warum ich dir vertraue und dir das alles erzähle«, wechselte er das Thema.

Ich horchte auf. Jetzt schien es interessant zu werden.

»Deine Magie ist nicht menschlichen Ursprungs. Sie ist elfisch.«

Kein Gedanke war für mich greifbar. Ich wollte plötzlich so vieles fragen, aber mein Kopf war leer. Was meinte er damit?

War ich vielleicht gar kein Mensch? Hastig griff ich an meine Ohren und fuhr über die Rundung. Das war Unsinn und das wusste ich. Auch wenn ich versuchte, die Nerven zu bewahren, zitterte meine Stimme, als ich endlich eine Frage formulierte. »Was bedeutet das?«

Avathandal drehte sich nun komplett zu mir, dabei ergriff er mit beiden Händen meine freie Hand.

»Ich wollte dir das nicht erzählen, solange ich nicht eindeutig weiß, ob es stimmt. Aber du hast recht. Ich kann dich damit nicht überfallen. Ich hoffe, du hasst mich dafür nicht, denn ich hätte viel früher etwas sagen müssen.«

Er beunruhigte mich mit seinen kryptischen Aussagen und ich machte eine Kopfbewegung, die ihm andeutete, dass er aufhören sollte, um den heißen Brei herumzureden.

»Hör mir jetzt kurz einfach zu, bevor du mich unterbrichst. Schaffst du das?«

Ich nickte und er atmete noch einmal tief durch.

»An dem Tag, als wir uns das allererste Mal im Wald getroffen haben, bin ich nur aufgetaucht, weil ich dachte, es wäre eine Elfe, die nach mir gerufen hat. Niemals wäre ich die Gefahr eingegangen, von Wächtern entdeckt zu werden.«

Ich runzelte die Stirn und dann traf mich eine Erkenntnis. »Du wusstest alles! Du weißt, was die Wächter lehren und was den Menschen erzählt wird. Natürlich, die Spione klären euch auf. Wieso hast du mir dann in der Nacht am Lagerfeuer etwas anderes erzählt?«

Er lächelte und nickte anerkennend. »Ganze zwei Sätze, Tris. Weil wir bei den Wächtern schon lange keinen Spion mehr haben und es mich interessierte, was den neuen Rekruten erzählt und verheimlicht wird.« Er dachte über seine Worte nach. «Nein, anders: Ich habe den Auftrag erhalten, dich auszufragen.«

»Das bedeutet, dass du dich anfangs nur mit mir beschäftigt hast, weil du es musstest?«

»Ja, natürlich, da war die Blutschuld.«

Ich biss mir auf die Unterlippe.

Die Blutschuld war ein elfischer Brauch. Meine Magie war elfisch. Wieso hatte er mir das nicht schon eher gesagt?

Er hatte es mir eher gesagt!

»Du hast dich verraten und ich habe es nicht bemerkt. Gestern Abend am Waldrand sagtest du, dass der Wald nicht auf menschliche Magie reagiert! Am Königstag hast du mich aber aufgefordert, dem Baum selbst zu sagen, dass er uns die Fahne geben soll. Das hätte mir gestern schon auffallen können.«

Avathandal blinzelte mehrmals, überrascht von meinem schnellen Themenwechsel, und grinste dann. »Ja, ich habe mich in der Tat verplappert. Auch dass ich weiß, was den Menschen erzählt wird, habe ich schon einmal erwähnt. Als ich dich aufforderte, dir nicht mehr zu lange Zeit zu lassen mit einer Entscheidung.«

Ich dachte über seine Worte nach, und er hatte recht. Es hätte genug Hinweise gegeben, ihn vorher anzusprechen, aber ich hatte es wohl einfach nicht gemerkt.

»Die Entscheidung ist aber nun definitiv gefallen, oder?«, fragte er und ich nickte.

»Ich weiß nur noch nicht, wie das funktionieren soll. Entschuldige, ich habe dich eben unterbrochen. Du warst bei unserer ersten Begegnung im Wald. Machen wir doch erstmal da weiter.«

Avathandal hielt mir seine Hand hin, nachdem er sich schwungvoll von der Kiste hochgedrückt hatte.

»Na los, komm, lass und das draußen besprechen! Das Wetter ist wundervoll.«

Ich ließ mich mitziehen und aus dem Wagen führen. Umziehen konnte ich mich später noch.

Lanaya saß neben der Tür und sah uns neugierig entgegen. Sie hatte einen Haselnussast zwischen die Knie geklemmt und bearbeitete ihn mit einem sichelförmigen Messer.

»Darf ich euch rauslassen? Habt ihr euch ausgesprochen?«, fragte sie, während sie alles beiseitelegte.

»Noch nicht ganz, ich kann nur nicht die ganze Zeit drinnen sitzen. Ich sage dir Bescheid, wenn wir bereit zum Aufbruch sind«, sagte Avathandal und zog mich einfach weiter.

Er hatte recht. Der Tag war viel zu schön, um drinnen zu sitzen. Wir bezogen wieder unseren Platz am Holzzaun und saßen einen Moment schweigend da. Diesmal war dieser Teil des Lagers nicht einsam und verlassen und ich war mir sicher, dass die Elfen um uns herum in Hörweite waren, aber ändern konnte ich es nicht.

Mein Blick glitt über Avathandals Profil. Erst jetzt fiel mir auf, wie gebräunt seine Haut wirkte. Aber schließlich verbrachte er auch den ganzen Tag draußen.

Hinter uns bewegten sich die Pferde über das schon kurz gefressene Gras. Gestern Abend hatten wir uns hier zum ersten Mal geküsst. Der Gedanke daran ließ mich lächeln.

»Ich glaube nicht daran, dass es Zufall war, dass du Lanaya gerettet hast.«

Ich wollte Luft holen, um zu fragen, was er damit meinte, doch er brachte mich mit einem strengen Blick davon ab.

»Allerdings wird es Zufall gewesen sein, dass wir beide noch einmal aufeinandergetroffen sind. Du kamst mir von der ersten Begegnung an so bekannt vor und nachdem ich ein bisschen überlegt hatte, wurde mir klar, woher das kam. Ich schrieb an Pflegerin Gemma und Nachfolger Tian und die beiden konnten mir etwas weiterhelfen.« Avathandal hatte meine Hand nicht einen Moment lang losgelassen und jetzt sah er mich durchdringend an.

Ich wusste, dass er etwas Wichtiges sagen wollte, und mir rutschte das Herz in die Hose.

Mehrmals strich er mir über die Finger und versuchte einen Anfang zu finden, aber es schien nicht so einfach zu sein.

»Sag es! Wer sind die beiden?«

»Versprich mir, dass du mich ausreden lässt. Nur ein Mal, Tris!«

Ich wusste nicht, ob ich dieses Versprechen halten konnte, denn ich neigte einfach dazu, sofort zu unterbrechen, wenn mir etwas auffiel. Doch ich nickte.

»Pflegerin Gemma hat vor knapp zwanzig Jahren ein Kind bekommen. Es kann auch früher gewesen sein, da musst du sie selbst fragen. Sie und ihr Mann sind elfischer Abstammung, aber der Großvater von Pflegerin Gemma war ein Mensch. Das Kind war ebenfalls menschlich und sie musste es noch als Säugling weggeben, sonst wäre sie mit dem Rest ihrer Familie aus dem Clan ausgestoßen worden. Meine Vermutung legt nahe, dass du dieses Kind bist. Das würde deine Ähnlichkeit zu Nachfolger Tian erklären, denn dem bist du fast wie aus dem Gesicht geschnitten. Er wäre dann dein Bruder. Außerdem ist es dann nur logisch, dass deine Magie elfischen Ursprungs ist.«

Mehrmals leckte ich mir über die Lippen und versuchte meinen trockenen Mund loszuwerden. Nicht ich war verrückt, Avathandal war es.

»Wenn ein Elf und ein Mensch ein Kind zeugen, ist es fast immer menschlich.« Bei Eelea, warum wurde ich bitte jetzt rot? »In äußerst seltenen Fällen kann es ein Elf sein. Pflegerin Gemmas Mutter ist diese Ausnahme. Sie ist eine Elfe, ebenfalls sind Pflegerin Gemma und ihre Geschwister Elfen. Auch Nachfolger Tian und …« Er überlegte und tippte sich dabei ans Kinn.

Ich starrte ihn an. Nicht ein Mal hatte ich seine Erzählung und Erklärung unterbrochen. Das war untypisch für mich, aber in Anbetracht seiner Geschichte – meiner Geschichte – war ich einfach nur sprachlos.

»Jägerin Tadiana, ja, so heißt sie. Sie ist ebenfalls eine Elfe. Nur das jüngste Kind war ein Mensch und deshalb warf man Pflegerin Gemma Hurerei vor und ließ ihr die Wahl: entweder ihr Kind verstoßen oder es behalten, aber mit der ganzen Familie verstoßen werden. Glaub mir, die Entscheidung war nicht einfach, aber normalerweise hat man keine Wahl, denn das Überleben ist als Verstoßener nicht gerade einfach. Nachfolger Tian und ich haben vor einigen Jahren darüber gesprochen. Wir fanden das Thema auf dem Boden einer Flasche Honigmet.« Er machte eine wegwerfende Handbewegung. »Er sagte, dass Pflegerin Gemma noch heute darunter leidet.«

»Das ist verrückt. Wann hattest du vor, mir das zu sagen?«, fragte ich leise und total verunsichert.

»Ich weiß es nicht. Wahrscheinlich wie immer erst, wenn es schon zu spät ist.«

»Du meinst, wenn ich ihnen gegenüberstehen würde?«

Er nickte.

»Das ist verdammt dumm.«

»Das weiß ich, Tris. Glaubst du mir überhaupt?«

»Es klingt zu verrückt, um gelogen zu sein. Welchen Grund hättest du, so etwas zu erfinden? Außerdem war mir schon immer bewusst, dass meine Magie irgendwie anders ist. Sie ist deiner ähnlicher als jeder anderen, die ich im Kloster kennengelernt habe. Das ergibt mehr Sinn, als ich mir im Moment eingestehen möchte.«

Ehrlich gesagt war mir furchtbar mulmig zumute, aber es war nun mal, wie ich es gesagt hatte: Die Geschichte klang zu verrückt, um gelogen zu sein. Mir war nicht nur mulmig, mir war richtig schlecht. Wenn das stimmte, war alles, an was ich je geglaubt hatte, null und nichtig. Mein Herz schlug kräftig hinter meinen Rippen und ich versuchte das Gehörte irgendwie zu verarbeiten. Ich hatte Eltern. Und Geschwister!

»War das alles?«, wollte ich schließlich wissen. Ich war mit einem Mal furchtbar müde.

»Vorerst ja.«

Avathandal hatte sein Wort gehalten und mir erzählt, was er wusste. Jetzt war wohl ich dran, einfach zu vertrauen. Ich würde also bleiben und wir würden uns einen Plan ausdenken müssen, wie ich aus dem Lager herauskam, denn ich musste noch ein Mal zu den Wächtern zurück. Meine ganzen Sachen waren dort und meine Erinnerungen an mein altes Leben wollte ich auch nicht so einfach aufgeben. Es musste eine Möglichkeit geben.

Avathandal beugte sich zu mir und küsste mich auf die Wange, womit er mich aus meinen Gedanken riss.

Ich schloss die Augen und genoss das Gefühl meines schnellen Herzschlags und seiner Lippen auf meiner Haut. Ohne hinzusehen, legte ich meine linke Hand an seine Wange und drehte meinen Kopf so, dass ich ihn richtig küssen konnte. Es hatte uns heute Morgen doch eh schon jeder gesehen.

»Du gehörst hierher, das wusste ich von Anfang an. Deswegen habe ich dir vertraut. Du bist eine von uns«, flüsterte er und ich spürte, dass er recht hatte.

Kapitel 16

Mein Herz schlug so kräftig, dass ich sicher war, man müsse es um mich herum hören. Ich hatte schwitzige Hände und drehte mich immer wieder zum Waldrand um, aber Avathandal war schon verschwunden.

Ich würde nicht hier im Wächterlager bleiben können, das stand fest. Alles, was ich wollte, waren noch einige Antworten, mein Pferd und eine Andeutung, wann die königliche Armee hier auftauchen würde. Dann würde ich meine Sachen packen und verschwinden. Waghalsig und völlig verrückt, aber notwendig. Ich gehörte nicht hierher, aber die Idee, dass ich noch eine Weile unerkannt als Spitzel fungieren könnte …

Ich hielt meinen Blick gesenkt, als ich durch das Holztor trat. Mir war überhaupt nicht wohl dabei, hier herumzuschleichen, und ich hatte Angst, dass man mir meine Pläne an der Nasenspitze ablesen konnte.

Am liebsten hätte ich mich in meinem Zelt verkrochen und es bis zu meinem Aufbruch nicht mehr verlassen, aber so würde ich an keine Information gelangen. Wichtig war nun, dass ich die Nerven behielt. Troy wusste nichts von meinen Plänen, also konnte er mir theoretisch nichts tun. Doch ich sollte auf der Hut bleiben. Sobald mein Arm wieder einsatzbereit war, musste ich hier weg.

Mein erster Weg führte zu meinem Zelt, um meine Sachen zu wechseln und die getragenen waschen zu gehen. Nach dem Mittagessen stand bestimmt irgendein Training für mich an, was ich auch mit einer Schiene absolvieren konnte. Bis dahin würde ich mich allein umgezogen haben.

Ich traf einige Wächter, die mir zunickten. Einer von ihnen – es war Josh – wollte wissen, was ich mit meinem Arm angestellt hatte.

War mein Fehlen noch gar nicht aufgefallen?

Ich kniete mich vor mein Zelt und schlug den Vorhang zur Seite, als ich eindeutig Schritte hinter mir vernahm. Von mehreren Paar Schuhen. Und sie näherten sich meinem Zelt. Mit einem Blick über die Schulter kontrollierte ich, wer es war. Ich atmete tief durch, bevor ich aufstand und mich umdrehte. Vor mir standen Troy, der Captain und zwei höhergestellte Wächter.

»Tristana Causlin, ich verhafte dich hiermit wegen Desertion und Verbrüderung mit dem Feind!«

Das kam eindeutig von Troy, aber er klang nicht wie der Troy, den ich kannte. Seine Stimme war eiskalt und er starrte mich so hasserfüllt an, dass ich wirklich in Erwägung zog, zu träumen. Erst als sich keiner rührte, begann ich zu zittern. Es übernahm die Kontrolle über meine Hände und breitete sich über meinen ganzen Körper aus. Eiskalt lief es mir den Rücken hinab. Irgendwas lief hier gewaltig schief.

»Was ist eure Begründung?« Ich hielt meinen geschienten Arm hoch. »Ich war nicht in der Lage, früher wiederzukommen.« Meine Stimme klang unglaublich fest und ich wusste nicht, woher ich diese Stärke nahm.

Troy lachte kalt auf. »Du hast dich mehr als ein Mal unerlaubt von mir entfernt. Ich habe dich gewarnt, dass das Konsequenzen haben wird.«

Er log. Er log mir direkt ins Gesicht, und er hatte von der ersten Minute an, seit ich ihn kannte, nichts anderes getan, als zu lügen. Das Gerede über den Feind, deren böse Absichten.

In diesem Moment schwand der allerletzte Funke Misstrauen gegen Avathandal. Wie hatte ich das nicht sehen können?

»Das stimmt nicht«, sagte ich.

Das Zittern hatte nicht nachgelassen und mir liefen vor Angst Tränen über die Wangen. Warum wurden solche Dinge behauptet? War das Troys Art, seinen Kopf aus der Schlinge zu ziehen?

Ich wollte mich irgendwie verteidigen, Troys falsches Spiel aufdecken, aber ich war nicht in der Lage, mich anständig zu verteidigen. Mit zitternder Unterlippe und schlotternden Knien stand ich da, den geschienten Arm wieder nutzlos an der Seite hängend.

Der Captain schüttelte den Kopf und deutete auf mich. »Nehmt sie fest! Ich werde mir das nicht anhören!«

Für einen kurzen Moment dachte ich daran, sie mit meiner Magie aufzuhalten. Der Gedanke war noch nicht richtig bei mir angekommen, da riss etwas in mir und ich ging auf die Knie. Ich wusste nicht, ob ich es war, die schrie, oder ob der Schrei aus meinem Innersten kam.

Fakt war: Mein Körper brannte wie Feuer.

Die Wachen griffen nach mir und zogen mich hinter sich her. Ich war vor Schmerzen nicht in der Lage, richtig zu laufen, und stolperte mit ihnen mit. Auf meinen gebrochenen Arm wurde in keiner Weise Rücksicht genommen. Ich rutschte weg und versuchte mich irgendwie aufzurichten, aber noch immer wurde mir mein Mana entzogen. Jede Übung im Kloster war umsonst gewesen, denn erst jetzt merkte ich, wie furchtbar weh es tat, wenn ein Magier vollständig außer Gefecht gesetzt wurde. Keuchend und strauchelnd versuchte ich selbst zu laufen, aber meine Beine versagten mir immer wieder ihren Dienst.

Konnte ich nicht einfach ohnmächtig werden wie in dem Moment, als Avathandal mich aus dem Fluss gezogen hatte? So wie es aussah, wurde meine Bitte nicht erhört.

Die Wachen schleppten mich durch das ganze Lager und ich hatte nicht einmal die Möglichkeit, mich zu wehren oder gar zu fliehen. Ich hätte sie direkt angreifen sollen, als sie vor meinem Zelt aufgetaucht waren.

Die Schmerzen, die wie Wellen durch meinen Körper flossen, lösten Übelkeit aus und ich versuchte krampfhaft, jedes Würgen zu unterdrücken. Ich würde mich nicht vor ihnen übergeben. Ob mein Kiefer schmerzte, weil ich die Zähne zusammenpresste, oder ob es zu den Folgen des Manaentzuges gehörte, konnte ich nicht einschätzen.

Als sie mich endlich grob in eine Zelle stießen und der unerträgliche Schmerz aufhörte, begann ich zu schluchzen.

Ich war auf dem Boden gelandet und hatte mir den rechten Arm angeschlagen, der rot und pulsierend gegen diese Behandlung protestierte.

Immer noch zitterte ich wie Espenlaub und mir war schlecht. Während ich versuchte, mich aufzusetzen, schluckte ich hektisch den Speichel hinunter, der sich in meinem Mund ansammelte, aber es half nichts. Geräuschvoll erbrach ich mich auf den Boden meiner Zelle. Der Würgereiz wollte gar nicht mehr aufhören und immer wieder spuckte ich Galle. Es dauerte lange, bis ich mich wieder gefangen hatte.

»Warst du letzte Nacht bei ihm?«, fragte mich jemand von links.

Ich drehte langsam den Kopf. Meine Haare waren zerzaust und einige schwitzige Strähnen fielen mir ins Gesicht. Erst jetzt merkte ich, dass ich schweißgebadet war.

Es war Troy, der vielleicht schon die ganze Zeit vor meiner Zelle gestanden hatte. Er war völlig unbeeindruckt von meinem Zustand.

Während ich mehrmals ausspuckte, um den widerwärtigen Geschmack wenigstens etwas loszuwerden, trat er an die Gitterstäbe heran.

»Warst du bei ihm?«, fragte er erneut, diesmal lauter, und schlug mit der flachen Hand an das Metall. Es erzitterte und gab einen dröhnenden Laut von sich.

Ich zuckte zusammen und rutschte von Troy weg. Meinen gebrochenen Arm beachtete ich nicht mehr. Das Adrenalin, welches aufgrund meiner Panik durch meinen Körper strömte, ließ mich den Schmerz nicht spüren. Das Scheppern und Summen der Gitterstäbe klang in meinen Ohren nach und ich wollte mich am liebsten noch einmal übergeben. Wohin auch immer ich zu flüchten versuchte, das Geräusch jagte mich.

»Soll ich reinkommen und dich zum Reden bringen?«, wollte Troy wissen, während er nach den Schlüsseln in seiner Tasche fischte.

Kopfschüttelnd presste ich mich mit dem Rücken an die gegenüberliegende Seite der Zelle.

Er suchte den Schlüsselbund ab und schob dann einen von ihnen ins Schloss. Beim Drehen griff er an die Stäbe und rüttelte kurz, erst dann gab die Verriegelung nach.

»Ein letztes Mal: Warst du bei ihm?«

Ich nickte schluchzend und wischte mir mit dem Arm über Mund und Nase. Zu meinem Erstaunen hinterließ ich eine Blutspur auf meinem Unterarm. Erst jetzt sah ich die Flecken auf meinem Hemd. Der Manaentzug musste mir Nasenbluten beschert haben.

»Wie viele sind sie?«

Was?

»Rede!«

Was sollte das hier werden? Ich hatte doch selbst keine Ahnung. »Avathandals Clan umfasst vielleicht fünfzig Mann.«

Es war deutlich zu sehen, dass meine Antwort nicht zufriedenstellend war, aber eine andere hatte ich nicht.

Er schlug noch einmal gegen das Gitter und entfernte sich dann einige Schritte.

»Du wirst mir schon noch die Antworten geben, die ich haben will!«, prophezeite er, während er sich auf einen Stuhl fallen ließ.

Ich versuchte mich etwas zu beruhigen. Bis jetzt saß ich nur in einer Zelle. Es war nichts weiter passiert. *Noch nicht!* Vorsichtig steckte ich meinen pochenden Arm wieder in die Schlinge, die mir immer noch nutzlos um den Hals baumelte.

Um mir Ablenkung zu verschaffen, sah ich mich um, allerdings gab es nicht viel zu entdecken. Es gab sechs Zellen, meine war aber die einzige, die belegt war. Wir befanden uns nicht in einem Gebäude. Die Zellen standen frei auf einem Platz. Einfache Holzwände dienten als Sichtschutz um uns herum. Es irritierte mich, dass sie die Zellen nicht für jeden sichtbar aufstellten. Ein Tisch mit drei Stühlen, von denen Troy einen besetzte, stand in der Nähe.

Der Schmerz in meinem Körper klang langsam ab und ich spürte meine Magie wieder. Sie war am Boden und total verängstigt. Es würde dauern, sie wieder zur Mitarbeit zu überreden. Bis dahin war ich wehrlos.

»Warum sitze ich hier?« Vielleicht war es unklug, mein Glück herauszufordern, aber ich wollte Antworten.

»Das habe ich dir vorhin gesagt!«

»Das ist aber nicht die Wahrheit.«

Troy lachte und stand wieder auf. »Du erzählst mir auch nicht die Wahrheit, Tris.« Sein Ton war neutral, fast freundlich, und passte überhaupt nicht zu seinem vorherigen Verhalten. Er lehnte nun wieder an meiner Zelle und betrachtete mich.

Einen Moment lang sahen wir uns schweigend an, ehe ich den Blick senkte, um ihm nicht ins Gesicht sehen zu müssen.

»Was verspricht er dir?«, wollte Troy wissen und wandte sich mir komplett zu. Seine beschlagenen Handschuhe ließen die Gitterstäbe klingen. Er grinste, als er merkte, dass mir der Laut unangenehm war, und schlug den Handschuh mehrmals leicht gegen eine Strebe. »Welchen Grund hast du, uns zu verraten? Als ich dich damals in der Klosterbibliothek traf, warst du ganz wild darauf, eine Wächterin zu werden. Was ist passiert?«

Ich habe mich verliebt und erfahren, dass ich mit etwas Glück nie ein Mensch geworden wäre.

Ich sprach meine Gedanken nicht aus, sondern schwieg eisern. Das war nichts, was Troy etwas anging.

»Hast du mit ihm geschlafen?«

Ich war viel zu perplex, um rot zu werden. Stumm schüttelte ich den Kopf, auch wenn ihn *das* nun wirklich nichts anging. »Was verspricht der König euch für eure Dienste?«, fragte ich stattdessen. Das interessierte mich, seit mir Avathandal von dem falschen Spiel der Wächter erzählt hatte. Ich saß in einer verdammten Zelle, was hatte ich noch zu verlieren?

Troy warf den Kopf in den Nacken und lachte schallend. »Du bist an sich eine kluge junge Frau. Schade, dass du dich für die falsche Seite entschieden hast«, sagte er, nachdem er sich wieder beruhigt hatte.

Wenn er wüsste, was meine Entscheidung beeinflusst hatte.

»Da du eh nicht mehr lebend aus dieser Zelle herauskommen wirst, erzähle ich es dir vielleicht … morgen.«

Ein Knarren schreckte mich auf. Irritiert hob ich den Kopf und sah mich um, konnte im Dunkeln aber nicht viel erkennen.

Da war es wieder. Als ob jemand eine alte Tür öffnen und schließen würde.

»Erschreck dich nicht! Verhalte dich normal!«

Die Stimme kam nicht von außen, sie erklang in mir. Erschrocken hielt ich die Luft an. Ich hatte eine Vermutung, wer zu mir sprach, aber warum kam die Stimme von innen aus mir heraus? War es seine Magie, die da mit mir sprach? Konnte ich sie nur nicht fühlen, weil mein niedriger Manastand es nicht zuließ?

»Was?«, fragte ich irritiert und drehte den Kopf von links nach rechts. Gern hätte ich eine Lichtkugel erzeugt, aber meine Magie war noch nicht bereit, mir zu helfen.

Zu Troy hatte sich ein zweiter Wächter gesellt. Es war einer der Männer, die mich festgenommen und in die Zelle gebracht hatten. Ich hatte ihn nur kurz im Schein einer Fackel erkannt. Am Tisch, wo sie saßen, war es stockdunkel.

Holz kratzte über den Boden und den Geräuschen zu Folge waren sie aufgestanden und auf mich zugekommen.

»Hör auf, dich umzusehen, Tris! Das bringt uns nicht weiter. Hör mir zu!«

»Mit wem sprichst du?«, wollte Troy von mir wissen.

»Ignorier ihn. Ich schalte die Wachen gleich aus, aber der Zauber wirkt nicht lange! Sobald ich die Zelle geöffnet habe, rennst du! Wir treffen uns draußen.«

Ich wollte antworten und sagen, dass ich überhaupt nicht wusste, ob ich aufstehen konnte, aber dazu ließ mir Avathandal keine Gelegenheit. Seine Magie verhinderte für den Moment, dass ich einen Laut von mir geben konnte.

Ehrlich, dieser Mann dachte an alles.

Mein ganzer Körper tat immer noch furchtbar weh, als ich mich mit wackeligen Beinen hochstemmte. Unter Troys wachsamen Blicken und meinen Schwindel unterdrückend, tastete ich mich bis zur Zellentür vor.

»Was wird das, Tris?«, fragte er und wollte an das Gitter greifen, als er zusammenbrach. Seine Hand war immer noch nach mir ausgestreckt. Mein Blick flog zu dem anderen Mann, zumindest dorthin, wo ich ihn vermutete, aber mehr als das Geräusch eines umfallenden Sackes vernahm ich nicht. Nicht mal die Umrisse erkannte ich.

»Du rennst jetzt los, alles klar?« Jetzt war es deutlich Avathandals Stimme.

Ich nickte und nahm vorsichtig meinen Arm aus der Schlinge, damit er mich nicht beim Laufen behinderte.

Wie von Zauberhand löste sich der Schlüsselbund an Troys Gürtel und ein Schlüssel nach dem anderen schob sich in das Schloss meiner Zelle.

Was für eine Art Zauber war das?

»Nimm den direkten Weg, Tris. Schlag dich durch die Wächter, wenn es sein muss. Ich hoffe, du hast endlich verstanden, dass du mir komplett trauen kannst.« Er hatte den richtigen Schlüssel gefunden und die Tür meiner Zelle schwang quietschend auf.

Ohne mich noch einmal umzudrehen oder mich zu bedanken, rannte ich los.

Tatsächlich schaffte ich es ohne Zwischenfälle bis zu dem Tor, das zur Ebene führte. Ich hatte mich weder in meiner Hektik verlaufen oder war gestürzt, noch hatte man versucht, mich aufzuhalten. Einige Blicke hatte ich allerdings auf mich gelenkt, da es heute Morgen aufgefallen sein musste, wie mich die Wachen schreiend durchs Lager gezerrt hatten.

Natürlich war es verboten, das Lager allein zu verlassen, und das, was ich hier tat, fiel nun wirklich in die Kategorie Desertion. Wer hätte gedacht, dass ich einmal so weit gehen würde?

Mit fliegenden Füßen sprintete ich durch das Tor und wurde von der weiten Ebene begrüßt.

Mit einem Surren schlug links von mir etwas in den Boden ein. Ich brauchte nicht nachzusehen, um zu wissen, dass es ein Pfeil war. Die Wachen schossen auf mich! Der Himmel war klar und der Mond reichte als Lichtquelle aus, um mich auf der kahlen Ebene zwischen Lager und Wald zu sehen.

In dem Moment wurde mir bewusst, dass ich in der Falle saß. Die Wachen am Tor und auf dem Wall konnten in Ruhe zielen und mich abschießen. Panik wallte in mir auf, als sich in der Ferne eine Silhouette gegen den Wald abhob. Ich erkannte Avathandal auf seinem Pferd und war froh, dass er den merkwürdigen Zauber wieder aufgehoben hatte und nun wieder sichtbar war.

Er war bei mir, bevor sich ein Pfeil in meinen Rücken bohren konnte, und verlangsamte sein Pferd nicht merklich, sondern griff einfach nach meinem Arm, als er auf meiner Höhe war.

Wir hatten das nie geübt und ich war mir sicher, dass es nicht funktionieren würde, aber er schaffte es, mich schwungvoll aufs Pferd zu ziehen.

Es sah nicht elegant aus, wie ich da vor ihm über dem Pferderücken hing, aber das war jetzt definitiv zweitrangig.

Der Schutzschild, welchen Avathandal in dem Augenblick über uns zog, als ich auf dem Pferd lag, verursachte eine Gänsehaut auf meinen bloßen Armen. Keine Sekunde zu früh, denn nun prallte ein Pfeil daran ab und ich wollte gar nicht wissen, wo er uns getroffen hätte.

Das Pferd schlug einen Bogen und sprintete über die Ebene. Mein rechter Arm stieß immer wieder gegen die Schulter des schwarzen Tieres und ich biss die Zähne zusammen, da mir bedrohlich schwindelig wurde. Ich versuchte, so gut es ging, tief zu atmen und ruhig zu bleiben. Mir konnte nichts mehr passieren. Ich war in Sicherheit.

»Wie hast du mich gefunden?«, fragte ich zitternd, nachdem Avathandal mich im Wald von seinem Pferd gezogen hatte. Er stützte mich, führte mich zu einem Baumstamm und ließ mich erst los, als ich saß. Anscheinend waren wir weit genug vom Waldrand entfernt, um uns auszuruhen. Ganz vorsichtig legte er mir die Schlinge wieder um.

»Deine Magie hat mich gefunden.«

Bevor ich antwortete, ließ ich mich an seine Schulter sinken. Ich schloss meine Augen und versuchte mich zu entspannen. Hier gab es nur noch die Geräusche des Waldes um mich herum und das tiefe, kontinuierliche Atmen von Avathandal. Leises Rascheln im Unterholz schreckte uns nicht auf. Es waren nur Mäuse oder Igel. Wäre es ein ungebetener Gast, würde Avathandal es wissen.

»Schläfst du?«, fragte er, nachdem ich eine Weile stumm dagesessen und seine Nähe genossen hatte.

»Nein, dazu tut mir der Arm zu sehr weh.« Ich fuhr mir seufzend durch die Haare und löste den Zopf, den mir Lanaya heute Morgen fein säuberlich gebunden hatte, da ich es allein nicht konnte. Nie zuvor hatte ich einen so ordentlichen Zopf getragen.

»Ich habe es nicht geschafft, meine Magie loszuschicken. Die Arschlöcher haben mir mein Mana entzogen. Noch nie in meinem Leben hatte ich solche Schmerzen.« Und noch nie in meinem Leben hatte ich so geflucht.

»Manaentzug ist nicht schön. Was war ich froh, als Bewahrer Loyd diese Übung als abgeschlossen erklärte. Du willst nicht wissen, wie oft ich anfangs schreiend zu Boden gegangen bin.«

Langsam hob ich den Kopf und sah ihn an. »Bewahrer Loyd ist ein passiver Magier?«

»Was, beim weißen Pferd von Giia, ist ein passiver Magier?«

»Ein passiver … Warum weißt du das nicht?«

Wir sahen uns verwirrt an und wussten anscheinend beide nicht genau, was wir davon halten sollten.

Aus einem Grund, den nicht nachvollziehen konnte, mussten wir lachen – wobei mir immer noch nach heulen zumute war – und ich lehnte mich dabei wieder an ihn. Vielleicht war das unsere Art, mit dem Stress umzugehen.

»Ich habe meine Magie nicht bewusst losgeschickt. Sie wird gewusst haben, dass ich in dieser Situation Hilfe brauchte, und was liegt da näher, als dich aufzusuchen?«, sagte ich, nachdem ich mich wieder gefangen hatte.

»Hm …«, machte Avathandal und strich mir mit einer Hand über den Kopf, ehe er einzelne Strähnen durch seine Finger gleiten ließ.

»Erklär mir bitte, was ein passiver Magier ist. Ich nehme nicht an, dass es ein Magier ist, der sich nicht beteiligt.«

Ich lachte auf und schüttelte den Kopf. »So blöd es klingt, aber du hast in gewisser Weise recht. Ich kann Zauber wirken. Ein passiver Magier kann das nicht. Er kann lediglich Mana entziehen und die Kontrolle über einen anderen Magier erlangen, um ihn so zu befehlen.«

Avathandal zog zweifelnd die Stirn kraus, ehe er verneinte. »Davon habe ich noch nie gehört. Ich kann bewusst mit meiner Magie arbeiten, aber ich kann auch die Kontrolle übernehmen oder Mana entziehen. Außerdem bin ich in der Lage, Mana abzugeben, um den Zauber eines anderen zu verstärken. Ich gehe davon aus, dass auch du das alles beherrscht, es nur einfach nicht weißt.«

Das war faszinierend. Gab es diese Aufteilung nur bei menschlicher Magie? Und wenn ja, warum?

»Weißt du, woher es kommt, dass die menschliche Magie anders ist als die elfische?«

»Nein, ich habe keine Ahnung. Ich denke, dass es sich über die Zeit einfach so ergeben hat. Allein, dass es Menschen gibt, die diese Gabe nicht beherrschen …« Er ließ seine Hand weiterhin durch meine Haare gleiten und lockerte dabei vorsichtig einzelne Knoten.

»Sind etwa alle Elfen magisch begabt?«, wollte ich wissen und drehte mich ein wenig, damit er besser an meine Strähnen kam.

»Ja!« Es ziepte, als seine Finger an einem Knoten in meinen Haaren hängen blieben, und ich verzog das Gesicht. »So ungern ich es sage, aber du solltest sie abschneiden. Einige Knoten werden sich nicht lösen lassen.« Er hielt mir eine Strähne vors Gesicht, die völlig verfilzt war.

»Im Kloster hatte ich eine Bürste und konnte meine Haare pflegen. Das war hier nicht möglich.« Ich seufzte tief. Meine langen Haare waren das wenige, worüber ich selbst hatte bestimmen können.

»Eine Bürste ist kein Problem, die kannst du bekommen. Ich frage morgen Lanaya, sie hat auch lange Haare. Sie kann dir sicher helfen.« Er machte eine kurze Pause, ehe er weitersprach. »Meinst du, wir können zu meinem Clan weiterreiten? Ich hatte dich eigentlich nur richtig auf das Pferd setzen wollen, aber du warst so zitterig und blass, dass ich dachte, eine Pause könne nicht schaden.«

Ja, ich war müde und es reichte mir für heute. Ich war vorerst bedient, was die Wächter anbelangte. Im Laufe des Tages waren reichlich neue Inspirationen für Albträume hinzugekommen und ein bisschen fürchtete ich mich schon vor dem Schlafen.

»Ich muss dir noch etwas sagen.« Avathandal stoppte mich auf halbem Weg zu seinem Pferd.

Wollte ich es überhaupt hören?

»Ich hatte heute echt Angst um dich. Mach das nie wieder! Es wäre sehr schade, wenn … ich dich jetzt wieder verlieren würde.« Er grinste unsicher und fuhr sich dabei mit der Hand über den Nacken.

»Ich habe nicht vor, das zu wiederholen. Ich würde gern mal wieder eine Nacht durchschlafen können, ohne von meinen Erinnerungen gejagt zu werden.«

»Das kann ich nachvollziehen.« Avathandal ließ seinen Blick schweifen.

»Was ist? Du siehst so aus, als wäre da noch etwas.«

Er seufzte. »Wir haben heute Besuch bekommen.«

Ich machte eine Handbewegung, die ihm zeigen sollte, dass er Klartext reden sollte.

»Pflegerin Gemma und Nachfolger Tian.«

Kapitel 17

Das geschäftige Treiben, mit dem uns der Clan am frühen Abend empfing, wirkte unglaublich beruhigend auf mich. Der Schmied und der Zimmermann arbeiteten noch und mitten im Lager lag ein riesiger Baumstamm, an dem mehrere Männer und Frauen beschäftigt waren. Es war faszinierend zu beobachten, wie sich jeder einbrachte. In großen Platten wurde die Rinde abgeschält, dann wurden ganze Blöcke aus dem Stamm gesägt, lange, gerade Äste gesammelt, ebenso wie krumme und zerbrochene Exemplare. Die Blätter lagen auf Haufen geschichtet beisammen.

»Ist das der umgestürzte Baum von … gestern? War das wirklich erst gestern?«, fragte ich Avathandal irritiert.

Er nickte.

»Wofür wird das alles verwendet?«

Ich nickte vielen Elfen im Vorbeigehen zu, wenn sie ihre Arbeit unterbrachen und zu uns sahen.

»Daraus machen wir Bretter für die Wagen, Jagdwaffen, Schmuck, Pfähle für die Umzäunungen der Pferde …«, zählte er auf, als ich nach seinem Arm griff, um ihn zu unterbrechen.

»Mein Rucksack ist noch im Lager der Wächter. Darin ist ein kleines Schmuckkästchen, das ich mir von meinem eigenen Geld in der Zeit im Kloster gekauft habe.«

»Ich kann mir vorstellen, dass du sehr an dem Teil hängst, aber keine zehn Pferde bringen mich da noch mal hin.«

»Mein Pferd ist aber auch noch bei ihnen«, versuchte ich es noch einmal. Ja, ich wollte nichts mehr mit den Wächtern zu tun haben, aber es fühlte sich nicht richtig an, meine Erinnerungen an das Kloster auch dort zurückzulassen.

»Sieh mich nicht so an. Ich überlege mir etwas«, seufzte Avathandal und hob mahnend den rechten Zeigefinger. »Gewöhn dich nicht daran! Der Blick wirkt nicht immer.«

Ich nickte dankbar, hakte mich bei ihm unter und zusammen gingen wir zum Lagerfeuer. Solange ich den Arm nicht bewegte, tat er erstaunlich wenig weh. Trotzdem war es bestimmt nicht verkehrt, vor dem Schlafengehen einen schmerzstillenden Tee zu trinken. Einige Elfen, die nicht halfen oder eine andere Aufgabe bekommen hatten, erwarteten uns am Feuer.

»Lanaya, wer war heute für den Tee zuständig?«, fragte Avathandal und betrachtete den fast leeren Topf über dem Feuer.

Aufgebrühte Pflanzen und Kräuter schienen hier in rauen Mengen verzehrt zu werden. Zum Glück trank ich sehr gern Tee und hatte demnach nichts dagegen.

»Du, Avathandal. Nachdem du heute Morgen getürmt bist, hat sich aber keiner mehr darum gekümmert.«

Er stutzte und spitzte die Lippen. »Dann mache ich mal welchen.«

Unsicher grüßte ich nun Lanaya, als sich Avathandal von uns abwandte. Ihre Begrüßungen brachten mich immer wieder durcheinander. Jeder andere wartete, bis ich gegrüßt hatte, nur die beiden nicht.

»So wie du aussiehst, solltest du dich umziehen und waschen«, sagte Lanaya, nachdem sie mich von oben bis unten gemustert hatte. »Natürlich nicht in dieser Reihenfolge.«

»Ich könnte Hilfe gebrauchen«, gab ich zu.

Lanaya nickte fragend zu Avathandal, der die Stirn in Falten legte und leicht den Kopf schüttelte. Er nahm gerade den Topf vom Feuer, um ihn wieder aufzufüllen.

»Ich bin tatsächlich irritiert, aber nun gut. Komm mit, Gadesh Tris!«

Wir liefen nebeneinander zu ihrem Wagen. Sie nahm eine Schüssel von einem Stapel neben der Tür und schöpfte damit Wasser aus dem großen Kessel am Feuer, bevor Avathandal Kräuter hineingeben konnte. War ich so verdreckt, dass sie warmes Wasser zum Waschen brauchte?

»Was meintest du damit, dass du irritiert bist?«, wollte ich wissen, als Lanaya gerade meine Schiene löste, damit ich mich ausziehen konnte.

Wir saßen auf derselben Kiste, auf der Avathandal und ich heute Morgen gesessen hatten. Neben uns schwebte eine Lichtkugel, die die Hütte beleuchtete.

»Wie sage ich das, ohne meinen Bruder zu schlecht dastehen zu lassen?« Sie half mir, das Hemd über den Kopf zu ziehen, und legte es zur Seite.

»Er redet nicht gern, aber was Taten angeht, ist er nicht gerade schüchtern. Ich hatte einfach etwas anderes angenommen.« Sie machte eine wegwerfende Handbewegung und tauchte den Lappen ins Wasser, bevor sie mir den linken Unterarm wusch, an dem immer noch Blut klebte. Ich musste gar nicht genauer nachfragen, was sie meinte. Es reichte auch so völlig aus, um mir die Hitze ins Gesicht zu treiben. Sie hatte doch nicht wirklich vermutet, dass … Erst als sie mir eine Hand unters Kinn legte, um mein Gesicht zu säubern, wurde mir bewusst, dass ich im Moment wohl nicht gerade hübsch aussah.

»Ist es sehr schlimm?«, fragte ich nach, als sie den Lappen erneut auswrang.

»Es ist schon in Ordnung. Bist du sonst irgendwo verletzt?«

Ich schüttelte den Kopf.

»Avathandal hat mir erzählt, dass du durch meine Geschichte schlecht geträumt hast. Nimm dir das nicht so zu Herzen, Gadesh Tris.«

Ich wollte etwas erwidern, als draußen laute Stimmen zu hören waren.

Lanaya sah genauso verwirrt aus, wie ich es war. Sie hielt mir eines ihrer Hemden hin, was dem ähnelte, das ich gestern getragen hatte.

Vorsichtig schob ich meinen rechten Arm durch den Ärmel.

Die Stimmen waren lauter geworden und nun konnte ich Avathandal heraushören. Er stritt mit einer Frau. Mehrmals fiel mein Name und als ich das Hemd gerade richtig angezogen hatte, wurde die Tür zu Lanayas Wagen aufgerissen.

Noch bevor die Frau, die jetzt in der Tür stand, etwas sagen konnte, wusste ich, wer da vor uns stand. Ihre Haare hatten exakt den gleichen Farbton wie meine und den Leberfleck in der rechten Augenbraue kannte ich wie keinen zweiten. Die Elfe ähnelte mir sehr, doch sie war älter als ich und hatte mehr Falten im Gesicht. Und natürlich durfte man die spitzen Ohren und die Tätowierung nicht vergessen. Ihre war weiß wie Avathandals und zog sich vor allem über Stirn und Schläfen. Aber abgesehen davon sah sie mir sehr ähnlich.

»Trisajia?«, fragte sie und ich schüttelte den Kopf.

»Tristana«, erwiderte ich.

Sie verzog das Gesicht und legte die Stirn in Falten. Fragend sah sie zwischen Avathandal, der mittlerweile in der Tür aufgetaucht war, und Lanaya hin und her.

»Warum heißt du Tristana? Das ist nicht der Name, den ich dir gab.« Sie kam auf mich zu und betrachtete mich eingehend, während Lanaya die Schiene an meinem Unterarm befestigte.

»Ich weiß es nicht. Ich kenne nur diesen Namen.«

Beide Wörter klangen fast gleich. Hatten die Menschen meinen richtigen Namen einfach nicht aussprechen können und ihn vereinfacht?

»Wollt ihr euch in Ruhe unterhalten? Dann gehen wir.« Lanaya stand schon an der Tür, eine Hand auf Avathandals Schulter gelegt, um ihn mitzunehmen. Ich konnte nicht verhindern, dass ein Funke Eifersucht aufflammte. In regelmäßigen Abständen brannte sie in mir und erinnerte mich daran, dass die beiden keine Geschwister waren, da konnten sie, so oft sie wollten, das Gegenteil behaupten. Ich versuchte über diesen Umstand hinwegzusehen, aber es klappte nicht immer.

»Ich … Bleibst du hier, Avathandal?«, fragte ich und rutschte auf der Kiste zur Seite, damit er sich setzen konnte.

Er nickte und ließ sich neben mich sinken, während Lanaya die Tür hinter sich zuzog. Ihre Lichtkugel verfärbte sich merklich, wurde intensiver und wechselte von Blau zu Grün. Avathandal hatte ihren Zauber einfach übernommen.

Die Kiste knarrte bedrohlich und ich sah ihn skeptisch grinsend an.

»Zu schwer, Tris?«, unkte er und griff nach meiner Hand, die ich schon erhoben hatte, um ihn spaßeshalber mit dem Ellenbogen anzustupsen.

Ich wusste nicht, ob er es absichtlich getan hatte, aber er saß so nah neben mir, dass sich unsere Schultern und Knie berührten.

»Du weißt, wie alt sie ist, Nachfolger Avathandal«, lenkte Pflegerin Gemma die Aufmerksamkeit auf sich. Sie hatte sich auf eine andere Kiste links von uns gesetzt. Es war keine Frage ihrerseits, sondern eine Feststellung.

Er ließ meine Hand los und legte seine linke auf meinem Knie ab.

»Ja«, sagte Avathandal schlicht.

»Du nutzt aus, dass sie nicht unter unser Recht fällt.«

»Ja«, sagte er erneut.

Ich fasste meine Haare zu einem Zopf zusammen und legte ihn mir über die linke Schulter. Ich hasste es, meine Haare offen zu tragen.

»Was für ein Recht?«, fragte ich einfach freiheraus in den Raum. Einer von ihnen würde meine Frage beantworten können.

»Wärst du kein Mensch, wäre das da«, sie deutete auf seine Hand auf meinem Bein, »bis zu deiner Weihe in acht Jahren verboten. Da du aber ein Mensch bist, gilt das nicht für dich, ob du bleibst oder nicht.«

Die Weihe war das Ritual, bei dem ein jeder seine Tätowierung bekam, der 25. Geburtstag. Ab diesem Tag war man offiziell erwachsen, durfte sich einen Partner suchen und heiraten. Avathandal hatte mir kurz davon erzählt. Acht Jahre würde es bis zu meiner Weihe dauern, wenn ich kein Mensch wäre. Acht Jahre, in denen ich mich Avathandal nicht hätte nähern dürfen, nicht auf diese Art und Weise.

Pflegerin Gemma – Mutter klang selbst in meinen Gedanken merkwürdig – fixierte noch eine Weile unsere offensichtliche Nähe, ehe sie mich ansah. »Hübsch bist du. Wie deine Schwester in dem Alter.«

Das klang furchtbar ungewohnt in meinen Ohren. Nie hatte ich eine Familie besessen und nun saß eine Frau vor mir, die sich meine Mutter nannte.

Seufzend zog ich die Beine auf die Kiste und lehnte mich an Avathandal. Seine Hand, die eben noch auf meinem Knie gelegen hatte, strich mir nun über die Haare.

»Seit wann?«, fragte sie nach einem Moment der Stille.

Ich bekam heiße Ohren. Jede Frage konnte sie mir stellen, aber mein Körper reagierte sofort mit Scham, sobald das Thema auf uns, oder eher auf das zwischen uns, gelenkt wurde.

»Du wirst lachen. Seit gestern«, antwortete ihr Avathandal.

»Es gefällt mir nicht«, sagte sie langsam und schob ihre Augenbrauen dabei zusammen, sodass sich über ihrer Nase eine Falte bildete.

»Das sehe ich, doch ist das nicht deine Entscheidung, Pflegerin Gemma.«

Ich sah zwischen den beiden hin und her. Mir gefiel die Spannung nicht, die plötzlich in der Luft lag. Sie war beinahe so greifbar wie die Magie um uns herum, auch wenn ich sie immer weniger bewusst wahrnahm.

»Du hast recht! Ich möchte es mir auch nicht mit dir verderben, Nachfolger Avathandal. An sich verstehen wir uns ja.« Sie warf einen nachdenklichen Blick zu mir, den ich neugierig erwiderte.

Es überraschte mich nicht einmal, dass sie ein ungutes Gefühl hatte, wenn ich doch so viele Jahre jünger war. Aber Elfen alterten langsamer als Menschen und hatten eine weit höhere Lebenserwartung. Wahrscheinlich fiel ich deswegen nicht unter ihr Recht, wenn ich blieb.

»Es ist ganz allein ihre Entscheidung. Du kennst mich!« Avathandal nickte in meine Richtung und Pflegerin Gemma seufzte.

»Ich weiß nicht, ob mich das beruhigen soll. Nun erzähl aber, wie du aufgewachsen bist!«, forderte sie mich schließlich auf.

Wir saßen bis spät in die Nacht zusammen und tauten langsam, aber sicher im Umgang miteinander auf.

Lanaya und Nachfolger Tian kamen noch dazu, brachten einen kleinen Topf Tee mit und ich bekam Schmerzmittel verabreicht, wobei mir auffiel, dass mein Arm über den ganzen Geschichten gar nicht mehr wehtat.

Ich erzählte vom Kloster, von Lilly, den Wächtern und Troy. Soweit es ging, versuchte ich meine Zeit bei den Wächtern genau zu beschreiben. Selbst meine Gefangennahme ging ich noch einmal durch, obwohl es mich wirklich Nerven kostete. Ich merkte aber auch, dass es guttat, darüber zu reden.

Nachfolger Tian erzählte mir von dem Clan, in dem ich aufgewachsen wäre, wenn ich hätte bleiben dürfen. Ich erfuhr auch noch einmal die genauen Umstände, denen es zu verdanken war, dass ich es nicht gedurft hatte.

Jeder Clan hatte ein bestimmtes Muster in den Tätowierungen, an denen man die Zugehörigkeit erkannte, auch wenn jedes Tattoo individuell war. Wurde nun ein Elf mit einer Tätowierung ausgeschlossen, setzte man ein Brandmal auf diese bestimmte Stelle. Jeder erkannte so den Ausgestoßenen und es war für ihn schwer, in einem anderen Clan Anschluss zu finden.

Laut Nachfolger Tian war die Entscheidung des Bewahrers von vornherein falsch gewesen. Der Bewahrer kannte meine Familie – wie sich das anhörte – lange genug, um zu wissen, dass ich denselben Vater hatte wie Nachfolger Tian und Jägerin Tadiana, aber das hatte zu der Zeit nicht gezählt. Fakt war, dass ich menschliche Gene trug und meine Geschwister nicht. Dass mein Urgroßvater ein Mensch gewesen war, hatte den Bewahrer nicht interessiert, ansonsten wäre ich ja nicht bei den Menschen im Kloster gelandet.

Ich wollte mir gar nicht vorstellen, wie es uns ergangen wäre, wenn meine Eltern darum gekämpft hätten, dass ich bei ihnen bleiben durfte. Ich konnte meiner Familie nicht böse sein, ich kannte sie ja gar nicht wirklich. Außerdem saß ich jetzt zwischen ihnen. War es nicht das, was am Ende zählte?

»Ich weiß ja nicht, wie es euch geht, aber ich schlafe hier gleich ein«, murmelte Lanaya, die schon lange mit geschlossenen Augen an eine Wand gelehnt auf dem Boden saß.

Ich nickte und Nachfolger Tian streckte sich.

»Eine Frage habe ich noch. Nein, es sind sogar zwei. Wieso gibt es nur sehr lange oder recht kurze Namen? Lanaya scheint eine Ausnahme zu sein, da ihrer weder übermäßig lang noch ungewöhnlich kurz ist.«

»Das kommt auf den Geburtsort an. Hier im deth ará sind die Namen sehr kurz. Je näher wir der Hauptstadt kommen, desto länger werden sie.« Nachfolger Tian deutete auf Pflegerin Gemma. »Mamma ist die Ausnahme. Obwohl sie in Havaris zur Welt kam, ist ihr Name sehr kurz. Avathandal hat einen langen Namen, der seiner Herkunft gerecht wird. Ich wurde ebenfalls im deth ará geboren. Tadiana und du, Trisajia, ihr kommt aus der Hauptstadt.« Er weigerte sich beständig, mich Tristana zu nennen. »Verrate du mir bitte noch etwas. Warum nennt Avathandal dich nur Tris? Das erscheint mir merkwürdig.«

Die Frage irritierte mich, aber ich hatte mittlerweile Erfahrungen mit seltsamen Fragen gemacht.

»Weil er bis heute gar nicht wusste, dass ich Tristana heiße. Ich habe mich ihm nur als Tris vorgestellt.«

»Warum gibst du dir einen anderen Namen?«

Ich blies die Wangen auf und schnaufte. Auf diese Frage wusste ich nun wirklich keine Antwort. Tris war eine kurze Variante meines Namens, ganz einfach.

»Das ist eine Eigenheit der Menschen, Nachfolger Tian. Für uns hat ein Name eine Bedeutung. Bei den Menschen gibt man sich einfach einen neuen, wenn einem der eigene nicht gefällt«, erklärte ihm Avathandal und das klang so logisch, dass ich es so stehen ließ.

Nachfolger Tian nickte und wandte sich dann wieder an mich.

»Du hattest noch eine zweite Frage, Trisajia.«

Es war wohl Zeit, mich an den Namen zu gewöhnen.

»Ja, Nachfolger Tian. Ihr habt verschiedenfarbige Tätowierungen. Warum?«

»Der Geburtsort ist auch hier wieder entscheidend. Im deth ará sind sie grün, in Havaris weiß, demnach wird auch deine Zugehörigkeit weiß sein. Etwas anderes steht dir als Mensch leider nicht zu.«

Ich wusste nicht, ob ich das wirklich schade finden sollte.

»In den Bergen tätowiert man in Blau und an der Küste hinter Havaris sind die Linien lila.«

»Bevor ihr jetzt doch noch ein neues Thema findet, beende ich den Abend!« Lanaya verbeugte sich. »Gute Nacht.«

Als ich von der Kiste rutschte, merkte ich, dass ich Muskelkater hatte, und das nicht zu knapp. Ich stöhnte und lief zwei steife Schritte.

»Das ist der Manaentzug, *Trisajia*.«

Ich warf Avathandal einen langen, müden Blick zu, der deutlich klarstellen sollte, was ich davon hielt, wenn er mich jetzt auch so nannte.

Während ich die Stufe vor Lanayas Wagen hinunterstieg, klammerte ich mich an Avathandals Hand, um nicht zu fallen. Hinauf zu seinem Wagen musste er mich auch mehr ziehen, als dass ich allein gehen konnte.

»Wieso kannte ich deinen vollständigen Namen nicht?«, fragte er, sobald die Tür hinter uns verschlossen war und er eine kleine, grüne Lichtkugel beschworen hatte, damit wir etwas sehen konnten.

Der Wagen rumpelte und wackelte, als ich mich umständlich auf den Hintern fallen ließ. »Hier darf man auch nichts Schlimmeres anstellen, als zu schlafen«, murmelte ich und zog mir die Strümpfe von den Füßen.

»Das hält der Wagen aus, keine Sorge.«

Ich starrte ihn an und wurde rot. Hatte ich das gerade laut gesagt? Sollte ich mich korrigieren, dass ich es nicht so gemeint hatte? Der Satz war mir nur herausgerutscht, es war nichts, was ich …

»Ganz ruhig«, unterbrach Avathandal sanft meine wirren Gedanken, die er wohl auf meinem Gesicht erkennen konnte, und kam zu mir, um sich neben mich zu setzen. Das grüne Licht folgte ihm und warf flackernde Schatten an die Wände. »Wieso kannte ich deinen richtigen Namen nicht?«, fragte er erneut und zog eines der Felle unter sich hervor, um es auszuschütteln.

Ich schüttelte hustend den Kopf. »Ich mag den Namen Tristana nicht so gern, deswegen war ich froh über die kurze Variante.«

»Namen haben Bedeutungen, die nimmt man ihnen dadurch.«

»Das wusste ich nicht.«

Er sah mich noch immer skeptisch an und ich strich ihm durch die Haare. Ich mochte ihre Farbe und die Länge war wunderbar zum Reingreifen. Ich ließ meine Hand in seinen Nacken wandern und zog ihn zu mir.

Er grinste, bevor seine Lippen meine berührten. Der Kuss war kräftig und Avathandal übte Druck aus, sodass ich mich schließlich nach hinten sinken ließ. Wie elektrisiert stellten sich die Haare an meinen Armen auf. Seine Hände stützte er links und rechts von mir ab. Ich seufzte und er nahm es als Aufforderung, weiterzumachen. Während seine Zunge an meine Unterlippe stieß, zog sich die Gänsehaut über meinen ganzen Körper und ich konnte ein Stöhnen nicht mehr unterdrücken. Unsere Zungen begannen zu tanzen und um die Vorherrschaft in meinem Mund zu kämpfen. Avathandal schmeckte nach dem Tee von heute Abend und einem Hauch Honig.

Eine seltsame Leere und Kälte ließ er zurück, als er den Kopf hob, um mich anzusehen. Mein Herz galoppierte in meiner Brust und ich wollte ihn am liebsten gar nicht mehr loslassen.

Die Lichtkugel war erloschen und mehr als Avathandals Umrisse konnte ich nicht erkennen. Das Licht, welches vom Lagerfeuer durch die Ritzen in den Wagen kroch, reichte einfach nicht aus, um mehr zu sehen.

»Welchen Namen bevorzugst du?«

Ich zwinkerte einige Male, da ich das Gefühl hatte, ein bisschen weggetreten zu sein. »Der Gewohnheit wegen wäre mir Tris ganz lieb. Da ich aber schon festgestellt habe, dass das einige nicht akzeptieren können, sollte ich mich vielleicht an den Namen gewöhnen, der von Anfang an für mich bestimmt war.«

»Wenn du das möchtest. Du solltest morgen nachfragen, was er bedeutet.« Avathandal legte sich neben mich und ich rutschte an ihn heran. Meinen gesunden Arm legte ich über seine Brust. Mein Herzschlag hatte sich keine Sekunde lang beruhigt. Nie zuvor hatte ich so vertraut und so nah neben einem Mann geschlafen. Letzte Nacht hatte ich mich einfach nicht getraut, ihm so nah zu sein wie jetzt.

»Gute Nacht, Avathandal«, flüsterte ich in die Dunkelheit, als ich sicher war, wieder eine Stimme zu besitzen.

»Gute Nacht, Trisajia.«

Einige Minuten war es still, bis mir noch etwas einfiel. »Bist du noch wach?«, fragte ich flüsternd.

Er grummelte unverständlich, aber ich glaubte, ein »Ja« herauszuhören.

»Als Troy und ich das erste Mal in euren Wald ritten …«

Avathandal unterbrach mich, indem er sich aufsetzte und die kleine Lichtkugel wieder beschwor. »Jetzt bin ich wach.«

»Als Troy und ich das erste Mal in euren Wald ritten, sagte er mir, dass wir Magier da sind, um ihn zu studieren, ein Muster zu erkennen. Aber alles, was wir Tag für Tag taten, war, stumpf den Waldrand entlangzureiten und Ausschau nach was auch immer zu halten.«

»Was meinst du mit Muster?«, wollte Avathandal wissen und ich sah, dass er die Stirn in Falten gelegt hatte.

»Troy erklärte mir, dass man sich in dem Wald verirrte, wenn man nicht am Rand blieb, da die Bäume ihre Position veränderten. Deswegen käme man auch nicht zu euch durch.«

Und plötzlich fügte sich in meinem Kopf ein Puzzle zusammen. Es ging Troy gar nicht um den Wald oder den Schutz der Menschen. Es ging ihm einzig und allein darum, mehr über die Elfen herauszufinden. Für den König. Mich hatten sie auserkoren, an die Informationen zu gelangen. Als ihnen klar geworden war, dass ich die Seite gewechselt hatte, wollten sie mich loswerden. Troy hatte mich von Anfang an benutzt und ich hatte es nicht bemerkt. Ich schüttelte über mich selbst den Kopf.

»Gibt es denn ein Muster?«, fragte ich und unterdrückte ein Gähnen. Ich war mir aber sicher, dass ich meine Frage vergessen hätte, wenn ich sie jetzt nicht losgeworden wäre.

»Das Verschieben der Bäume ist nur eine optische Täuschung.« Damit bestätigte Avathandal meine Vermutung. Ich hatte es nie selbst erlebt, aber so etwas in die Richtung hatte ich mir gedacht.

»Das heißt, wenn ich mir ein Knäuel Wolle nehmen würde, den Anfang festbinde und mich vom Waldrand entferne, finde ich trotzdem zurück?«

»Nein, so einfach ist es nicht. Der Wald würde dich durchschauen und den Faden kappen. Glaubst du nicht, dass das die Männer des Königs nicht schon versucht haben? Auch Markierungen, in die Rinde einzelner Bäume geritzt, bringen nichts, denn sie verschwinden durch die Illusion, wenn der Verursacher nicht schon vorher stirbt«, erklärte Avathandal. Der Zauber war also gut durchdacht worden und mächtiger, als ich angenommen hatte.

»Woher stammt er?« Jetzt war ich neugierig und glaubte nicht mehr, dass mir Avathandal eine Antwort verschweigen würde.

»Woher stammt wer?«

»Der Zauber über dem Wald.«

Avathandal presste die Lippen aufeinander und sofort hatte ich das Gefühl, dass ich mich geirrt hatte. Er würde es mir verschweigen.

»Ich weiß es nicht«, gab er schließlich zu.

»Du weißt es nicht?« Das überraschte mich.

»Ja! Es gibt diesen Zauber, seit ich denken kann. Der Wald entscheidet, wer uns wohlgesonnen ist, und lässt denjenigen passieren. Jeden anderen wehrt er ab.«

»Welche Möglichkeiten hat dann eine königliche Armee, um einzumarschieren?«, fragte ich weiter. Meine Müdigkeit war verflogen. Ich war nur noch neugierig und wunderte mich, dass ich nicht schon viel eher gefragt hatte. Wobei er mir vor einigen Wochen wahrscheinlich noch keine Antwort gegeben hätte.

»Sie müssen den Zauber schwächen. Dafür braucht es aber viele fähige elfische Magier. Es ist im Moment total ungünstig, dass wir nichts von unserem Spion am Hofe hören, denn das ist einfach die zuverlässigste Quelle. Wir haben aber auch nicht die Kontakte, die Viilbas hatte, um dort wieder jemanden einzuschleusen. Zumindest weiß ich nichts davon. Früher oder später müssen wir selbst in die Hauptstadt und nachsehen, was los ist. Irgendjemand wird etwas wissen.«

Avathandal sah besorgt aus. Ich konnte mir vorstellen, dass es nicht einfach war, Informationen sicher von A nach B zu bringen. Erst recht nicht in Zeiten wie diesen.

»Habt ihr einen Plan, wie ihr reagieren werdet, wenn die Armeen des Königs kommen sollten?«

Er lachte freudlos auf. »Ja, natürlich haben wir den. Wir bekamen schon Kunde darüber, dass sich die Armeen des Königs sammeln. Wir holen morgen Nacht dein Pferd und dann reite ich in die Hauptstadt der Menschen.«

»Dreikronen heißt sie.«

Er nickte.

»Du willst allein reiten? Warum du?«, fragte ich, als ich mir seiner Worte bewusst wurde.

»Mein Name hat Einfluss. Man kennt meine Familie. Allein werde ich nicht reiten können, aber es muss eine kleine Gruppe sein. Männer, die wir hier entbehren können.«

»Dann lass mich mitkommen.«

»Genau das wollte ich vermeiden. Nein, Trisajia, du bleibst hier!«, sagte er bestimmt.

»Du wirst mich nicht aufhalten können!«, hielt ich dagegen und verschränkte die Arme umständlich vor der Brust.

»Lass uns morgen darüber diskutieren, bitte. Ich bin müde.« Avathandal strich mir über den Arm und ich wusste, dass er nur ablenken wollte. Wahrscheinlich hoffte er, dass ich morgen selbst einsehen würde, dass ich nicht mitreiten konnte. Aber so einfach gab ich nicht nach.

Kapitel 18

Wir verzichteten auf Licht, denn es war eine sternenklare Nacht. Der Mond leuchtete uns den Weg, obwohl ihn Avathandal auch ohne diese Hilfe gefunden hätte. Er sah wesentlich besser im Dunkeln als ich.

Meine Finger hatte ich mit seinen verschränkt, damit er mich rechtzeitig warnen und notfalls auffangen konnte, wenn ich eine Wurzel übersah. Ich war nervös und schaute mich immer wieder um, auch wenn ich nicht viel erkennen konnte.

Die Bäume hoben sich wie dunkle Schatten gegen das diffuse Licht ab und mehr als ein Mal erschreckte ich, da ich glaubte, eine Person in der Nähe stehen zu sehen.

Meine Finger klammerte ich immer fester um Avathandals Hand, während unsere Schritte langsamer wurden, je näher wir dem Waldrand kamen.

Es war uns beiden bewusst, dass das, was wir gerade taten, keine gute Idee war. Aber er verstand, dass ich nicht einfach alles zurücklassen konnte, und so wollte er es wenigstens versuchen.

Ich zog mir meine Kapuze tiefer ins Gesicht, da sie von einem leichten Windstoß nach hinten geschoben worden war. Seltsamerweise fror ich, auch wenn es nicht kalt war. Das musste von der Aufregung kommen. Wobei ich auch meiner Müdigkeit die Schuld geben wollte.

Ich hatte schon wieder schlecht geträumt, aber ich musste ja trotzdem morgens aufstehen. Spätestens wenn Avathandal das Bett verlassen hatte, konnte ich nicht mehr liegen bleiben, da es sich merkwürdig anfühlte, allein in seinem Bett zu sein.

»Wie lange laufen wir noch?«, wollte ich leise wissen, während ich einen Schritt zulegte, um nicht den Anschluss zu verlieren.

»Es ist nicht mehr weit …«, murmelte er und sah weiterhin nach vorn.

»Du klingst besorgt. Was ist los?«

»Der Wald warnt mich davor, weiterzugehen. Spürst du diese Unruhe in dir, die dir sagt, dass etwas nicht stimmt? Das kommt nicht von dir selbst, es ist die Magie, die über den Bäumen liegt. Sie weiß, dass etwas nicht in Ordnung ist, und versucht uns zu warnen. Mit einiger Übung kannst du auseinanderhalten, welche Empfindungen deine eigenen sind und welche nicht.«

»Meinst du, es hängt mit dem nahenden Krieg zusammen?«

»Davon gehe ich aus.«

Avathandal war nicht nur besorgt, er war richtig gestresst. Er redete viel zu schnell, seine Hand war leicht schwitzig und er sah sich öfter um als gewöhnlich.

Ich seufzte. So wollte ich ihn nicht sehen.

»Dann lass uns umdrehen. Lassen wir das. Ich komme schon wieder an Kleidung und ein Pferd. Reiten wir in die Hauptstadt.« Auch wenn es schmerzte, es auszusprechen, wollte ich uns doch nicht unnötig in Gefahr bringen. Doch Avathandal schüttelte den Kopf.

»Jetzt sind wir einmal hier. Komm, weiter!«

Erschrocken zuckten wir zusammen, als es rechts von uns knackte. Er atmete einige Male tief durch und sah mich dabei an. Ja, Avathandal war definitiv total angespannt. Mir war noch nie zuvor aufgefallen, dass er sich erschrecken ließ. Erst recht nicht in seinem Element, dem Wald.

»Da ist nichts«, sagte er mit einem Schnaufen und zog mich weiter.

Viel zu schnell kamen wir am Waldrand an. Zwischen den Bäumen duckend huschten wir – die Kapuzen tief in die Stirn gezogen – an die schmalste Stelle der Ebene. Hier stießen die Holzpalisaden fast an den Wald.

»Die Türme sind nicht besetzt.«

Ich sah erst Avathandal an und dann zu den erwähnten Türmen hinauf. Er hatte recht. Kein einziger Wächter war zu sehen. Das war merkwürdig.

»Meinst du, wir kommen leichter hinein?«, fragte ich, immer noch nach Wächtern suchend.

»Wer weiß, wo sie sich herumtreiben. Wir müssen trotzdem äußerst vorsichtig sein. Bist du bereit?«

Ich nickte. »Bereit, wenn du es bist.«

Zügig schob Avathandal einige Holzlatten an der Palisade zur Seite.

Er hatte diese Stelle entdeckt, als er mich vor einigen Tagen aus der Zelle befreit hatte.

Völlig unentdeckt konnten wir in das Lager der Wächter eindringen und standen nun eng in eine Nische gepresst beieinander.

Avathandal lugte vorsichtig um die Ecke.

»Wieso nutzt du nicht den Zauber, mit dem du mich befreit hast?«, wollte ich leise wissen und versuchte meinem Arm etwas mehr Platz zu verschaffen.

»Erkläre ich dir ein anderes Mal, nicht jetzt.« Er huschte hinter eine andere Holzsäule und deutete mir mit einem Winken an, dass ich folgen konnte.

Das Lager war wie ausgestorben.

»Wir gehen erst zu deinem Zelt und dann zum Stall, in Ordnung?«

Ich nickte und zeigte in die Richtung, in der mein Zelt stand.

Mein Herz schlug mir bis zum Hals, als wir uns durch das Lager schlichen, immer bereit, uns zu verteidigen, sollten wir entdeckt werden. Die Zelte, die fein säuberlich in Reihen aufgestellt waren, boten uns Schutz.

Erst am Trainingsplatz stießen wir das erste Mal auf Wächter. Sie wirkten konzentriert und eilten im Stechschritt an uns vorbei.

Wir pressten uns in den Schatten einer Hütte und wagten kaum, zu atmen.

Wo wollen die nur so eilig hin?

Vorsichtig sah sich Avathandal um, bevor er mir bedeutete, dass die Luft rein zu sein schien.

Ich warf ihm einen irritierten Blick zu, aber er schüttelte nur den Kopf und zuckte mit den Schultern. Er hatte genauso wenig Ahnung wie ich.

Wir liefen direkt an Troys Hütte vorbei. Hatte er vielleicht etwas Nützliches darin? Ich entschied mich, es nicht darauf ankommen zu lassen. Die Gefahr, erwischt zu werden, war zu groß.

Drei Zeltreihen hinter dem Trainingsplatz bogen wir rechts ab. Meine Schritte beschleunigten sich, je näher ich dem Platz mit meinem Zelt kam. Hinter mir hörte ich Avathandal etwas sagen, aber da war ich schon um die nächste Ecke gebogen.

Und blieb wie vom Blitz getroffen stocksteif stehen. Mein Zelt war weg.

Avathandal wäre beinahe in mich hineingelaufen.

»Was ist?«, wollte er wissen und sah mir über die Schulter, was bei seiner Größe wirklich nicht schwer war.

»Mein Zelt steht nicht mehr. Meine Sachen sind alle weg.«

Langsam drehte ich mich zu ihm um.

Er hatte die Stirn krausgezogen und schien zu überlegen. »Hier gibt es doch bestimmt eine Sammelstelle für Dinge, die nicht mehr gebraucht werden, oder?«

Ich nickte, aber die zu durchsuchen wäre zeitraubend und mühsam. »Lass uns zum Stall gehen. Hier werde ich mein Erinnerungsstück nicht finden«, murmelte ich niedergeschlagen und Avathandal strich mir mit der Hand über den linken Oberarm.

Wir tasteten uns weiterhin so vorsichtig vorwärts wie auf dem Weg zu meinem – nicht mehr aufgebauten – Zelt. Kein einziger Wächter begegnete uns und so langsam begannen wir uns umzusehen und nach ihnen zu suchen. Es war merkwürdig, dass ein ganzes Lager von Wächtern wie leergefegt dalag.

Als wir gerade die kleinen, eingezäunten Wiesenstücke erreichten, griff Avathandal nach meinem Arm. Er verlangsamte meine Schritte und schob mich nach rechts an den Koppeln vorbei.

»Was machst du da?«, wollte ich wissen und er legte sich nachdrücklich einen Finger an die Lippen, um mir anzudeuten, leise zu sein.

Ich wusste nicht, was er vorhatte, aber ich ließ mich von ihm führen. Ohne einen guten Grund hätte er den Umweg nicht genommen.

Erst als er mich in Richtung der Brücke schob, die einen Ausgang aus dem Lager bildete, wurde ich misstrauisch und sah ihn an. Bevor ich ein Wort sagen konnte, lag sein Finger erneut an seinen Lippen und er musterte mich streng.

Als wir den Absatz hinaufliefen, der den Aufgang zur Brücke bildete, wurde mir schlecht. Gleich würden wir für jeden im Lager gut sichtbar zwischen den Fackeln auf der Brücke stehen.

Der Anblick, der sich mir schließlich bot, verschlug mir den Atem und ließ mich alle Vorsicht vergessen.

Dort, auf der anderen Seite der Schlucht, erstreckte sich ein Meer an Zelten, welches größer nicht sein könnte. Die Armee des Königs musste innerhalb der letzten Tage angekommen sein.

»Das hat der Wald also gespürt«, sagte Avathandal leise und schloss kurz die Augen, während er tief Luft holte.

Ich legte ihm eine Hand auf den Rücken und sah mir die riesige Masse aus Fackeln, Zelten und Menschen an. Niemand schien uns zu beachten oder gar zu sehen.

Der Anblick war an sich schon furchterregend genug. Wenn man aber bedachte, was er für uns bedeutete, lief mir ein eiskalter Schauer über den Rücken.

Kommentarlos nahm mich Avathandal in den Arm und wir standen zusammen einige Sekunden regungslos da.

Dann drehten wir uns um und rannten los.

Dank

Allen voran möchte ich Ronja danken, ohne die es dieses Buch gar nicht geben würde. Danke für deinen Ansporn, endlich anzufangen und mich das mit dem Schreiben überhaupt zu trauen.

Ich danke dir, Theresa, für deine unendliche Mühe als Testleserin und Finderin von offenen Fragen.

Danke an Frauke für die viele Zeit und die Ideen, die du in mein Büchlein gesteckt hast.

An meinen Mann ein besonders großes Danke dafür, dass du mich aushältst und für mich da bist. Du ermöglichst mir so viel. ♥

Noch ein ganz großes Danke geht an Martina, meine Lektorin, die mit so unglaublich viel Engagement arbeitet, dass jede Arbeitseinheit mit ihr eine Freude ist.

Und natürlich auch ein ganz besonders großes Danke an Corinne, dafür, dass ich diese wundervolle Chance bekommen habe.

Dem Autoren_Netzwerk danke ich für die Geduld mit meinen teilweise echt kuriosen Fragen (Du weißt, wovon ich rede, Louise!) und natürlich der Schreibgruppe-Prosa, ohne die ich heute einfach noch lange nicht so weit wäre. Danke für eure Kritik, die Anmerkungen und das TUN, denn TUN kommt von MUT oder so ähnlich :D

Fan werden:

Facebook:

www.facebook.com/carolinemrichautorin

Homepage:

www.carolinemrich.de

Bonusmaterial

Carolin Emrich

1) Das sagt die Autorin über sich und das Schreiben

2) Blogger fragen – Carolin Emrich antwortet

1) Das sagt die Autorin über sich und das Schreiben

Es ist fast schon ein Klischee, wenn ich sage, dass ich schon immer gern gelesen und geschrieben habe, aber es ist die Wahrheit.

Immer wieder finde ich es spannend, in eine Welt abzutauchen. Ob ich nun ein Held in einem Fantasy-Universum werde, eine Frau auf der Suche nach der Liebe ihres Lebens oder Ermittler begleite, die einen Mordfall aufklären. Jedes Buch hat seine eigene wundervolle Geschichte und ich liebe es, selbst solche Geschichten zu erzählen.

Ich hoffe, ihr könnt mit Tris in eine Welt abtauchen, die euch ebenso verzaubert wie mich.

2) Blogger fragen – Carolin Emrich antwortet

Jasmin vom Blog »Bücherleser«

Was ist der peinlichste Augenblick im Leben von Avathandal?

Die erste Zeit hinaus aus Havaris und hinein in den Clan war von Fettnäpfchen nur so gepflastert. Gerade der Begrüßungsritus ist im Clan viel strenger und bietet für Unerfahrene reichlich Möglichkeiten, sich in die Nesseln zu setzen.

Glaubt Tris an Seelenverwandtschaft?

Nicht bewusst, nein. Wobei ich mir vorstellen kann, dass sie durchaus an Schicksal glaubt, und dass alles aus einem bestimmten Grund passiert. Aber Seelenverwandtschaft ist nicht so ihr Ding.

Gibt es etwas, das Avathandal mit absoluter Leidenschaft tut?

Er ist sehr pflichtbewusst und eigentlich bei all seinen Aufgaben voll dabei. Wenn er es sich aber aussuchen kann, ist er gerne zu Pferd unterwegs, was ein weiterer Grund ist, weswegen ihm die aufgetragene Schuld nicht so lästig ist wie er tut.

Veronika vom Blog »Lila Bücherwelten«

Der Name der Protagonistin 'Tris' hat mich als Erstes an 'Die Bestimmung' von Veronica Roth erinnert. War das Absicht oder Zufall?

Das war Zufall. Ich habe die Bestimmung nicht gelesen und erst durch eine Testleserin erfahren, dass es eine Namensgleichheit gibt. Als ich einen Namen suchte, spielte mein Mann neben mir gerade »League of Legends« und dort heißt ein Charakter Tristana, den er gerade für das nächste Spiel auswählte. Da wurde es eben dieser.

Pferde und Pflanzen samt ihrer Wirkung spielen gerade am Anfang des Buches eine Rolle. Beschäftigst du dich auch privat mit diesen Themen oder nur für deinen Roman?

Die Pflanzenkundlerin ist eindeutig meine Schwiegermutter, die vieles korrigiert und geändert hat. Ich selber bin jahrelang geritten und würde es auch heute noch gern, wenn sich die Möglichkeit bieten würde.

Die Orte im Buch heißen ja u.a. »Dreikronen«, »Lindhain« und »Eichenzell«. Gibt es reale Vorbilder dafür?

Nein, ich habe ein großes Problem mit dem Ausdenken von Namen und habe meist einen Zufallsgenerator bemüht. Ich selber würde mich auch als unkreativ bezeichnen, ich kann weder zeichnen noch singen oder ein Instrument spielen.

Manja vom Blog »Manjas Buchregal«

Würdest du gerne selbst in deiner Buchwelt leben?

Nein, eher nicht. Mir wäre das alles ein wenig zu riskant und lebensmüde. Vielleicht eine wohlbehütete Adelige, die keinen zu schlimmen Mann abbekommen hat, auf einer Burg weit, weit draußen. Für ein Vagabundenleben, wie es die Clans der Elfen führen, bin ich wohl zu bequem. Das ist mal ganz cool (wir haben mal eine Kanutour in Schweden gemacht) aber nach 9 Tagen in der Wildnis war ich schon froh, mal wieder eine Toilette zu sehen oder einen Herd zu bedienen.

Welches deiner fantastischen Wesen fasziniert dich am meisten?

Die Zwerge. Kräftige Kämpfer, unerschrocken und irgendwie unglaublich cool.

Tris und du, seid ihr euch sehr ähnlich?

Nein. Ich habe zum Beispiel das Konzept „Eifersucht" überhaupt nicht verstanden. Gibt's bei mir gar nicht. Ich selber kann auch Tris' Eifersucht nicht nachvollziehen, aber so ist sie eben.

Anna vom Blog »Fuchsias Weltenecho«

Spiegelt ein Teil der Charaktere dich selbst oder deine Wünsche, wie es hätte laufen können, wieder?

Es kann sein, dass ich mal die eine oder andere Eigenschaft habe einfließen lassen, doch allgemein eher weniger. Am ehesten könnte ich mich wohl mit Lanaya identifizieren. Sie ist eine lebensfrohe Frau, auch wenn sie es nicht immer einfach hatte.

Welche Magie fasziniert dich von den Beschriebenen am meisten?

Die Elfische, weil sie so vielseitig ist, allerdings ist sie auch sehr störanfällig.

Woher kommt dein Gedanke, dass Elfen eigentlich böse seien? Durch »Herr der Ringe« und Co, kennt man die Elfen/Elben als sehr hochnäsiges Volk, aber böse ist ja doch eine andere Liga.

Im Spiel »The Witcher« werden sie als andersartig und hinterhältig dargestellt. In »Dragon Age« als misstrauisch und minderwertig. Ich hab meine Meinung über die Elfen also eher von Spielen, als aus Büchern. »Herr der Ringe« habe ich weder gesehen noch gelesen. Ich muss sogar gestehen, dass ich beim ersten »Herr der Ringe«-Film eingeschlafen bin, recht früh, und dann nicht mehr weiter geguckt habe.

Yvonne vom Blog »Yvi's kleine Wunderwelt«

Welcher ist dein Lieblingscharakter im Buch und warum?

Eindeutig Avathandal. Er ist einfach ein toller Kerl. Ich mag ihn unglaublich gern. Er ist blond. Ich stehe total auf blonde Männer. Er ist ehrlich, loyal, freundlich, mich würden die Dinge, die Tris stören, gar nicht jucken. Da bin ich einfach viel lockerer.

Wenn du selber eine magische Fähigkeit hättest, welche wäre es?

Ich bin ehrlich gesagt sehr froh, dass ich keine magische Fähigkeit besitze. Wenn ich mir überlege, wie viel Unheil man damit anrichten kann, ist es nichts, was ich mir wünschen würde. Tris steckt auch aus Versehen etwas in Brand, das reicht mir schon, um davon Abstand zu nehmen.

Ich finde es sehr schön, wie du den Umgang, das Reiten lernen und die Beziehung von Tris und ihrem Pferd Alpe beschrieben hast. Beruht das auf persönlichen Erfahrungen?

Ja, ich bin selber jahrelang geritten und würde es gerne wieder. Pferde sind wundervolle Tiere. Wenn ich nicht geritten bin, haben wir mit den Ponys Theaterstücke geprobt oder haben den Esel bespaßt. Es waren tolle Jahre, und irgendwie hat man auch auf einem Reiterhof sein Lieblingspferd, zu dem man eine ganz besondere Bindung hat.

Liza vom Blog »Liza's Bücherwelt«

Ab welchem Zeitpunkt hat dich das Schreiben gepackt und wann hast du beschlossen dein Buch zu veröffentlichen?

Da ich jahrelang FanFiktions geschrieben habe und es immer noch ein wenig tue (seit 2008), stand für mich schon vor dem ersten Satz fest, dass dies ein Buch wird, was ich versuchen werde, zu veröffentlichen. Ich hatte nie den Plan irgendetwas davon auf einer FanFiktion-Plattform online zu stellen. Also der Gedanke den Beruf Autorin zu ergreifen kam mit der Idee zu dem Buch gemeinsam.

Was fiel dir beim Schreiben besonders schwer?

Ich kann mich sehr schlecht konzentrieren und brauche Druck von außen, um in die Hufe zu kommen. Dinge wie der NaNoWriMo (National Novel Writing Month) oder einfach ein bisschen Wortzahlen-Konkurrenz unter Freunden ist für mich deswegen sehr hilfreich und auch nötig.

Welcher Teil bei der Entstehung eines Buches gefällt dir am Besten und wo hast du besonders viel Spaß dran?

Am meisten Spaß machen mir die Kopfkinos, die ich abends beim Zubettgehen habe. Dieses gedankliche Weiterspinnen liebe ich sehr. Okay, nein, am allermeisten gefällt es mir, dass ich mich ein ums andere Mal in einen meiner männlichen Protagonisten vergucke. Wirklich jedes Mal!

Das mache ich auch oft bei Büchern die ich lese. Am wenigsten gefällt mir tatsächlich das Schreiben an sich, da ich mich wie gesagt sehr schwer konzentrieren kann und gerne alles andere mache, außer zu tippen.

Doris vom Blog »Thoras Bücherecke«

Gab es einen speziellen Anlass (Grund) genau diese sehr fantasievolle und spannende Geschichte zu schreiben?

An einem Abend im Oktober 2015 saßen meine Freundin Ronja und ich in ihrem Wohnzimmer und unterhielten uns über ihr Buch, als sie den Satz fallen ließ: »Warum schreibst du denn kein Buch?« Ich habe nur gelacht und gesagt: »Hä? Warum sollte ich denn?« Die Idee erschien mir doch sehr abwegig, einfach weil ich nie darüber nachgedacht hatte. Ronja ließ aber nicht locker, sie kannte meine FanFiktions und wir hatten zuvor einige Partnerarbeiten gemacht. Schließlich dachte ich doch über die Idee nach und da sprang mich das Thema Elfen direkt an. Der Plot für den ersten Band ging schnell und war beinahe von allein da. Einen direkten Auslöser gab es also nicht, nur Ronjas Hartnäckigkeit.

Hast du einen bestimmten Ort, wo du die Kraft für deine schönen Geschichten tankst?

Nicht direkt. Wenn ich mal nicht weiterkomme, gehe ich gerne mit den Hunden raus oder lese einfach ein Buch. Das hilft meist sehr.

Hast du bestimmte Rituale, die dich auf das Schreiben einstimmen?

Nein. PC an, Word auf und los geht es.

Desiree vom Blog »Eine Leidenschaft für Bücher«

Wie war es für dich, unter diese wundervolle Story das Wort Ende zu setzen (Band 1)?

Erst einmal war ich sehr erleichtert. Ich hatte es wirklich durchgezogen und endlich einmal etwas fertig geschrieben. Bei FanFiktions war es immer ein Glücksspiel, ob sie fertig werden, aber seit ich mir das Schreiben zu einer täglichen Aufgabe gemacht habe, läuft es erstaunlich gut. Wehmütig werde ich wohl erst nach Band 3, wenn es wirklich zu Ende ist.

Warum Magier und Elfen und keine anderen Wesen der Fantasy Welt?

Von Magiern und Elfen bin ich seit dem Spiel »Dragon Age Origins« (2009) angefixt. Sie werden jedoch nicht die einzigen Wesen sein, um die es geht. Zwerge und Trolle werden noch vorkommen und wer weiß, vielleicht begegnet uns ja ein Drache.

Welche deiner Figuren des Buches wärst du am Liebsten?

Das ist eine echt schwierige Frage und ich habe nun eine Weile gegrübelt und bin zu dem Schluss gekommen, dass ich keiner meiner Charaktere sein möchte. Das ist die Magie, die mir persönlich zu viel Schaden anrichtet, als dass ich sie nutzen wollen würde. Das Vagabundenleben der Elfen ist auch nichts für mich und eine Wächterin würde ich auch nicht sein wollen. Ich bin schon recht zufrieden, so wie es ist.

Weitere Verlagstitel aus unserem Fantasy-Programm

C.M. Spoerri & Jasmin Romana Welsch
Conversion (Band 1): Zwischen Tag und Nacht
28. August 2016, Sternensand Verlag
424 Seiten, broschiert
€12,95 [D]

Jugendroman-Dystopie
Als Taschenbuch und E-Book

Jasmin Romana Welsch
Absolution: Wie man eine Sünde überlebt
28. Februar 2016, Sternensand Verlag
224 Seiten, broschiert
€12,95 [D]

Urban Fantasy
Als Taschenbuch und E-Book

C.M. Spoerri

Die Legenden von Karinth (Band 1)

25. September 2016, Sternensand Verlag

448 Seiten, broschiert

€12,95 [D]

High Fantasy

Als Taschenbuch, Hardcover und E-Book

C.M. Spoerri

Die Greifen-Saga (Band 1): Die Ratten von Chakas

6. Juli 2015, Sternensand Verlag

380 Seiten, broschiert

€12,95 [D]

High Fantasy

Als Taschenbuch, Hardcover und E-Book